La fugitiva

Blanca Busquets

La fugitiva

Proa

Proa
A Tot Vent

Primera edició: gener del 2018

Drets exclusius d'aquesta edició:
Raval Edicions SLU, Proa
Diagonal, 662-664
08034 Barcelona
www.proa.cat

ISBN: 978-84-7588-695-4
Dipòsit Legal: B-26.006-2017
Composició: gama, sl
Impressió: Romanyà Valls

Índex

La casa de la vergonya

I

—*Ya llegaron...*

—Qui?

—Els nous llogaters.

—Ah, sí, ja els sento...

És mentida. El pis de lloguer és a l'altra banda i només està unit a casa a través del celobert de la galeria de la cuina, que és un lloc on no entro mai. És allà on hi ha la rentadora. I a la cuina només hi entrava de jove. Ara, i des de fa molts anys, la cuina és un lloc allunyat del meu món. De vegades hi entro de nit, això sí, a buscar un got d'aigua o una galeta d'aquelles que em racionen per allò del sucre. Però res més. Abans hi entrava l'Ester i, des que l'Ester va morir, hi ha hagut l'andalusa, i ara aquesta noia, la Lupe, que sembla que s'hi trobi bé entre els fogons i les olles, i que fins i tot fa cara de cassola. La gent acaba fent cara d'allò que remena.

—Senyora, vol que li porti el sopar ja?

—Com?

—Que si li porto ja el sopar.

—Ah, sí, sí...

La Lupe és peruana i parla un castellà que em costa d'entendre. De vegades trigo estona a copsar què m'ha dit. A l'andalusa, la Pili, l'entenia millor. Però el servei andalús estava aviciat, ja es pensaven que eren els amos del món. I els peruans van per feina, necessiten diners i necessiten papers i diuen que sí a tot. Ara, la Lupe em salta amb un okei i se'n va amb passes decidides cap a la cuina. Okei okei okei. Aquesta tot el dia diu okei. La deixo fer i mentrestant em recolzo bé en els braços del seient i a poc a poc m'aixeco. La Lupe ja sap que no vull que m'ajudi. Al començament va costar de convèncer, com a la Pili. Però ara es veu que s'hi ha resignat. La peruana és molt més ràpida que la Pili retenint les coses, això s'ha de reconèixer. Aquella... Mira que era fleuma, més que fleuma. I fava i tot. Se'n va anar plorant un dia i va dir que no tornaria mai més. I llavors va ser quan la meva filla, la Mireia, em va deixar anar, crispada, *mamá, eres mala.* I m'ho va dir mirant-me als ulls d'aquella manera que té ella de mirar-me quan em vol renyar, i es pensava que m'impressionaria. Però no va ser així perquè a mi, quan la meva filla em diu aquestes coses, em fa l'efecte que l'estic guanyant en una mena de guerra que no sé ben bé quina és, però que, es miri com es miri, és una guerra. Fet i fet, tinc la sort que res no m'impressiona des de fa molts i molts anys. El món va fent la seva i jo me'l vaig mirant. I la Mireia es va aixecar fent aquell soroll que fa ella sempre, de roba mig encartonada, de frrrrrrr, del vestit jaqueta que es posa per treballar, perquè d'ençà que és jutge va com si fos el tub que aguanta el paper de vàter.

La Mireia no s'equivoca. Jo ja sé que soc dolenta. I què. Ho soc des de sempre. Doncs ja està. Hi ha d'haver gent bona persona i gent que no ho sigui tant, en aquest món. Si no, els bons no destaquen. Hi ha d'haver...

—Aquí ho té. Vigili que no se li refredi...

No li contesto, a la Lupe. Ella, com cada dia, ja ho ha posat tot a punt, i ara ja tinc la taula parada com a mi m'agrada, amb els coberts ben posats, ganivet i cullera a la dreta, forquilla a l'esquerra, el got d'aigua i la copa. La copa van insistir a treure-me-la moltes vegades, pesats més que pesats, però vaig reclamar una mica de vi, només una mica de vi, per l'amor de Déu, que regui mínimament aquest menjar que, si no, se'm fa tan insuls. Al cap i a la fi, si he arribat a l'edat que he arribat bevent una miqueta, deu ser que és bo per a la salut. Ara la Lupe em serveix aquesta mica de vi que em permeten de beure, dos dits. Després, se'n va amb l'ampolla. Té de bo, aquesta noia, que sap que no m'agrada tenir companyia. Un punt de guanyat respecte a l'altra, l'andalusa, que tantes vegades es volia fer la simpàtica.

I els veïns, els nous llogaters, qui deuen ser. Em van dir que hi havia un nen de sis o set anys i una parella. Mentre no destorbin, que facin el que vulguin. Tampoc no hi puc dir res, la casa no és meva, la casa no és ni de la meva filla. La casa és del meu fill Javi, ell s'ho va quedar tot, i ell no hi és. Se'n va anar a viure a Amsterdam fa molts anys, amb la rossa que el va abduir, i va encarregar a la seva germana que s'ocupés de mi. Ho sé perquè m'ho va dir ella mateixa. Que no em faltés mai de res, li va dir en Javi, però que ell tampoc no volia saber res més de mi. Se'n va anar, va desaparèixer. Es veu que tinc un net allà, un net que no he vist mai. Però què hi fa.

—Lupe!

—Sí, senyora!

—A això li falta sal. Porta'm un saler!

—Okei, senyora!

No li falta sal, però no podia ser que un dia el sopar fos perfecte. I mira que aquesta sopa d'all l'ha fet com les que m'agraden, s'ha de reconèixer, com les que la mare em feia quan era petita. Ara hauré de dissimular i fer veure que hi tiro sal. Per això, quan la Lupe em porta el saler, me la miro perquè se senti incòmoda i se'n vagi, i jo m'espero una mica, la vigilo com desapareix, àgil i lleugera com una daina. Valga'm Déu, no sé què es pensen de venir a envair el país amb aquesta felicitat, com si arribessin a la terra promesa, al paradís terrenal. Després ens en faran fora a nosaltres.

Té, faig un gest com si em posés sal a la sopa, i torno a deixar el saler damunt de la taula. I després me la prenc. I me la prenc amb una mica de vi, amb tant de gust...! El plaer del paladar és l'únic que em queda.

I tanco els ulls i recordo, i rememoro. I penso que potser hi ha coses de la meva vida que han valgut la pena. Potser algunes sí. I, al cap i a la fi, ara ja soc al final del camí i val la pena recapitular, perquè mira que n'he fet de grosses.

Ara, només la Sònia em fa sentir diferent. Només la Sònia em fa somriure.

II

—Àvia! Et veig contenta...

La Sònia em fa sortir al balcó quan ve. Plogui o faci sol. Això passa un parell de cops al mes i moltes vegades és dissabte de matí. Com avui. I és clar que estic contenta. Se m'escapa un somriure, no hi puc fer més, al seu costat em sento com si reviscolés. I avui el sol ens toca a les dues de ple, a neta i àvia, i a mi m'enlluerna una mica però fa que tot sigui més agradable i que tot es vegi millor. El sol és suau i fa carícies. I mirem totes dues cap avall i ens entretenim veient com la gent va i ve, i n'escoltem les converses una estona. És indiscret, però tant és. Avui per a ells és dia de comprar, de xerrar, de posar-se al dia amb els veïns que durant tota la setmana no han vist.

No passen cotxes per aquí, n'han prohibit la circulació durant gairebé tot el dia. Només se senten persones. Sentir només persones és com sentir només ovelles.

Tot d'una, la Sònia mira el terra del balcó i canvia el to de veu:

—Vaja, àvia... Encara estem amb això?

A què es refereix? Ah, al jardí... Faig una rialleta, com

si fos una nena petita i m'haguessin enxampat fent una malifeta. La Sònia sospira:

—A veure, àvia... No és una mica estrany tot plegat? Pensava que havíem quedat que la Lupe s'enduria aquesta jardinera... Parlaré amb ella un altre cop.

No és la primera vegada que la Sònia em diu això, i no és la primera vegada tampoc que jo fujo d'estudi. No puc desfer el jardí, no puc destruir el que un dia vaig decidir fer jo, el meu punt de salvació. La meva..., la meva... subsistència. Però la Sònia no ho entén, ella és una noia massa sana, massa alegre, massa normal, massa riallera, massa maca... Massa com era jo abans. Massa com la primera Mireia, la del sol i la pluja, la de les rialles i les esperances. La que s'ho va arribar a creure tot.

La Sònia és jo gairebé vuitanta anys enrere. I jo llavors tampoc no ho hauria entès, això del jardí de la jardinera. Però ja m'hi vaig barallar prou, amb la Lupe. L'últim dia, la Sònia va dir que trucaria a la peruana perquè llencés tot això a les escombraries. Jo vaig insistir-li que no ho fes, i ella que sí, i, al final, com que sempre em guanya ella, sé que va trucar a la Lupe a mitja setmana perquè se n'ocupés. No ho va dir a la Substituta, no. La Substituta, que no sé mai com es diu i no cal que ho sàpiga perquè només és aquí els caps de setmana i, a més, no és una de sola sinó que n'hi ha hagut moltes... Doncs la Substituta només la tenen aquí perquè em faci el menjar i estigui per mi els dissabtes i els diumenges. No li fan fer coses delicades, coses compromeses. Per a això, s'esperen a dilluns, quan torna la Lupe, que és l'oficial, i que és la que ha de resoldre el que elles, la Sònia i la Mireia, en diuen temes delicats. I jo vaig sentir que la Lupe agafava el telèfon un dia i saludava la *señorita* Sònia i li deia que sí a tot, i vaig pensar, ja hi som. I llavors la vaig vigilar. I quan s'acostava al balcó, anava jo darrere d'ella, i, és clar, la Lupe no podia tocar res. Però al final ho va tocar malgrat la meva vigilància i jo li vaig ordenar que no ho fes. I ella que sí, i jo que no, i al final em vaig posar a cridar i tot. I la Lupe ho va deixar estar perquè suposo que va tenir por que algun veí truqués a la policia i l'acusessin de maltractaments.

I aquell dia per poc no m'agafa un cobriment, n'estic segura. Però és que no em poden prendre la jardinera. Quan era jove, m'ho van prendre tot. Tot. Per dintre i per fora. Ara ja és hora que pugui tenir el que vull jo. I no m'ho impedirà cap Lupe.

—Àvia, l'Aniol sempre em dona records per a tu... i sempre em demana si hi aniràs...

Torno a somriure. Només em faltaria aquesta, ara. Anar a la Carena, anar a veure l'Aniol, com si tornés a tenir disset anys. Tanmateix, sentir parlar de l'Aniol és sentir a parlar del cantó bo de tota la meva història fosca. I també representa sentir una mica de vergonya perquè ell sempre ha estat l'únic que ha cregut en mi. O potser no, però, si no hi ha cregut, ho ha dissimulat molt bé. Amb aquell somriure de bon noi, amb aquell esguard que ho deia tot cada vegada que se m'adreçava, amb aquell tacte suau i càlid de quan ballàvem a les festes majors de fa tants anys, de quan ens miràvem, de quan jo pensava ara t'ho dirà, ara, ara.

—Li tornaré els records, eh? —diu ara la Sònia.

No contesto, només faig un gest amb el cap que es pot

interpretar de moltes maneres. L'Aniol va fer tard perquè no em va dir res. Però potser millor per a ell. Quan em veia, perdia el nord del tot, jo ho sabia i m'hi posava bé. Li veia els ulls enclastats als meus llavis, semblava que no els pogués treure d'allà, que una força més potent que ell els hi mantingués enganxats. I jo somreia, somreia, amb el pintallavis que li havia afanat a la Rat a Barcelona i que em posava cada vegada que m'havia de trobar amb l'Aniol, de tal manera que es devia pensar que aquell era el meu color natural. I aquell no era el meu color natural, no. Allò només era un posat. Jo, per dintre, em dessagnava, que és el que passa quan tota tu ets un forat. Jo fugia, jo intentava no ser jo.

—Mira, àvia, la llibretera!

La llibretera està obrint la botiga. És una mica més amunt del carrer, aixeca el cap i ens veu. És fàcil, perquè aquest balcó és tan avall que et fa la impressió de ser ben bé entre la gent que camina. Ella ens fa un gest amb la mà, d'aquests que fa la gent jove, aixecant el dit gros enlaire, i protegint-se del sol amb l'altra:

—Tot bé?

La Sònia contesta de pressa. Aquesta neta meva té ganes de xerrar amb tothom.

—Sí, tot bé! Tens un encàrrec de la Fineta, oi?

—Sí, sí... Ja l'hi tinc tot a punt!

La llibretera torna cap a la feina. Fa un temps que la Sònia li va presentar la Fineta, la filla de l'Aniol, i, de vegades, ella mateixa ve a parlar-hi o a buscar-hi llibres. Però aquí no hi puja, és clar. Suposo que la Sònia li devia explicar que la llibreria és pràcticament davant de casa la seva àvia, i a mi em fa l'efecte que ella intentarà passar més aviat desapercebuda si un dia em veu. La Fineta és igual que la seva mare, la Fina, que tot el dia llegia. No es pot llegir sempre, així perds el món de vista i se t'escapa el que tens a casa. Em sap greu per la Fina, però les coses van anar com van anar, i jo també tenia dret a una mica de felicitat.

La Sònia em fa entrar. Ja ens hem estat una estona a fora. Deixem la porta del balcó oberta, ara és quan cal aprofitar el sol. Després, la tancarem. Potser més tard m'engegaran l'estufa una mica. No se sap mai si farà gaire fred aquí, cap al tard. Aquestes cases... Ara ella se'n va a veure la Substituta a la cuina i parlen dels menjars del cap de setmana, s'assegura que tingui ben apuntat el seu número de telèfon mòbil, perquè una vegada no l'hi tenia, i es va fer un fart de trucar-li perquè jo em trobava malament i no hi havia manera, i vam haver d'acabar trucant a la seva mare, o sigui, la meva filla, la Mireia, que quan va venir em va mirar com dient *eres mala*, que no era precisament el que jo volia. Però aquella era una altra Substituta. Aquesta sembla més espavilada... o potser no, la veritat és que encara no sé quina cara fa. No me l'he mirat bé.

Fa vuitanta anys tampoc no m'havia mirat bé el meu pare.

III

Era petita, jo, i vivia feliç o això era el que em pensava. De fet, mirat en la distància i des de l'actualitat d'aquest pis de Barcelona on s'està tan bé, gaire feliços no es pot dir que hi visquéssim. Si tenim en compte que la comoditat és la base de la felicitat, llavors es pot dir que no érem feliços, no. Però, en aquells moments, de tot això no ens n'adonàvem, no en teníem consciència i realment crèiem que la vida era allò, i que el nostre poble era el millor i que tot el que ens envoltava era meravellós.

Jo anava a l'escola a aprendre de lletra i de costura. I també llegia, com la Fina, la mare de la Fineta. Ho vaig fer fins que va aparèixer la bèstia. En canvi, la Fina va començar a fer-ho de gran. Ella era d'un altre poble, era del Clot, i, és clar, no coincidíem ni a l'escola ni a costura. La gent del Clot a nosaltres ens semblava estranya, havien estat tota la vida com el nom del poble, enclotats, enclotats, lluny dels camins tan transitats com el nostre. Però la Fina era d'una casa amb terres enfilada muntanya amunt i que semblava que estigués una mica per sobre del bé i del mal, de la rutina de fang, d'animals i de brutícia. De petita, ella era una noia galtacolrada riallera i amb uns ulls il·luminats que semblava que volguessin menjar-se el món.

A la Carena també teníem brutícia però jo no me'n vaig adonar fins als quinze anys, fins que vaig venir a Barcelona, a casa la Rat. Llavors vaig poder comparar, és clar, i una cosa no tenia res a veure amb l'altra. I si ho afegim a tot el que va passar, es pot dir que va ser llavors que vaig decidir que fugiria de la Carena. Com fos.

La mare al començament era una mare com les altres, una mare que m'estimava i que volia el millor per a mi, però a la manera de poble, que no és la manera de ciutat: al poble, en aquell moment, el millor per a una filla era que trobés un hereu i que pogués ser mestressa d'una gran casa. A la ciutat, el millor per a una filla era també que es casés bé però, a més, que tingués una cultura per poder mantenir una conversa, i que tingués món. Això del món era una cosa que a mi em tenia embadocada. La meva tieta Montserrat en tenia. El meu oncle Jaume, que havia baixat a la ciutat abans i tot que ens arribés la carretera, se l'havia enduta a Barcelona en un temps en què des de la Carena encara s'hi anava ben poc, i n'havia fet una dona de les que es feien mirar. Bé, la tieta Montserrat es feia mirar. La meva mare i ella eren la cara i la creu d'una mateixa moneda. De fet, la meva mare era germana de l'oncle Jaume, i cosina de la Montserrat, perquè a la Carena tots érem cosins de lluny o de prop, però elles s'assemblaven molt de físic, anaven molt juntes quan eren petites i tothom deia que semblava que fossin germanes. Amb l'oncle Jaume, en canvi, la mare no tenia res que fes semblar que eren germans. I elles dues, tret del físic, eren ben diferents l'una de l'altra.

La mare sempre anava amb el cap cot, sempre mirant a terra, amb una escombra, amb un estri del camp, amb les mans a la farina sobre la taula pastera, i, quan no sabia on posar-les, les tenia a la butxaca. La tieta Montserrat, en canvi, feia servir les mans per gesticular, per tenir-les alçades, una mica com si tota l'estona s'hagués de retocar el pentinat, que duia curt i ben enganxat rere les orelles, i per donar ordres a la minyona. Les primeres vegades que jo la veia, quan era petita, la recordo amb la cara blanca, s'hi posava pólvores, i, si pujava a la Carena, es tapava el rostre perquè no li toqués el sol. Però quan jo vaig començar a baixar a Barcelona, tot just després de la guerra, això ja no anava així, i la tieta Montserrat ja s'havia deixat anar el pentinat i anava amb una faldilla per sota el genoll i unes sabates de taló. I, això sí, les mans les feia anar igual i donava ordres de la mateixa manera. Em mirava una mica des de més amunt perquè jo no duia talons, i em sentia sempre la seva presència per sobre.

L'Aniol també tenia la tieta Rita, però no era el mateix. La tieta Rita també va fugir d'estudi, però ella no volia ser una dona de món sinó que volia ser el centre d'aquell món que admiraven els altres. A mi la tieta Rita m'espantava perquè, quan la trobava, sempre m'observava per dalt i per baix, pertot arreu. Abans de la guerra, durant i després, mentre va ser amb nosaltres i fins que jo no em vaig casar, vaig sentir-ne sempre la mirada escrutadora al costat de casa, pel carrer, a l'església, a les festes majors, a tot arreu. Quan la tieta Rita va veure que em casava amb un altre que no era el seu nebot, em va girar la cara.

Però aquell era només el món de les dones.

Hi havia el món dels homes, els que manaven i disposaven. No pas el món de l'Aniol, no, que ell era com un ocell innocent caigut del cel, com un anyell dels d'en Ton que fèiem servir per jugar a l'acuit de l'amagada quan érem petits. L'Aniol vivia tocant tant de peus a terra que era incapaç de fer un salt per mirar què succeïa més enllà dels quatre arbres que tenia davant del nas, més enllà del carrer i, sobretot, més enllà del pedrís que separava el terreny de pastura i la seva casa de la meva.

No sé com es van tòrcer tant les coses. No ho sé. Sí que puc dir que tot va passar després de la guerra, just després. La guerra, per a mi, havia estat de relativa tranquil·litat. Érem la mare i jo soles a casa i, com tantes altres dones soles, ens havíem hagut d'espavilar per sobreviure i per esquivar milicians i soldats en tots els sentits. Jo era molt petita encara, quan va esclatar el conflicte tenia onze anys. Només recordo que, d'un dia per l'altre, tot era pols, i silencis carregats de por, i gent amb fusells que corrien amunt i avall i entraven a les cases i cridaven i amenaçaven i s'enduien gent i la mataven. A casa l'Aniol hi van entrar perquè el seu pare es va amagar. A casa meva, no, perquè el meu pare, mansoi, havia dit, me'n vaig, així que havia rebut l'ordre d'incorporar-se a files. No en sabíem res, només de tant en tant venia de permís i no volia explicar res de què passava allà a baix.

El pare, abans, havia estat un pare normal i corrent, un pare que passava moltes estones al tros, com tots, que caçava, com tots, que feia de bracer, com molts. Jo, a migdia, li anava a portar el dinar. De nit, li deia bona nit pare i el deixava ben a prop del porró, davant de la llar de foc. A ell i a la mare els feia un petó a cadascun i m'hi abraçava una mica perquè m'estiraven cap a ells, i el pare em deia que era la seva nena maca, que creixia tan eixerida com la tieta Montserrat. I jo sempre pensava que no entenia per què em deia això de la tieta Montserrat fins que vaig ser més gran i vaig entendre que volia dir que creixia guapa i no lletja, o sigui, no en la versió de la mare sinó en la versió de la tieta.

I després, es va acabar la guerra i va tornar del front i, la primera vegada que em va mirar, ja li vaig veure la sang als ulls. Era com si algú els hi hagués ferit i hi hagués deixat la nafra oberta, i després ell no se'ls hagués rentat amb prou cura i ho tingués tot esquitxat. Quan el pare va tornar, després d'uns dies de no mirar enlloc, em va veure. Jo havia crescut, m'havia fet gran, ja feia un parell d'anys que tenia la regla i que em sentia una nena empresonada en un cos de dona. I en aquell moment recordo que estava escandalitzada, com tot el poble, perquè la Cinta, la germana de l'Aniol, els havia fugit amb un soldat anglès. No es parlava d'altra cosa i, fins i tot, el mossèn nou ho havia citat en una homilia, que me'n recordo com si fos ara. I tota la família de la Cinta, avergonyida, mirava a terra, i a mi m'havia fet moltíssima pena l'Aniol. M'havia sabut greu perquè no en tenia cap culpa. Al cap i a la fi, qui té la culpa del que facin els seus germans.

Jo em notava al damunt l'esguard del pare. L'esguard de sang. Era com si no sabés què fer i s'entretingués a mirar-me sempre que era a casa. Em feia mitja por, encara que no entenia per què me l'havia de fer, si era el meu pare. Quan era a casa, m'enganxava tant com podia a les faldi-

IV

Avui ha vingut a presentar-se la família llogatera. No calia, s'ho podien haver estalviat. No tinc cap interès a conèixer-los, a banda que jo no soc la mestressa de la casa, és clar, però això sí que no els ho diré, que ja em va bé que es pensin que soc una autoritat en aquest bloc de pisos, que en diuen bloc i no és cap bloc, que només té dos apartaments en un mateix pis però amb dos accessos diferents, que són l'antic del servei, i el noble, que va fins a casa meva. D'aquest meu en van treure dues habitacions i, quan l'Ester va morir, les van afegir al que ella ocupava, que era només un espai amb lavabo, i el van oferir de lloguer. A mi em van deixar encaixonada en aquest amputat, i encara gràcies. Però com que estic sola, ja m'està bé.

En temps de l'Ester, quan el servei era com havia de ser, amb aquella noia que baixava del Pallars, com deia ella, i que parlava aquell català tan estrany..., doncs en temps de l'Ester la tenia jo ben apartada a l'altre pis perquè no sentís res, perquè no s'assabentés de res del que passava amb el meu marit, amb l'Emili. No se'n va assabentar mai, fins que ell no va estar tancat i ben tancat. Llavors, és clar, l'hi vaig haver de dir de manera que ella ho entengués. I no estic segura que ho arribés a copsar del tot.

—Senyora Mireia, són els llogaters nous, que venen a saludar...

Miro cap a la porta i veig que la Lupe està a punt de ferlos passar al menjador. De fet, ja m'estan contemplant des de darrere de la peruana. No hi ha manera d'escapar-se'n. Els altres llogaters, els que hi han ocupat el pis abans d'aquests, no em van venir a saludar mai. Només aquests. Hauré de ser una mica amable. Una mica.

—Bon dia, poden passar.

He tret la veu més ferma que tinc, perquè sé que tothom pensa, mira-te-la, aquesta, tan petita i velleta i quin doll de veu. I se sorprenen i a mi això em fa sentir important. També m'aixeco sola amb una mica d'esforç que intento que no es noti, com si fos un prodigi d'agilitat. La Lupe no se m'acosta, sap que no vull que em toqui, i els altres se la miren com dient, quina mena de minyona és aquesta que no ajuda la seva mestressa ni tan sols a aixecar-se. Però la Lupe no s'immuta.

Em poso a un costat del balcó, perquè no em quedin a contrallum, i me'ls miro bé. La família llogatera és una família d'aquelles tan normals i tan típiques. Me'ls miro i remiro sense manies: són ell, ella i el nen.

—Quants anys té? —demano directament a la mare.

—Nou —respon ella.

—Espero que no faci soroll.

—No en fa mai... Es porta bé.

La mare el protegeix. El té agafat per les espatlles i el

nen es deixa fer. A mi també intentava protegir-me la mare. El miro de cua d'ull i ell abaixa la mirada de seguida. No sé si és tímid. No vull saber com es diu, m'és igual, m'oblido dels noms, ara, i del seu me n'oblidaria al cap de no res. Si d'ara només recordo el de la Lupe. Els altres són els llogaters, la Substituta, la llibretera...

L'home m'allarga la mà i em dedica un somriure d'aquells tan amplis, d'aquells de quedar bé:

—Com està, senyora Mireia? Si necessita res, ja pot comptar amb nosaltres...

Li allargo la meva amb una mica d'esforç per encaixar. No m'agrada gaire fer-ho perquè sé que soc un sac d'ossos i que, quan dones la mà a algú que és un sac d'ossos, et fa una mica d'angúnia, a mi me la tenia agafada la mare quan em venia a veure en els últims temps al castell de l'oblit, i allà m'estava amb ella més de dues hores, totes dues agafades i jo horroritzada amb aquell tacte de la mà perquè el sac d'ossos llavors era ella. I jo no vull que aquest jove del somriure de quedar bé pensi el mateix de mi. Però el cas és que em dona la mà, i després la seva dona i després el nen. I tots tres són tan normals. Em veig obligada a dir, gràcies, per l'oferiment d'ajuda.

—I ara la deixem tranquil·la... —diuen.

I jo penso gràcies a Déu. I se'n van. La Lupe m'ha explicat abans que ell fa classes a la universitat i que ella és advocada. Que moderns. I silenciosos.

I jo, de cara a la finestra, torno a quedar-me amb els meus pensaments. L'esguard de la llogatera, però, m'ha quedat gravat al cap, és un esguard que diu alguna cosa que no sé si sabria com descriure. Alguna cosa que m'inquieta. Potser és parenta d'algú que conec. O potser no, no ho puc saber. De moment, almenys.

Això dels parents a la Carena era inevitable. En un poble, tothom és parent de lluny o de prop, com ho eren la mare i la tieta Montserrat, i a tot arreu veus a dins dels ulls alguna cosa que et recorda aquell altre o el de més enllà. Però una cosa són els ulls dels parents i, l'altra, molt diferent, els ulls de sang.

Ara que el sol em fa més calents i suaus els matins d'hivern i de primavera, ara que no he de patir per res, ara que ja soc al futur, en aquell futur que anem llaurant primer i esperant després a la vida i que, tot d'una, se'ns presenta clar i diàfan i ens diu, soc aquí... Doncs ara que ja soc aquí, torno a allà no sé per què, potser per donar un sentit a tot el que he fet i a tot el que ha passat. I mira que me n'havia oblidat durant anys.

La mare em va arrencar del damunt del pare, i el pare es va posar a riure. El porró havia fet estralls, se l'havia begut gairebé tot. Què fas, dona, li havia dit ell en un to entre recriminatori i divertit, si només estava jugant. No et posaràs pas gelosa ara, oi, després de tants anys... Vine, dona, vine... Em va enretirar suaument i va allargar el braç cap a la mare mentre es girava per mirar-la amb golafreria. Jo vaig aprofitar per aixecar-me i anar-me'n ben de pressa, ben lluny. Però abans vaig veure la mare que no es decidia, que devia esperar que ell es cansés de sol·licitar-la. Ell, però, no se'n va cansar, collons, dona, et dic que vinguis, va deixar anar al final amb veu de tro. I llavors la mare es va eixugar les mans amb el davantal, em va mirar i em va dir, Mireia, ves-te'n a dalt.

No sé com havia començat això, no sé com anaven les coses entre ells, no sé com havien arribat a aquest punt. No puc assegurar que abans de la guerra les coses fossin d'una altra manera perquè jo no estava per aquestes qüestions. Només sé que, quan vaig ser a dalt, vaig cuitar a passar-me una mica d'aigua pels llavis, una mica d'aigua clara que em netegés aquella pudor de vi amb llengua que em feia l'efecte que se m'hi havia quedat enganxada per sempre. Me'ls vaig refregar tant que m'hi vaig fer sang. Com la dels ulls del pare. Mentrestant, a baix sentia sorolls de tota mena, gemecs i renecs de tots dos.

Els sons que formen part d'una vida quotidiana són els que la marquen i els que fan que res no es mogui de tal com és, que tot continuï com ha de ser, dins d'uns paràmetres que qualifiquem de normals. És clar que la normalitat és molt relativa per a cadascú. L'Emili, per exemple, tenia per normals uns sons extraordinaris. I per a mi, ara, la normalitat passa per sentir la Lupe a la cuina o voltant per la casa, el soroll esmorteït d'algun cotxe que circula per aquí davant les estones que ho permeten, les converses entre els veïns que se saluden pel carrer i que, si la finestra és oberta, distingeixo clarament des d'aquí. Allò de com tens la mare, anar fent, i tu els nens, no t'havien agafat la grip, ai, sí, però ja estem tots millor, gràcies a Déu, i ara m'he quedat sense feina, i quin temps que ens està fent últimament. I també sento els sons del matí, la llibretera obrint els porticons, nyiiiiic, els falta oli, i el del bar traient les taules a fora, clonc-clonc. I, a les tardes, els nens que corren i xisclen, més que parlen, perquè els nens es veu que tenen prohibit parlar, han de cridar, si no, rebenten. I després el nyiiiic dels porticons a l'inrevés i hauria de sentir les taules que es pleguen, però això ja no ho sento perquè ho fan tard, i jo ja dormo.

Aquests són els meus sons normals. També tinc els sons extraordinaris, el de la veu de l'alegria, que és la veu de la Sònia, i el del frrrrrr del vestit de la Mireia, que se m'acosta una vegada de tant en tant, molt de tant en tant, i que, pel que ve a fer aquí, no caldria que se m'acostés. I el telèfon. Me'n van regalar un d'aquests que tothom porta al damunt i vaig dir que no el volia, que no en faria res, si ja tinc la Lupe i la Substituta que agafen el telèfon, el de tota la vida, que atenen qui s'hagi d'atendre. Però llavors la Sònia va venir, es va agenollar davant meu i em va donar el telèfon petit que tenia uns números molt grossos. Àvia, és només per a la nit, per quan estiguis sola. No em facis patir.

Quan em va dir això de no em facis patir, em va desarmar. No per la frase sinó per com ho havia dit. Aquell era també un so extraordinari. No hi estic acostumada, ningú no em parla així, només la Sònia. I vaig haver de fer veure que estava pendent d'una altra cosa perquè no veiés que se m'escapava una llàgrima.

V

—Què fas, Lupe?

No sé per què l'hi demano, si veig claríssim el que està fent: acaba de netejar el que quedava del meu jardí. Ara ja no hi ha res. Ella aixeca el cap i el torna a abaixar i, amb la pala i l'escombra, acaba de recollir tota la terra sobrera. Després desa la jardinera rere la tauleta del balcó. És a dir que no em fa cap cas.

—Em pots dir on és tot?

La Lupe s'aixeca finalment, sospira i em mira. Em fa posar nerviosa que em miri així. Abans les minyones no gosaven mirar-te als ulls, però aquestes d'ara, a sobre que venen de fora, es pensen que tenen els teus mateixos drets.

—Miri, senyora, la *señorita* Sònia va ser molt clara. Em va dir que no ho volia veure més, que ho tragués i ho netegés tot.

—Però no vam quedar que ho deixaves?

—Sí, senyora, però ahir va tornar a trucar ella i em va dir que ho volia tot fora.

Em sento pujar la sang al cap. No em puc enfadar amb

la Sònia, però sí que li he de deixar les coses clares a la peruana:

—Qui mana, aquí?

Tot just ho he dit, m'adono del meu error. Ella no respon res, només agafa els estris que ha fet servir per destruir la meva obra d'art i passa pel meu costat per marxar cap a la cuina com si jo no hi fos. Jo no mano, aquí, no he manat mai, i aquesta noia tan alta me n'acaba de fer adonar. Em passa un pam. Em mira des de dalt, com feia la tieta Montserrat, i no com feia la mare. Tot plegat és una qüestió d'altures. I, com més alt ets, més capacitat tens per manar. Per manar i per fer altres coses.

Em quedo mirant al balcó sense veure-hi.

Que em tinguin per no res ja ho havia viscut abans, quan deien que teòricament havia arribat la pau. Els dies es van tornar estranys. Aparentment tot continuava igual a casa, tots fèiem la feina que havíem de fer, cadascú la seva, cadascú amb les obligacions que li corresponien, i jo, que ja havia acabat d'estudiar, ajudava la mare amb la casa, el pare amb els comptes, i a costura i a ajudar les dones del mossèn amb les coses de l'església. La teníem fosca, bruta, cremada. Quanta blasfèmia, deixava anar el capellà de tant en tant, fent-se el nom del pare. I li tremolava el sotabarba quan ho deia, era gras i ningú no s'explicava com s'ho feia per ser-ho, si tots estàvem morts de gana. Nosaltres, les noies, no dèiem res, nosaltres només fèiem, supervisades per una dona uniformada que no sé d'on havia sortit, que pujava a controlar-nos i a ensenyar-nos, un parell de dies a la setmana, les qualitats i habilitats que havia de tenir qualsevol dona, de camp o de ciutat, per poder servir i atendre el seu marit com calia, el dia que es casés.

Quan jo era a casa, continuava enganxada a la mare i procurava xerrar poc amb el pare. Tan poc com podia. Ell continuava mirant-me de biaix, d'aquella manera que m'havia mirat el dia de la llengua de vi, però tampoc no semblava que anés més enllà d'això. Jo sí que veia que s'estava moltes estones mirant el seu fusell de caça i que, encara que no tingués cartutxos, de vegades l'agafava i feia veure que disparava a un conill. Després, tornava a penjar l'arma a la paret i semblava que s'havia tranquil·litzat. Quan feia aquests gestos sobtats, la mare i jo ens quedàvem immòbils observant-lo, com si no goséssim destorbar-li aquella mena de deliri bèl·lic que duia clavat al front. Em penso que totes dues estàvem convençudes que més valia que es desfogués així. Deixar-lo fer, en silenci.

Llavors semblava que el temps s'endugués els mals records, o potser era la meva ment que els foragitava tant com podia fins a aconseguir fer veure que no havien existit mai. Ens aferrem desesperadament a tot el que no tingui arestes. I no ens adonem que només les arestes ens mantenen ben agafats.

Fins que un dia es va desfermar la bèstia. Jo m'escorria com sempre cap a casa amb la roba neta del safareig. Pensava que estava sola, la mare havia anat a fer cua a Saltamartí per aconseguir no sé què dels del sindicat, i estava convençuda que el pare era al camp. Em sentia plena de sol, el dia de setembre era encara suau i sec, i jo entrava cantant una cançó que em cantava la mare quan em bressava de petita. Vaig estendre la roba, tota, i el sol jugava a fer de mirall amb els llençols tan blancs i m'enlluernava. Això em feia tancar els ulls i em feia somriure. Després, satisfeta de la meva feina, vaig entrar cap a dins.

Tenia set, i l'aigua del càntir era fresca. El vaig agafar i vaig beure a galet. I llavors, quan el tenia alçat, una mà me'l va prendre i, de resultes d'això, em va mullar la cara. Vaig fer un crit. En la mitja foscor d'aquell racó fred de casa, vaig veure brillar un ull de sang. Ell em va tapar la boca i em va xiuxiuejar, calla, mossa. Amb l'altre braç em va empènyer endins i jo li sentia l'alè amb pudor de porró a l'orella mentre ell em deia ben clarament, no parlis, no cridis i et trauré la mà de la boca. I m'ho deia de manera entretallada, m'ho deia com si li costés de respirar, i quan ell finalment m'enretirava la mà, jo em quedava quieta i no emetia cap so, però no perquè ell m'ho hagués ordenat sinó perquè el terror em tenia paralitzada, no hi podia fer res. Si crides et tornaré a tapar la boca, m'amenaçava. Llavors jo sí que reaccionava i intentava deixar-me anar, però ell era més ràpid, i més fort, i també em manava com em mana ara tothom. O com es pensa que em mana tothom.

Jo havia sentit històries d'algunes amigues o antigues companyes d'escola de Saltamartí que m'explicaven que d'un dia per l'altre havien de fugir contínuament de mirades, de carícies, d'arraconaments de pares, d'amics dels pares, de guàrdies civils, de capellans o de simples mossos. Històries que oscil·laven entre la llegenda i la realitat, que no se sabia mai si acabaven de ser certes o no, i que en aquell moment se m'apareixien amb tota claredat al cervell mentre prenia consciència que el mal podia ser molt superior al que qualsevol de nosaltres, pobres noies ingènues, s'hagués imaginat mai.

El pare em va dur fins al recambró on guardàvem la llenya. Jo primer intentava fugir, i no cridava però sí que deia fluixet, deixeu-me, deixeu-me si us plau, deixeu-me, per l'amor de Déu. Però el pare no estava per deixar-me anar. Porta't bé i no tindràs queixa, mossa. Quina filla que tinc. I continuava respirant a la meva orella mentre m'agafava tota jo per la cintura, com si fos un fardell, i m'alçava de manera que jo no tenia cap lloc on posar els peus ni les mans, i no em podia defensar.

Al recambró de la llenya hi havia poca llum. Em va deixar sense miraments sobre els troncs, es va treure els tirants, es va descordar els pantalons. Jo vaig començar a dir que no, que no, que no, que no. Hauria dit que no fins a l'eternitat. Però ell em mirava de dalt a baix i em deia que tenia una filla que semblava un pom de flors. Si a tu també t'agradarà, hi va afegir, i em va semblar que somreia. De males maneres em va tirar amunt la brusa i les faldilles, i vaig notar com m'abaixava les calces. La fera se'm va tirar al damunt. Em va tibar cap a ell i em va posar la mà a l'esquena, com si hi busqués alguna cosa. Mentrestant, feia esbufecs com de gos rabiós. Al final, va tocar-me un punt al qual jo no m'arribava amb els dits. Com la teva mare, va xiuxiuejar-me a l'orella. M'agrada. I em va semblar que reia una mica. Dintre de l'horror, vaig tenir una espurna de sorpresa. Però de seguida, el fàstic em va fer girar la cara i em vaig trobar mirant la mica de llum que entrava pels racons dels porticons gairebé closos. Em va semblar que hi havia un àngel que no podia entrar.

Quan vaig notar que em foradava, sempre amb el dit en aquell punt de l'esquena, vaig cridar fins a l'infinit. Ell em va tornar a tapar la boca.

Quan va acabar, en pocs minuts, el pare tornava a ser el pare. Es va incorporar i em va dir, au, vesteix-te.

Em va fer tant de mal que vaig entendre que no me'n sortiria mai.

lles de la mare, que seguia feinejant i que continuava caminant amb les mans a les butxaques i el cap cot. Ella es deixava seguir, devia veure-s'ho venir i em devia voler protegir. I el pare, que primer es resignava a veure'ns anar amunt i avall ben juntes sempre, un dia va decidir actuar. Collons, què us passa, que sembla que no pugueu estar l'una sense l'altra, va cridar quan va veure que totes dues fèiem per tirar escales amunt. Tenia el porró a la mà. Després de la guerra, sempre tenia el porró a la mà i el vi encara li feia més intensa la sang de la mirada. I em va ordenar, vine cap aquí, ajuda'm amb les botes. La mare es va quedar quieta. Tu, ves a dalt, dona, va ordenar-li ell. Es veu que havia arribat el moment d'obeir ordres.

Quan la mare va haver desaparegut, jo, inquieta, vaig acostar-m'hi i vaig esperar que s'assegués per ajudar-lo amb les botes. Ell ho va fer, i quan jo m'acostava als seus peus, tan ràpid com no m'ho hauria imaginat mai, em va estirar cap a ell agafant-me per un braç, em va estirar tant que vaig caure-hi al damunt i se'm va escapar un crit. La mare va baixar corrent quan el va sentir, però abans que ella em pogués ajudar, ell ja m'havia enganxat els llavis de vi sobre els meus, i m'hi havia passejat la llengua i havia dit amb veu ronca, quin tresor que he trobat a casa. Això sí que és una bona trinxera.

I es va posar a riure i em va escopir sang pels ulls.

Llavors ja feia temps que el papà Torralba havia fet el mur.

VI

Avui plou. Quan plou, els sorolls són diferents, se sent una mena de xep xep que fan els cotxes quan passen de bon matí. Quan deixen de circular, en canvi, el soroll és més feble perquè la gent camina com escorreguda sota del paraigua, i els nens quan van a escola sembla que vagin encara més adormits del que ja van a aquesta hora. Perquè mira que fan cara de son, els nens, de bon matí. Quan jo arreglava la Mireia, no hi havia manera de despertar-la, i no parlava. De fet, tampoc parlava quan tornava de l'escola, i a l'escola mateix m'explicaven que tampoc no deia gaire res, o sigui que es pot dir que tenia una filla silenciosa. La Mireia només es va destapar quan va decidir estudiar dret. I és que, per fer d'advocada, has de parlar per força.

Aquesta nit no hi ha hagut manera de dormir. Hi ha moltes nits que les passo desperta perquè no puc agafar el son. Però aquesta nit, a més, em demanava com m'ho podria fer per tornar a tenir el jardí de la jardinera. Perquè la destrucció del jardí per part de la Lupe, no em va agradar gens. Però gens. Tanmateix, aquestes dones fan el que volen amb mi ara, s'aprofiten que ja no tinc força, i se'ls ha ficat al magí que no és convenient que jo tingui el meu jardí. I vinga passejar per la casa, amunt i avall, i fins i tot he tret el cap pel balcó i he vist com un noi i una noia es petonejaven en un racó. Bé, dir que es petonejaven és dir poc. De fet, es magrejaven tant com podien.

No m'agradava mirar-los i he marxat cap a la cuina. Allà hi ha el pot de les galetes. Quan no puc dormir, n'agafo una i la suco amb la llet una mica calenta que he escalfat abans al microones, i llavors, quan s'estova, jugo a ficar-me-la a la boca abans no es desfaci i caigui tota a dintre de la tassa. Perquè, si cau, llavors l'he de pescar amb una cullera i se m'acaba desfent tot. Jo me n'aniria cap a alguna ampolla, però és que no n'hi ha. La de vi se l'emporta la Lupe cada dia. També són ganes, endur-se una ampolla cada dia amunt i avall. Què deu pensar, la gent, a l'autobús, al metro o des d'alguna finestra on la deuen veure passar cada dia... Deuen dir, mira, ja ve la borratxa, que no sap viure sense l'ampolla. Pobra Lupe, tan seriosa que se la veu normalment pel carrer, de vegades quan la veig arribar, i... Ep, ep, ep. Un moment. Que jo soc vella però no ruca. I aquí hi ha alguna cosa que no rutlla. Crido tant com puc:

—Lupe!

I llavors m'he de posar a tossir, perquè m'he estripat la veu.

La Lupe surt corrent de la cuina:

—Què passa, senyora?

Intento parlar però només em surt un filet de veu acompanyat d'una llàgrima per l'esforç que faig:

—On és l'ampolla?

La Lupe em mira fixament i no s'immuta:

—Quina ampolla, senyora?

—La de vi.

Ella, en lloc de contestar, es gira i se'n va cap a la cuina. En torna a sortir amb un got d'aigua, perquè veu que realment tinc problemes per parlar. També ho deu haver aprofitat per pensar, és clar. Que ella tampoc no és ruca. Ah, no, no ho és gens. Mira-la amb quin posat que torna, com si no hagués trencat mai cap plat. M'allarga el got sense dir res, i jo no li trec els ulls del damunt mentre bec. Després, ataco:

—No te l'emportes cada dia, l'ampolla?

—Sí, senyora, ja es deu recordar que vam quedar així amb la seva filla i...

—Sí, sí, ja ho sé...

La miro fixament.

—Però jo de vegades et veig anar i venir des del balcó... i no vas mai amb l'ampolla a la mà.

Ha envermellit o m'ho sembla només a mi. De tota manera, reacciona de seguida, no triga gaire a contestar:

—La porto dins de la bossa. Queda lleig portar una ampolla a la mà.

En això té raó. Potser sí que la porta dins la bossa... però ho he de pensar, he de recordar-me d'ella caminant... Ara no sabria dir si porta pes...

—Vol res més, la senyora? No? Doncs torno a la cuina amb el dinar.

Ni li contesto. L'ampolla a dintre la bossa... Ho trobo estrany. Bé, sigui com sigui, a les nits he d'acabar bevent llet en lloc del vi que bevia abans, quan jo feia el que em venia de gust en aquesta vida. I la llet que em donen ara no té gust de res. També és veritat que l'altra em fa mal a l'estómac. Abans bevia llet sencera, després semidesnatada i ara desnatada del tot. A la Carena, en canvi, tret dels primers temps després de la guerra, bevíem llet de veritat. De ben menuda hi havia anat jo, a buscar-la, a casa d'algú que tingués vaques per munyir. M'agradava anar-hi. Era una estona de sortir a passejar, de mirar enlaire, de dir Déu vos guard a tothom. Era una estona de notar l'aire fresc fentme carícies a la pell, de quan no m'adonava que les ovelles, els porcs i els fems feien pudor, de quan no tenia cap importància que la vaca fos on era i que qui la munyia fos més brut que la mateixa vaca. De quan jo vivia en un núvol de colors que és on vaig viure tota la meva infantesa, fins que se'm va trencar tot d'una. El núvol, se'm va trencar. I llavors va venir la pudor.

Miro per la finestra. La pluja és fina, minsa, la gent va abrigada sota els paraigües. Diuen que a Barcelona no fa fred. Deu ser que no hi han passat l'hivern. Jo he passat més fred aquí que a la Carena. Bé, a can Torralba també he passat fred, perquè aquella casa era la més glaçada del món. Però a casa dels meus pares, no.

Una dona aixeca l'esguard i mira enlaire des de sota el paraigua. I jo, que miro cap a baix, tot d'una em trobo que ens estem esguardant fixament. La Fineta, em penso que és ella. I em penso que m'ha reconegut. Instintivament, faig un pas enrere. La mirada d'aquesta dona és com un dit acusador. Jo no he fet res, m'hauria agradat dir-li. Però no és cert. El que passa és que jo almenys me n'adono, soc ben conscient del mal que he fet. I, en canvi, hi ha qui no s'adona de res, qui es pensa que ha actuat com calia actuar, com s'espera d'ell o d'ella que actuï. I així desfà el món, com la Lupe ha desfet el meu jardí.

El dia de la llenya, el meu pare havia marxat després de dir-me que em vestís. Però jo no em podia moure. L'olor de fusta se'm va ficar als narius i em va foradar fins al cervell. A l'entrecuix, el dolor era agut, em cremava. Al cap hi tenia un arbre trencat, sense branques, sense fulles, sense flors. Durant uns instants, o potser durant uns minuts, ni tan sols vaig respirar. No podia. Després, vaig notar que alguna cosa d'una textura incerta em regalimava cames avall. I llavors em va venir una tremolor que no podia aturar. Em vaig deixar caure. A fora, el sentia a ell que remugava alguna cosa i que finalment sortia de casa, que marxava. L'olor de fusta continuava foradant-me el cervell. Asseguda en aquell terra de penombra ple d'estelles i serradures, vaig intentar plorar i no me'n vaig sortir. A poc a poc, intentant no moure les cames, vaig girar el cap cap a la finestra. Qui sí que plorava era l'àngel dels porticons.

No sé quanta estona va passar. Jo no em podia posar dreta. No entenia què m'havia passat i no podia pensar. En l'estona que havia durat allò, en uns instants, tot el meu món s'havia ensorrat per sempre.

La mare em va trobar allà. La vaig sentir que entrava a casa i instintivament vaig fer un gemec. Ella va venir de pressa. Va entrar i va exclamar, què t'ha passat, Déu meu. Va obrir el llum i jo vaig fer un crit i em vaig tapar els ulls. Quan els vaig obrir, vaig veure que ella, en silenci, mirava fixament les meves cames i allò que en regalimava, barreja entre vermell i blanc. Em va venir vergonya i llavors sí que vaig fer per tancar-les, tot i que continuava tremolant i em va costar. Ella se'm va tirar a sobre i em va abraçar. Jo em vaig posar a plorar, llavors sí, em sortien unes llàgrimes silencioses d'aquelles que, si et despistes, fan un llac.

La mare va aixecar-se de seguida, va anar a buscar tovalloles, va posar aigua al foc. Em va ajudar a aixecar-me, em va dur a la cuina, em va fer seure en una cadira, i allà, agenollada a terra, em va netejar. No deia res, cap paraula, ni mitja. Només netejava. L'aigua calenta, suau, sobre la meva pell, em va fer sentir estimada. Després, la mare va aixecar els ulls i em va mirar. Em va espantar el que vaig veure al seu esguard, perquè era el dolor més intens que he vist mai en ningú. Era fins i tot més intens que el meu, el que jo encara no havia assimilat.

Després d'aquella neteja a fons, em va fer aixecar i, sempre abraçant-me, em va guiar escales amunt fins a la meva cambra. Em va treure la roba i me'n va posar una altra. Jo era una nina de drap. Em va estirar al llit i em va tirar amunt la flassada. A fora feia calor, però la casa estava fresca, com sempre. La mare em va fer un petó al front, es va aixecar i em va deixar enduent-se la roba bruta. La devia amagar o la devia llençar perquè no la vaig veure més.

La roba bruta sempre s'ha d'amagar. La roba bruta no s'ensenya. S'ensenya només la roba de diumenge.

No sé quanta estona vaig estar estirada, quieta, immòbil. La mare no es va moure de casa, no em va deixar sola. Jo tenia por que la bèstia tornés, però amb la mare sabia que estava protegida. Ella no m'havia demanat res, sabia perfectament qui havia estat el meu agressor.

La bèstia va arribar al cap d'un parell d'hores. S'havia calmat, tot d'una era com si no hagués passat res. Del llit estant, el vaig sentir remugar i jo em vaig tensar tota. La mare primer no deia res, però després la vaig sentir imprecant-lo, què has fet, què has fet, fill de puta, cabró. Què has fet. I llavors era ell el que no deia res primer, i qui després li treia ferro, no n'hi ha per a tant, dona, no et posis gelosa, ara, que no és el mateix. No estic gelosa, responia la mare, estic horroritzada, la Mireia té catorze anys i és la teva filla. Bah, a catorze anys s'és una dona, ja és hora que algú li ensenyi com s'ha de comportar quan trobi un home, va ser la resposta. Llavors vaig sentir crits i plors barrejats de la mare, i després que es barallaven tots dos, i finalment uns cops, seguits d'uns crits de la mare i un prou d'aquest color, del pare, n'estic fins als collons, a casa meva faig el que em sembla. Amb ella i amb tu. I un cop de porta i el pare que marxava un altre cop.

Em vaig arraulir sota la flassada. No vaig voler menjar, no vaig voler fer res, només volia quedar-me al llit. La mare va venir al vespre, es va estirar al meu costat i em va abraçar. En la penombra, la vaig mirar i vaig tornar a plorar. Ella també ho va fer.

VII

No. La Lupe no porta cap ampolla de vi a la bossa. Segur, perquè ara que l'he observat quan marxava, va lleugera com una daina i la bossa no li pesa. A més, avui l'ampolla era nova i, per tant, hi ha molt de vi i hauria de pesar. A mi aquesta no m'enganya.

Ara que és fosc, em deixen sola. Mira que em va costar, que em deixessin en pau unes hores a la nit. Els vaig haver de demostrar que em sabia vestir i que sabia menjar-me l'esmorzar que em deixen a punt per al matí. Així, la Lupe arriba abans de dinar i se'n va després de sopar. Però aquesta pau no durarà gaire. Aviat trobaran una excusa per no deixar-me ni de nit ni de dia. Ara ja, quan em trobo malament o me'n passa alguna, fan quedar la infermera. Bé, no sé si és infermera o no, però almenys va amb bata blanca. I calla i m'ajuda, i cada vegada que respiro més profundament del compte la tinc al costat del llit. Reconec que és de gran ajuda, però així que em trobo una mica bé ja la despatxo. Ara mateix, estic com una rosa.

Què en deu fer, la Lupe, de l'ampolla. I la Substituta, és clar, perquè els dissabtes i diumenges també va amunt i avall i també diu que se l'emporta. Podria revisar per llocs on es pensen que no arribaré o que no miraré. Llocs on no entro mai. L'habitació dels convidats, per exemple. Bé, la de la infermera quan es queda. Però alguna vegada també s'hi ha quedat la Sònia. La Sònia... Quan hi penso, em surt de somriure.

No ens despistem, Mireia. On deuen deixar l'ampolla. Miro i remiro pertot arreu on se m'acut que podria ser. No la trobo. Llavors travesso la cuina i trec el cap pel celobert. Allà hi ha la rentadora, el rentaplats, els armaris amb les coses de neteja... I si és la galleda de fregar? Quin fàstic... No, no hi és.

Té, ara que soc aquí, sento els veïns. Els nous. Caram. Semblaven tan discrets, i mira com criden. Què diuen. És una veu gruixuda que... Reina Santa, li està dient de tot a algú. La seva porta, la que dona aquí, està tancada i se sent tot esmorteït. Jo tinc problemes de vista però hi sento prou bé. I, com que no tinc res a fer ara mateix, paro l'orella. La veu gruixuda continua sentint-se forta, per sobre de la més prima... No, de les més primes... perquè també se sent la del nen. Però no entenc què diuen, realment. No entenc res. Es deuen estar discutint per alguna cosa. M'ho miro bé. Des d'aquí sí que no veig res. Com ho podria fer per... Ah, ja ho tinc. Tiro enrere, travesso la cuina, vaig cap a la meva cambra i obro un calaix del bufet que encara és el mateix de quan em vaig casar. Un bufet de mirall que en aquell moment semblava qui sap què, i ara és una antigalla. Però a mi em recorda moments de glòria. Em volien canviar tots els mobles i jo em vaig aferrar al llit i al bufet de mirall. Bé, però ara tant és, això. Remeno una mica el calaix i trobo el que busco. Ahahà, els binocles. Els binocles de quan anava al Liceu, i als teatres del Paral·lel. Són nacrats, d'aquells d'abans. Els agafo i me'ls enduc, travessant la cuina, un altre cop al celobert. I ara que hi soc, me'ls poso als ulls i enfoco la porta tancada de vidre esmerilat que tinc enfront, a uns cinc o sis metres. I llavors durant uns instants, només durant uns instants, torno a sentir música a les orelles, em recordo de les nits al Paral·lel, em recordo d'aquella època que ara em sembla un somni, i tanco un moment els ulls per submergir-me en el temps passat.

Després, els torno a obrir. La porta esmerilada. Una ombra fosca l'ocupa tota. És una persona que mou els braços, que tira endavant i endarrere, que s'enganxa i es desenganxa del vidre. Amb els binocles ho veig clarament. I aquests moviments s'acompanyen d'improperis de la veu gruixuda, que no entenc, i d'exclamacions de les veus primes, que tampoc no entenc. M'hi estic una mica fins que l'ombra desapareix i els improperis i les exclamacions s'acaben. Ara, ves, jo mateixa trobo que recordo en James Stewart de *La finestra indiscreta*, aquella pel·lícula de Hitchcock en què el protagonista descobria un assassinat. Mentre torno a deixar els binocles al seu lloc, penso, t'imagines, Mireia, que ara descobreixes que aquell professor d'universitat ha mort la dona i s'ha desfet del seu cadàver. I també del del fill, per què no. Ja que hi som... Se m'escapa una rialleta. Una vegada, al castell de l'oblit, una noia em va explicar com s'ho havia fet per eliminar el marit. Havia pujat a Núria per anar a buscar tora blava i li havia fet una amanida deliciosa. El marit va morir llepant-se'n els dits.

És una bona mort, aquesta. I es pot dir que ella s'ho havia treballat. Però jo també m'ho vaig treballar, tot i que jo no vaig matar l'Emili, jo només li vaig donar un cop de mà.

M'hauria agradat matar el meu pare.

Després del dia de la llenya no vaig tenir temps per poder-me refer. Semblava que res no hagués passat, la feina s'havia de fer igual i jo havia de ser la mateixa encara que sentís que no podria ser-ho mai més. Perquè l'endemà, quan vaig obrir els ulls, la mare ja no era amb mi sinó que la sentia feinejant a baix, com cada dia. I el pare ja havia marxat. Jo m'havia adormit tard i, això sí, vaig adonar-me que la mare havia fet els ulls grossos a l'hora de despertar-me. Que em va deixar dormir una mica més, vaja. Però res més. Jo em vaig aixecar amb els ulls secs, amb el cap sec, amb el cor sec. Vaig bellugar una mica les cames i em vaig adonar que, almenys aparentment, tot havia tornat a lloc. I això que el dia abans m'havia semblat que mai més res no tornaria a lloc. Però la natura, per fora, s'estira i s'arronsa adaptant-se al que cal a cada moment. La natura per dins, no, és clar. A dintre meu res no tornava a estar en ordre. Vaig intentar pensar en el que havia passat. En aquell moment, amb el sol entrant per la finestra i els ocells que cantaven, vaig arribar a creure que potser ho havia fet més gros del que havia estat. Però només ho vaig pensar un instant. Després, em vaig llevar i, a la vista de la sang seca que tacava els llençols, em va tornar tot el dolor de dintre.

Em vaig vestir de pressa i vaig baixar. Necessitava abraçar-me a la mare. Vigilant perquè no hi hagués el pare, que no hi era, em vaig llançar a la cuina. Ella em va sentir i, sense girar-se, em va dir, seu, Mireia, i esmorza. Ho va fer en un to de veu neutre, com si no volgués que se li veiés el que sentia, el que tenia a dins. Però jo no estava per històries. M'hi vaig abraçar per darrere. Ella, que tallava un pebrot, va deixar un moment de fer-ho, va callar, vaig notar que s'empassava saliva. No em mirava i jo no entenia per què. Al final em vaig posar a suplicar-li, mare, abraceu-me, mare, si us plau. Llavors ella em va abraçar. Però encara no em mirava. Jo li vaig buscar el rostre, li volia veure els ulls. Llavors vaig entendre per què no me'ls havia ensenyat: un el tenia ben negre, i la cara, plena de blaus. Vaig fer un crit. Ella em va fer callar, xxxt. I em va tornar a dir, esmorza, Mireia. Tenia llàgrimes als ulls quan ho deia, però, decidida, es va deseixir de la meva abraçada.

Davant de la tassa de llet, vaig demanar, què farem ara, què farem. Ella, impertèrrita, va tornar a tallar el pebrot. Amb mà ferma l'agafava amb l'esquerra i el tallava amb la dreta. Treballava amb eficiència. I no se sentia res, només el top-top del ganivet quan tocava la fusta. Vaig aixecar el cap i em vaig fixar que, al sostre, el guix es desfeia i es veia una mica la pedra de sota. Es veu la realitat, vaig pensar. I vaig tornar a mirar-la a ella. Mare, què farem, vaig insistir. Ella va respirar fondo. Res, no farem res, va contestar al final. Mirar de viure. Un tros petit de guix es va desprendre i va anar de poc que no em cau dins la llet. Però a mi m'era igual. Al meu cervell de catorze anys, encara que fossin catorze anys de la postguerra, no hi cabia que hi pogués haver aquella resignació. Aquell anar tallant el pebrot com si res. Abans de la guerra, havia tingut una mestra que m'havia parlat de la dignitat humana. De la dignitat de les dones. I ara, tot d'una, la mare em deia que no faríem res. Em vaig posar a plorar i em vaig aixecar, mare, no em digueu això, hi hem de fer alguna cosa, jo no em vull quedar amb el pare, no vull, no vull. Mireu què m'ha fet, mireu què us ha fet.

L'abraçava per darrere i l'esgarrapava. Al final, ella va girar un moment el cap i, amb les llàgrimes que li lliscaven per les galtes, va mirar primer la taula i després el sostre, i va dir només, ha caigut un tros de guix.

Jo no entenia res. Ella va tornar a concentrar-se en el pebrot. Top-top i anar fent. Al final, com que jo no me n'anava del seu darrere, va deixar el pebrot, va sospirar i va dir, sense girar-se, aquí mana ell, aquí ell fa el que li sembla amb nosaltres. L'únic que podem fer és intentar esquivar-lo. I, sobretot, callar. Callar?, vaig demanar jo, incrèdula, aixecant el cap. Ella llavors es va eixugar les llàgrimes amb el revers de la mà, es va girar i em va mirar als ulls. Sí, callar. Això no s'explica a fora, res del que passa a casa s'explica a fora. Sobretot. Has sentit ningú que expliqui el que passa a dins de casa seva? No, oi. Doncs nosaltres tampoc no ho podem explicar. Seria una vergonya.

Em vaig deixar anar. Una vergonya, vaig repetir d'esma.

VIII

Barcelona, la salvació. El soroll del carrer, la llibretera, la pluja, els nens que juguen, els falciots que xisclen quan arriba el bon temps. El sol calent, el vent suau, l'aire de la muntanya que baixa per aquest carrer estret. L'aire d'una muntanya diferent. L'aire d'una muntanya que es deixa acariciar pel mar. La Lupe, la Pili, la Substituta.

A la Pili li vaig dir que anava molt mal vestida, que era lletja i que feia pudor de lleixiu. I també li vaig dir que no es casaria mai. La noia me l'havia portat la Mireia ja fa uns quants anys, quan jo acabava de sortir del castell de l'oblit, quan jo encara entrava i sortia de casa al meu aire, quan jo no volia ningú que s'estigués amb mi perquè ja estava tipa que em vigilessin. No dormirà aquí, mamà, va aclarir-me la Mireia, només et farà el dinar i el sopar i et netejarà la casa. Me la va posar davant i jo me la vaig mirar. Ella va intentar fer un somriure que no li va sortir gens bé, i jo vaig pensar que la meva filla devia haver-la advertit que jo era una persona més aviat difícil. No sé si li havia dit d'on venia, jo. Suposo que no, perquè, si no, la Pili hauria agafat por. La gent té por quan sent a parlar de castells, no sé què ho fa, si no n'hi ha per a tant.

Jo no volia la Pili a casa meva. Quan la vaig veure, no em va agradar, semblava un vedell innocent d'aquests que no saben res del món i que van fent saltirons al voltant de la mare. Era servil. Deia sí senyora contínuament, abaixava el cap i feia exactament el que jo li deia. No tenia cap mena d'emoció, tot i que la veritat és que vaig divertir-m'hi durant un temps perquè jugava a donar-li contraordres. La Mireia li deia una cosa i jo li demanava la cosa contrària, i així la noia anava de corcoll i no sabia a qui havia de fer cas. Si jo hagués estat ella, hauria tingut molt clar que s'ha de fer cas a qui ens paga, però la Pili era de les que encara no saben que els diners mouen el món. I jo, com que volia que se n'anés, em vaig preocupar personalment que es tornés boja a poc a poc. Ja en tenia experiència, ja sabia tractar els bojos fins a fer-los perdre completament el senderi. I amb la Pili no va costar gaire. Jo li deia que me n'anava al lavabo i ella, sí, senyora, i jo, mentrestant, m'escapava i baixava al carrer. Me n'anava al bar a prendre un whisky i tornava a pujar. Ella ja feia estona que em buscava pertot arreu i que fins i tot havia trucat a la Mireia dient-li que havia desaparegut. Jo entrava, saludava, i llavors la Pili venia ben de pressa amb llàgrimes als ulls, a dir-me que es pensava que havia caigut pel celobert, perquè llavors a sota hi teníem una mena de pati amb estenedors, i la Pili ja em feia inconscient allà a sota els llençols. I jo havia d'aguantar-me el riure mentre la renyava, no diguis bestieses, Pili, ja t'he dit que sortia un moment. I ella al final acabava dient, ho sento, havia entès que deia que anava al lavabo. I jo la deixava fer, i sentia com agafava el telèfon i trucava a la Mireia i li deia en veu tan baixa com podia, ja ha aparegut, resulta que havia sortit, l'havia entès malament. Ho sento, ho sento. Tot el dia, ho sento.

Amb la Pili, també feia veure que perdia el cap o que, asseguda al sofà, havia perdut la consciència. I ella també trucava a la Mireia, molt esverada, i, quan venia la meva filla, jo deia, ja m'ha passat. I ella, la Mireia, amb un frrrrrr que omplia tota la casa, em mirava als ulls i veia el que no veia la Pili, o sigui, que jo estava jugant a fer-li creure coses. Fins que al final, un dia va venir a parlar amb mi i em va demanar què passava. I jo li vaig dir que no res, que no res, però al final vaig haver-li d'explicar que la Pili no m'agradava, que era massa vedell. Massa vedell, va repetir la Mireia. Sí, que no la veus, diu que sí a tot, només fa saltirons d'un lloc a l'altre. Se'm va escapar, això, no ho havia d'haver dit. Però és que de vegades em feia pensar en un pardal. Jo l'espantava per aquí, i ella, plinc, plinc, saltava cap allà. I jo l'espantava per allà, i ella, plinc, plinc, saltava cap aquí. I sense fer gens de soroll. Això sí que no ho vaig dir, a la Mireia, és clar, però ho vaig pensar i, inconscientment, vaig somriure. Llavors va ser la primera vegada que la Mireia em va dir, mamà, *eres mala.* I es va ajupir i em va explicar, mirant-me fixament, a la Pili se li acaba de morir un fill, m'entens, tenia un marit que la maltractava i va demanar ajuda. Vivia en una casa d'acollida i el nen se li ha mort ara, als tres anys. Vaig tancar la boca. Vaig callar en sec. D'una malaltia rara, va rematar la Mireia. I, com que jo no deia res, es va aixecar i va marxar. La meva filla va entendre que a mi allò m'havia decidit a canviar d'actitud amb la minyona. I sí que la vaig canviar, sí. Però perquè marxés de seguida. No la volia a prop ni un dia més. No volia records.

A partir d'aquell moment i fins que se'n va anar, no la vaig mirar més als ulls, perquè tot d'una aquella noia feia olor de llenya. No podia tornar-li a fer bromes, no podia jugar amb la seva beneiteria, me'n sentia incapaç, però tampoc podia estar-me amb ella a la mateixa casa. Em deixava sense respiració. En la Pili hi veia el reflex del que havia estat jo i això era superior a les meves forces. No ho suportava. Ella, jo ja me n'adonava, no entenia què passava, però sí que jo no la volia més al meu costat. I va marxar. Se'n va anar plorant. I jo em vaig mossegar el llavi de sota ben fort i m'hi vaig fer sang.

Jo, amb els llavis ben presos, em bellugava silenciosa per la casa de la vergonya. Intentava no acostar-me mai al pare. Continuava sense entendre què havia passat, sense comprendre per què ell, que deia que m'estimava, m'havia fet tant de mal. Tampoc no entenia per què la mare, que deia que m'estimava, em parlava de vergonya i em feia callar.

Tota jo era un forat negre. Em sentia com si només fos una xemeneia, i, això sí, ben bruta de sutge. Des d'aquell dia terrible, tenia l'olor de fusta ficada al cap. M'aixecava d'esma, caminava d'esma, feinejava d'esma, anava a comprar d'esma, saludava d'esma la gent pel carrer, ho feia tot d'esma. I si el cos el tenia buit, el cervell lluitava desesperadament per quedar-se en blanc.

Quan dinàvem, quan sopàvem, quan ens creuàvem amb el pare, intentava no mirar-lo per no veure-li la sang dels ulls. Com si res no hagués passat, ell no havia canviat la seva actitud del dia a dia cap a mi, ni tampoc cap a la mare. Quan el veia que agafava el porró, jo em traslladava tan lluny com podia. Quan dormia, sempre inquieta, somiava boscos profunds, forats a terra on no entrava la llum i on sempre hi havia pilons de fusta a punt per encendre el foc. I, de vegades, en la negror d'aquelles nits profundes i terrorífiques, sentia crits ofegats de la mare, que l'endemà es comportava com si no hagués passat res, encara que tornés a tenir la cara plena de blaus o que caminés coixa o que tingués un braç que amb prou feines podia moure.

Això fins que em va tornar a tocar a mi. Jo intentava no trobar-me'l quan estava sola a casa, però hi havia vegades que no hi podia fer res. Amb el temps, ell i el porró van esdevenir inseparables, i era el porró el que el portava a entrar a casa quan se suposava que havia de ser al camp. Enviava la mare a fer encàrrecs al Clot, a Saltamartí, a Serd, i llavors se'm presentava allà tot d'una. La primera vegada, és a dir, la segona després d'aquella primera, quan el vaig veure al meu costat, vaig començar a tremolar i a plorar. Per pietat, li suplicava, per pietat, i intentava fugir, escapar-me'n com fos. Però ell tenia pressa, no estava per històries, i em va agafar com l'altra vegada a coll i se'm va endur al recambró de la llenya. No sé què tenia el recambró de la llenya, o potser sí, i és que era un lloc tancat i fosc on ningú no el podia enxampar si entrava de sobte a la casa, i era més accessible que el pis de dalt, on potser hauria tingut problemes per arrossegar-me.

Aquella segona vegada vaig fer un crit a la desesperada. I llavors ell em va ventar un clatellot tan fort que em va girar la cara, i acte seguit em va tapar la boca, calla, mossa. Mossa, sempre mossa. Jo era la mossa, la mare era la dona. Tenia molta força, em vaig haver de rendir. I un altre cop aquella olor de fusta barrejada amb el seu alè de vi. I un altre cop allò de foradar-me mentre em posava un dit en aquell punt de l'esquena, i jo notava els seus llavis salivosos encastats al coll. I un altre cop allò de marxar com si no hagués passat res, i de jo netejar-me i vestir-me entre llàgrimes, sense la mare, que aquell dia va arribar més tard que ell al vespre, i jo els hi havia de tenir a punt el sopar a tots dos. I la mare, quan havia arribat, s'havia adonat de què havia passat només de mirar-me a la cara, i s'hi havia tornat a enfrontar i jo havia fugit escales amunt. I aquell dia per poc no la mata, que la vaig haver de guarir jo mateixa perquè ell va entrar a la meva cambra a mitjanit perquè l'ajudés a fer-la reaccionar. I jo llavors em vaig oblidar de mi, del meu forat de dintre i de tot, i vaig anar a salvar la mare. Aniré a buscar el metge, va dir ell, i abans de marxar em va mirar i em va dir o advertir, la teva mare ha caigut per les escales.

Jo no vaig dir res, però, quan ell se'n va anar, la vaig acariciar com ella havia fet amb mi després del mal. La vaig abraçar dolçament, i vaig plorar mentre jo notava que, pels seus ulls mig inconscients, també queien llàgrimes. Vaig posar-li bé la roba, que tenia ben rebregada, amb els botons trencats. Ella llavors va indicar-me l'armari, frisosa. Vaig obrir-lo i ho vaig entendre. Volia que li canviés el vestit, que la posés decent per rebre el metge. Com que no tenia gaire temps, vaig estirar el primer que vaig trobar. I l'hi vaig posar com vaig poder, perquè ella no tenia forces per ajudar-me. El seu cos, que jo no havia vist mai nu, em va fer esfereir perquè era ple de cops i de sang. I, en girar-la, vaig veure la piga. Era al mateix lloc que la meva, perquè ara ja m'adonava que allò que el pare tocava quan em foradava, era una piga, una d'aquestes que es van fent grans com més creixes. La de la mare llavors sobresortia molt més que la meva. Jo era una nena i encara estava a mig fer. Com la meva piga.

Quan va venir el metge, no es va creure el que li havia explicat el meu pare, però en aquell temps els metges feien veure que s'ho creien tot.

Després d'això de la mare, se'm va despertar el cervell. Vaig decidir que també havia de dissimular davant d'ella el que passava, si no volia que ell acabés matant-la de veritat. Vaig intentar aprendre a escapar-me'n. Ho vaig aconseguir a mitges, ell era molt espavilat, sabia quan em podia trobar sola, encara que la mare sempre feia els impossibles per no separar-se de mi. I a mi, a poc a poc, em va entrar també la vergonya. La vergonya del que estava passant, del que jo no havia pogut evitar de cap manera. La vergonya que, com deia la mare, no podia sortir de casa. A poc a poc, sentia que la culpable era jo, per ser massa bufona, per assemblar-me a la tieta Montserrat, i més, quan vaig deixar de lluitar, quan vaig adonar-me que el millor, el dia que m'enxampava, era deixar-lo fer. Almenys així no em feia tant de mal, em posava el dit darrere, anava de pressa i s'acabava de pressa. Se n'aprèn, de patir de pressa.

Al cap d'un temps, cada vegada que el pare se m'enduia al recambró de la llenya, potser un parell de cops al mes, jo em netejava com podia després i sortia a fora. Volia assegurar-me que continuava existint el sol. Quan després venia la mare, feia veure que no passava res. Almenys així sentia que la defensava a ella.

I, a base del costum, em vaig anar enfortint.

I tot d'una, feia tres mesos ja que no em venia la regla, i d'això sí que no hi havia manera d'amagar-se'n. Vaig haver de parlar amb la mare, li vaig haver de dir que estava prenyada. I ella es va posar a plorar. Llavors ho vam deixar tot, ens vam asseure i, ben abraçades, vam esperar que vingués el pare. Quan el vam veure entrar, l'hi vam dir. Ell es va quedar blanc. Que la vergonya sortís de casa no entrava dins els seus plans. Es va esverar molt i, per primera vegada, em vaig adonar que li sabia greu el que havia fet, no pas per mi, és clar, sinó pel que diria la gent. Al cap d'una mica, la mare es va eixugar les llàgrimes, va aixecar-se i ens va anunciar a tots dos, anirà a Barcelona, en parlaré amb la Montserrat. Al pare, la sang dels ulls se li va fer líquida. No va gosar ni replicar.

IX

—Diu la Fineta que li sembla que et va veure, àvia...

—Ah, sí?

La Sònia es deu referir al dia que la vaig veure sortint o entrant a la llibreria, aquell dia que ens vam mirar durant uns instants. Em falla la veu i estossego abans de demanar:

—L'has vista, la Fineta?

—Sí... i tant. Hem fet un dels nostres recitals, saps?

—Com?

—Que hem fet un dels nostres recitals!

—Ah!

Un dels seus recitals de música i poesia. En què es deu haver convertit el jardí, ara que hi deixen entrar tothom. No vull ni pensar-hi. Encara recordo les festes que hi fèiem, encara recordo l'ambient selecte que jo vaig aconseguir que es respirés allà a dintre. Hi eren tots. Tots els d'abans, vull dir. Tots els que deixaven la ciutat durant tres mesos per fer de l'estiu un espai de lleure en què avorrir-se era l'esport predilecte. Amb l'Ester i la Fina trèiem xampany a la taula de fora, i hi posàvem quatre coses per picar. Als nens els posàvem una taula a part, amb entrepans i taronjades. I posàvem música suau, amb l'altaveu a fora. I vinga xerrar. Normalment, les dones acabaven parlant del servei, o de pel·lícules que havien anat a veure, o de la perruqueria, o de la manicura que s'acabaven de fer. I fumaven uns cigarrets llargs i prims mentre s'envoltaven les espatlles amb jerseiets de llana fina perquè a la Carena les nits d'estiu sempre han estat fresques. Els homes, en canvi, eren més d'anar passejant pel jardí, i de comentar els seus problemes amb els treballadors a les fàbriques. I, és clar, jo em vaig trobar parlant amb ells de tot això quan jo també me'n vaig haver d'ocupar. I ja m'agradava, ja, era l'excusa perfecta per veure quin aconseguia que a l'hora de marxar es deixés expressament l'encenedor i tornés l'endemà, tot sol, a buscar-lo.

Quan era fosc, feia olor d'herba fresca i el jardí s'omplia del cant dels grills que portaven el compàs. Si bufava una mica de vent, sentíem com es bellugaven les fulles dels arbres. Els ratpenats xisclaven i de tant en tant, algun que voltava pel llum de sobre la taula feia xisclar també les senyores. L'Ester i la Fina sempre feien aquella cara de son i de mal humor, i jo de vegades els havia de cridar l'atenció. Però per res del món no hauria desfet aquella bombolla màgica de riures, crits de criatura i comentaris alegres de senyors que em festejaven sense cap vergonya davant de les seves senyores.

I ara... de tot allò no en queda res. S'hi barreja tothom, tothom parla amb tothom, tothom es fa amb tothom. Per no dir que tots se'n van al llit amb tots.

Amb la Sònia, som al balcó.

—Escolta, àvia, per què no sortim a fer un tomb...

Què diu, aquesta, ara.

—Vols dir? No sé si...

—Sí, dona, sí! Fa bon temps i així et distrauràs una mica. Què et sembla?

Molt malament, em sembla. No en tinc ganes. No vull caminar, no vull haver de saludar, no vull haver de parlar amb la gent, ni que la Sònia em faci entrar a dir hola a la llibretera com va fer l'última vegada que vam baixar, ara fa... quant de temps? Doncs no ho sé, però no em ve gens de gust sortir.

Tanmateix, la Sònia entén, no sé per què, que sí que em ve de gust, i se'n va a buscar la meva jaqueta mentre crida:

—Lupe! M'emporto l'àvia a passeig! Tornem a l'hora de dinar!

—Okei, *señorita*.

Okei, *señorita*. Aquestes són maneres de parlar? Si l'Ester m'arriba a contestar així... Però no mano jo, i ara es veu que he de sortir per força.

En canvi, quan jo hauria volgut sortir, no m'ho van permetre. Vaig estar sis mesos tancada a casa. Sis mesos. I no a casa de la tieta Montserrat, no, sinó en un convent de monges. En un convent de confiança, com em va dir la tieta. La mare superiora havia accedit a tenir-me allà durant tot l'embaràs, i les monges se senyaven cada vegada que em veien.

M'estava en una cel·la trista, i passejava per un pati trist. De lluny, se sentien els cotxes, la gent, la vida. A mi no em deixaven viure, només vivia allò que duia a dintre la panxa, allò que jo odiava amb totes les meves forces.

Tanmateix, el fet que hagués d'amagar-me l'embaràs, per a mi va ser un descans de sis mesos. Almenys era lluny de la bèstia, lluny de l'olor de llenya. I passava els dies mirant per una finestra que donava al claustre. O al claustre mateix, i llavors aquelles columnes les somiava de nit i de dia. L'àngel que havia vist als porticons, l'àngel que plorava, ara era aquí sempre i em somreia. Després, es desfeia en una mica d'aire, quedava diluït. I un àngel diluït no ajuda gaire.

Al claustre hi havia una fonteta. Després, la de can Torralba m'havia de fer pensar en aquella. Servia per al mateix, perquè no et sentissin els secrets.

Vaig parir un matí d'abril. Estava tipa d'aquella bola grossa que m'havia deformat. Quan vaig deslliurar-me de la meva càrrega ja no em sentia persona, només em sentia bola. Tenia només quinze anys i em vaig estripar tota. On va aquesta criatura, deia el metge. I no es referia al nadó, es referia a mi. I les monges no li responien. Jo, sí. Enmig de crits desesperats de dolor, cridava, la bèstia, ha estat la bèstia. I les monges es continuaven senyant i el metge em mirava als ulls amb un punt interrogant. I jo, com que no hi tenia res a perdre ja, com que aquell era el dolor dels dolors i em semblava que no me'n sortiria mai més, vaig ser clara com l'aigua, el meu pare, ha estat el meu pare. I el metge va aturar un moment allò que feia i, enmig del dolor, em va semblar veure-li una espurna d'horror a les ninetes. I, tot d'una, allò de dintre va fer blup, i el dolor es va acabar, i la monja que tenia més a prop em va girar la cara i me la va tapar amb la mà. No miris, em va dir. No vaig mirar, només vaig sentir el crit de l'odi que sonava esgarrifós a les meves orelles i com s'allunyava estances enllà cap a ves a saber on. Vesteix-la i els la dones, vaig sentir que ordenava la mare superiora a algú. I vaig pensar que era nena i que algú s'esperava per fer-la seva. I per fi, jo tornaria ser jo.

Trista encara, vaig anar a passar uns dies a casa la tieta Montserrat, l'única que m'havia trencat la rutina de la visió de la cel·la i el claustre durant tot aquell temps amb visites setmanals. Jo havia esperat que vingués la mare, però ella després em va dir que hauria quedat estrany, si figurava que simplement m'estava a casa els oncles durant uns mesos. I a mi em va venir una rancúnia molt gran. La tieta Montserrat havia explicat a casa seva que no m'acabava de trobar bé i que el metge havia dit que necessitava mar, encara que ells vivien a l'Eixample. L'oncle Jaume, si ho sabia, callava. Els fills, no van demanar mai res, només de tant en tant si em trobava millor, perquè la tieta els tenia ben educats. Tan sols la Rat em va semblar que entenia que era una qüestió de dones, com deia ella en veu baixa quan se m'acostava. I em va explicar, jo també ho passo molt malament cada mes, però el metge diu que és normal. Jo no deia ni que sí ni que no. Jo només l'admirava. Durant el mes llarg que vaig ser a casa seva, mentre durava aquella quarantena de sang que no s'acabava mai, mentre m'exasperava el dolor als pits i la llet que en sortia sense que la pogués controlar i em xopava les gasses que m'hi feia posar la tieta, vaig admirar la Rat. Era alta, prima, rossa i blanca com la llet. S'amagava el pintallavis per posar-se'l quan sortia dissabte a la tarda. Mentre jo era a casa seva, se'm va endur amb ella i em va deixar pintar-me'ls també tot just sortíem al carrer. Duia sempre uns vestits preciosos. I, quan somreia, em desarmava del tot. Amb gust l'hauria besat cada vegada que ho feia. Era una princesa de conte. Em penso que vaig estar enamorada d'ella fins que vaig casar-me. Després, ja no em calia. Després, la princesa era jo.

L'única alegria d'aquell temps va ser que, mentre jo era fora, es van endur el pare a fer el servei militar. Havia fet la guerra per als uns, i llavors volien que fes el servei per als altres. I el van tenir molt de temps fora, el temps de tornar jo i recuperar-me i agafar forces i ser diferent.

Hem entrat a l'ascensor, hem baixat, hem sortit al carrer. El sol m'enlluerna.

—Anem a veure la llibretera! —salta la Sònia plena d'alegria.

Quin interès per la llibretera. Haurem de saludar-la. A poc a poc travessem el carrer. Ella, quan ens veu, surt a fora. És tota somriures.

—Que bé que s'hagi decidit a baixar... Com es troba, senyora Mireia?

Em veig obligada a contestar, a ser amable. Amb tants somriures...

—Bé, bé, miri, anem fent...

La Sònia em sacseja una mica i m'explica:

—L'altre dia, quan et va veure la Fineta, va ser perquè va venir a signar llibres. Té molts adeptes a Sarrià, no et pensis...

—I tant! Tenim grans amants de la poesia al barri... I la Fineta és molt bona, molt bona...

Això ho ha dit la llibretera. Què m'expliquen, ara. Faig

un altre somriure per fer alguna cosa. La Sònia s'acomiada i em fa caminar amunt pel carrer.

—Anem fins a la plaça, va...

La plaça. Que lluny. Aquesta neta meva s'oblida que ja no soc àgil. Però no li sé dir que no. No vull que tingui un disgust. La Sònia és l'única que s'ha portat bé amb mi, d'entre tota aquesta colla de galifardeus. Però no em porta mai els fills. Deu ser que no vol que els contamini. Com que soc dolenta...

Em penso que ja era dolenta tornant de Barcelona la primera vegada. El crit de l'odi d'aquella criatura que vaig deslliurar, m'havia rosegat uns dies per dins però després me l'havia tret de sobre, i, si hi havia una nena a Barcelona que s'assemblava a mi o al pare, confiava que almenys no la tornés a veure mai més, no en volia saber res. També, per primera vegada a la vida, fent un joc de miralls al lavabo, amb el gros que tenien sobre el rentamans, i un de petit, vaig mirar-me la piga. I em vaig adonar que, efectivament, era com la de la mare, però molt més plana i descolorida. Si no hagués estat pels ulls de sang, no hauria sabut que la tenia fins al cap de molts anys, quan va començar a sobresortir.

Abans de tornar cap a la Carena, la tieta Montserrat m'havia agafat a part, m'havia parlat com si fos la veu de l'experiència en l'art de fer anar els homes al seu aire, i m'havia dit, Mireia, vigila. Que no et torni a passar això, que ets molt jove. Queda't a casa amb els teus pares si veus que algú et mira amb cara de voler alguna cosa estranya.

Queda't a casa amb els teus pares. Jo no em podia creure el que sentia. Pensava que la tieta Montserrat ho sabia.

Però es veu que no, que el fet en ell mateix formava part de la vergonya i que era menys vergonyós que jo me n'hagués anat amb algú a rebolcar-me en un paller, que no que m'hagués violat sistemàticament el meu propi pare a la meva pròpia casa allà on ella em suggeria que em refugiés si algú de fora pretenia fer-me mal.

Va ser en aquell moment que em vaig convertir en glaç.

Tornant a la Carena, quan ja no hi havia el pare, vaig negar a la mare l'abraçada de benvinguda. Em va mirar estranyada, entre llàgrimes. Què et passa, filla. Què li vas dir a la tieta Montserrat, li vaig demanar immediatament en un to sec. I què volies que li digués, em va contestar ella desviant la mirada. Doncs la veritat, vaig fer jo, i no que jo me n'he anat amb un home de bon grat. Ella llavors va mirar enllà, cap al recambró de la llenya, i va deixar anar, filla, li havia de dir això, si no, quina vergonya. Em vaig quedar quieta. Ben quieta. Ella va fer un nou intent d'abraçar-me. Li vaig treure les mans del damunt. I no m'has vingut a veure ni un sol dia, ni m'has dit res, li vaig dir. I me'n vaig anar cap a la meva cambra sense que ella fes cap intent de res més. Llavors vaig deixar de tenir mare.

Amb el pare absent, vaig tenir consciència del meu cos, del que representava el que havia passat amb ell i, sobretot, del que representava el que havia passat amb la mare. Curiosament, l'odiava més a ella que a ell. Perquè ell era l'enemic, però ella, que teòricament estava de la meva banda, m'havia traït. Vaig aprendre que no et pots refiar de ningú, mai. I també vaig aprendre que l'única defensa possible era un bon atac.

X

L'ampolla de vi l'he descobert aquesta nit a la cuina dels veïns. Quan feia una de les meves rondes nocturnes habituals després de prendre galetes amb llet, he tornat a la galeria i he mirat enllà, més per curiositat que per res, perquè volia veure si els nous llogaters feien aquelles coses estranyes de l'altre dia. I just quan estava mirant, s'ha obert la porta de vidre esmerilat, i he vist l'ampolla sobre el marbre. Bé, m'ha semblat que la veia, i llavors he anat de pressa a buscar els binocles d'òpera i he tornat on era. Resulta que la llogatera mare ha fet un intent de sortir, però llavors l'han cridat i ha tornat enrere deixant la porta mig oberta. Un descuit, perquè sempre, sempre tanquen. I així, amb els binocles, he pogut distingir clarament la meva ampolla, l'ampolla mig buida tal com ha quedat avui, amb l'etiqueta i tot, la mateixa del meu vi.

I què hi fa, el meu vi, a casa els veïns. M'he quedat palplantada mirant-lo. No sé què hi fa, però, en tot cas, això resol el misteri de per què la Lupe se'n va d'aquí cada dia amb l'ampolla i, en canvi, no la porta pel carrer. Això m'interessa. Amb una mica d'esforç, arrossego el tamboret de la cuina fins al costat de la rentadora i em torno a plantar els binocles als ulls. No penso pas dissimular si em veuen. Encara diria més, si em diuen res, els penso dir que estic enfadada. Molt enfadada. Que què s'han pensat. Que la mestressa del vi soc jo i que facin el favor de tornar-me'l. Mira, potser aquesta serà la manera de recuperar-lo.

L'altre dia, amb la Sònia, mentre fèiem aquell passeig fins a la plaça, vam passar per un lloc on en venien, de vi. I jo li vaig demanar amb veu melosa si me'n compraria una ampolleta. Vaig dir ampolleta expressament perquè queda com si fos menys. Però ella no en va fer cabal, dels meus intents de minimitzar. Es va posar a riure i em va dir, àvia, no, que, si te'l compro, te'l beus. I em va canviar de tema. Quina facilitat que tenen aquest jovent per canviar de tema.

I quina facilitat que tenen tots per prendre'm el pèl. Des de la Lupe, fins a la Substituta, la Sònia, la Mireia, els llogaters..., tots. Quina barra. M'encasto encara més els binocles als ulls. No ve ningú i l'ampolla continua allà.

L'ampolla. Vaig començar a beure de veritat de gran, jo. Vull dir, quan ja m'havia deslliurat de l'Emili. Descobrir que beure em podia fer oblidar, va ser un gran què. Podia haver-ho descobert abans. Però abans no estava per aquestes coses. Ni se m'hauria acudit mai. El porró del pare era el porró del pare, només ell bevia vi. I, mentre ell va ser fora, el porró es va quedar allà. La seva silueta es podia distingir a la part fosca del menjador, al costat de la llar de foc, i la seva ombra, enganxada a la paret, semblava que tingués vida. De bon matí, l'ombra era de mida real. Cap al tard, s'allargassava, i el broc negre semblava que jugués a tocar el sostre. I, quan enceníem el foc, el porró de la paret ballava, adoptava formes estranyes, s'estirava, s'arronsava, s'inflava, s'aprimava. El porró era el pare i allò que feia servir per fer mal. Fos com fos, la mare i jo sentíem en aquell estri la presència el·líptica del mascle de la casa. I cap de les dues no el tocava mai.

El meu glaç es va endurir més i més. Per sota, jo renaixia sense mirar enrere, i vivia com podia. Va venir la bèstia de permís un dia d'estiu i me la vaig trobar de cara. Entre una cosa i l'altra, feia un any que no em veia. Jo ja en tenia setze, però per dintre era com si en tingués cent. Me'l vaig trobar a la porta de casa, quan jo sortia. Feia cara de derrotat. Aquesta vegada no havia vist sang però amb els oficials de Franco havia hagut d'abaixar el cap moltes vegades. Em va semblar que em volia abraçar de veritat, com un pare. No l'hi vaig permetre. Ell es veu que tot d'una s'enyorava de la família. Va ser un mes a casa i no li vaig dir res. Res. Ell tampoc no hi va insistir. Qui sap si li sabia greu el que havia fet. Em vaig fixar que no bevia.

Però un dels últims dies que era a casa, em va buscar. Quan jo ja estava tranquil·la perquè faltava poc perquè se'n tornés a anar sense que hagués passat res, va aprofitar que no hi havia la mare per agafar-me per un braç, vine aquí, mossa, que te m'escapes, em va dir. De seguida vaig olorar el vi i vaig veure-li el porró al costat. Potser bevia perquè havia de tornar a marxar. El cas és que em va tornar a estirar cap al recambró de la llenya. Llavors jo vaig començar a cridar, i ell em va ventar un clatellot però jo aquell dia vaig continuar cridant, tot i que sabia que no vindria ningú, perquè en aquell temps, si una dona cridava dintre casa era cosa de la família. Cosa de la vergonya. I ell un altre cop em mossegava tota i m'ensalivava el coll. Però jo llavors ja era una dona dona. Una dona de les que se saben defensar perquè han viscut en un convent de monges, perquè han parit, perquè han sentit el crit esgarrifós de l'odi. I amb la mà dreta, que tenia lliure, vaig agafar un tió prim però consistent, i el vaig tustar tan fort com vaig poder. Ell va fer un crit, em va deixar anar i es va posar les mans al cap. Jo vaig aprofitar per agafar el tió amb totes dues mans i vaig esperar que s'incorporés. Però què collons fas, em va dir ell encara amb les mans al lloc on li havia picat, si m'has fet sang! Va mirar-me, ferotge. Però ja no hi va trobar l'ovella indefensa d'abans. Hi va trobar la Mireia dona, molt dona i molt disposada a tot. A mi també m'has fet sang, vaig replicar, molta més. No te m'acostis mai més, li vaig dir, o et juro que et mato. Ell em va mirar però no em va veure l'expressió dels ulls perquè jo li quedava a contrallum. Vaig pensar que només devia haver distingit una silueta fosca amb un bastó a la mà, i això, vulguis que no, impressiona. Jo crec que va ser l'àngel de la finestra el que va acabar de fer el fet. Els àngels serveixen per a això. El cas és que el pare es va posar bé la camisa, que ja s'havia començat a treure, i em va dir amb veu poruga, tranquil·la, noia, tranquil·la. I va sortir d'allà. No m'havia dit mossa.

Vaig aprendre a mirar-lo amb un aire de superioritat que tenia impressionada fins i tot la mare. Ell va marxar de nou i no va tornar fins al cap d'un any, ja per quedar-se. Jo, mentrestant, havia anat evolucionant i ja no era aquella nena fràgil, aquella adolescent esporuguida sense forces per defensar-se. Jo ja era una dona que no es deixava trepitjar.

Tot just quan el pare arribava, em va venir una invitació de Barcelona per passar-hi un temps, i la mare m'hi va deixar anar. Començava una nova època.

Té, ara ve algú a cals veïns. És la llogatera mare. I què li passa. Camina fent tentines, com si hagués begut. Tothom s'amorra a l'ampolla a dintre de casa seva, en secret, en privat. De fet, però, aquesta dona, la meva ampolla ni la toca. S'acosta balancejant-se a la porta del celobert i la tanca. Després, pel vidre esmerilat, veig que s'hi recolza. S'està així una bona estona, fins que el verd del jersei que porta es desenganxa del vidre. Llavors jo torno enrere. Ja sé on és l'ampolla, que és el que volia, però... he d'esbrinar si aquesta dona també beu i per què beu. Tots els que ho fem o ho hem fet, tenim una raó per beure.

Em torno a ficar al llit. Amb el llum de la tauleta engegat, miro les ombres del sostre, caramels que tentinegen, perquè la pantalla que envolta la bombeta és de pedres petites de colors que pengen. Coses d'un altre temps. La toco una mica, perquè m'agrada que ballin.

Jo també ballava. Quan va començar la nova època, m'hi vaig aficionar. Amb la Rat anàvem a ballar a Barcelona. Ens hi acompanyava el seu veí, que ja era gran i tenia xicota, encara que els seus pares no ho sabien. Se'l veia un noi responsable, sempre havia estat per a la Rat el germà gran que no tenia, i sortíem de casa tots tres ben empolainats els dijous i els dissabtes a la tarda, i recollíem la xicota en una cantonada i ens n'anàvem a l'envelat. I cap de les dues havia d'esperar gaire perquè vingués a buscar-la un ballador. Perquè totes dues fèiem goig. Teníem la mateixa talla i ens plantàvem el roig del pintallavis així que sortíem al carrer. I, a l'envelat, ballàvem i ballàvem, i tot ballant jo ho oblidava tot.

En aquella casa hi havia un ambient de ciutat. La Rat havia acabat el batxillerat i ara perfeccionava els seus coneixements, com deia la tieta Montserrat, amb classes de francès i de piano. Jo, més enllà dels estudis primaris i les classes de costura, no havia fet res més. Però, malgrat tot, vaig arribar més lluny que la Rat. Potser perquè em vaig endur el pintallavis.

Les estades a Barcelona, com a mínim una d'un parell de mesos cada temporada, es van convertir en un oasi en una vida de poble que cada dia m'ofegava més. Les estretors més dures de la guerra havien quedat enrere i es podia començar a viure una mica millor, només una mica, i només segons qui, és clar, perquè hi havia gent que no tenia ni un pam de terra. El pare va tornar definitivament, i alguna vegada que bevia massa feia l'intent d'acostar-se'm, però jo m'havia armat amb un ganivet de cuina, que sempre portava a sobre i que el feia desistir immediatament del que anava a fer. El punxava per sobre els pantalons quan se m'enduia i ell feia un crit de dolor i em deixava anar. La mare el buscava, el ganivet, i quan vaig dir-li que el tenia jo i que me'l quedaria, no va replicar. Ella també devia veure que el pare havia canviat, se'l veia acoquinat i, després d'alguns intents aïllats de tornar-hi, ja no va provar d'acostar-se'm més. Amb aquella victòria em vaig sentir superior, llavors jo ja era una altra, caminava segura, m'adonava que tothom m'admirava perquè semblava una estiuejant, perquè portava els vestits que em regalava la tieta Montserrat, perquè em pintava els llavis, perquè instintivament imitava el parlar de la Rat, que, si el dels seus pares era semblant al meu perquè havien nascut i crescut a la Carena, el d'ella era de Barcelona del tot. I això m'adonava que tenia embadalit tot el poble... i sobretot l'Aniol.

L'Aniol s'havia enamorat de mi. Quan jo era a la Carena, intentava passar poc temps a dintre de casa, tan poc com podia. El meu pare ja no em feia por però sí que em feia fàstic. I la mare no gosava ni tan sols dir-me que feinegés. Jo sí que feia alguna cosa perquè, si no, m'avorria. M'agradava pastar pa, i m'agradava cuinar. Intentava fer plats que havia vist elaborar a la minyona de ca la tieta Montserrat. I eren plats de ciutat. Però tota la resta, la feia la mare. El pare desapareixia, i temps després em van explicar que l'havien vist sovint agafant l'auto de línia i marxant cap a Serd sense dir res. Segur que anava a trobar dones que no hi havia a la Carena, ara que la seva filla havia deixat d'estar disponible. I la seva filla, o sigui, jo, quan acabava de fer el poc que havia de fer, s'asseia al pedrís que hi havia al costat de casa i es deixava admirar per tothom. Era una sensació agradable, era com si jo hagués nascut ahir, o feia tot just un o dos anys, i que la pobra nena dels catorze i quinze anys, aquella que s'havia estripat parint, fos una altra que no pas jo.

I llavors venia l'Aniol. I ja li veia als ulls que em buscava. I a mi llavors no em deia res, ell, perquè era un xicot de poble, però molt de poble, i, a més de ser molt pobre, era camperol. A casa seva encara tenien el disgust de quan se'ls havia escapat la filla, la seva germana, amb un anglès.

I jo, en el seu dia, havia pensat, quina sort, poder marxar amb un anglès, tant de bo aquell soldat que tornava cap a casa amb els de la retirada hagués passat per casa en lloc de passar per ca l'Aniol. És clar que jo llavors potser era una mica massa joveneta, però m'ho hauria estalviat tot, tot. I, a més, hauria viscut en un país meravellós, enllà de les muntanyes i enllà del mar de dalt de tot. Poc que sabia jo llavors que a aquell país de cotó fluix dels meus somnis també li tocaria patir una guerra.

Jo tampoc no sabia llavors que l'Aniol no tenia res, jo pensava que a casa seva eren els amos si més no d'un tros de terra que després va resultar que pertanyia a can Torralba. Però jo primer no en tenia ni idea, ell era agradable i tenia la germana a qui tot el poble anomenava l'Anglesa en veu baixa. El que havia fet era vergonyós, però al cap i a la fi era l'Anglesa, i això donava a la família, vulgues que no, un cert aire d'estrangeria que en aquells moments era molt apreciat. I, és clar, jo veia que ell n'estava, de mi, i pensava que, si m'hi casava, podria marxar de casa, si més no, que era l'únic que volia, i potser podríem anar a Anglaterra a viure amb la germana. I jo viuria com les angleses, que estava segura que tenien una vida molt alegre, i ell estaria content, perquè l'Aniol era un tros de pa i perquè somreia quan em veia somriure, i això a mi fins i tot m'emocionava una mica.

A Barcelona havia provat d'acostar-me a alguns homes, però tots se m'escapaven. I és que a Barcelona jo no destacava, com sí que destacava a la Carena. A Barcelona anava sempre al costat de la Rat, que era molt atractiva i que sempre estava envoltada d'admiradors. Al final, però, se'ls va espolsar del damunt i va acabar casada amb el seu professor de francès. I quan van començar a festejar ja no em va fer el cas que em feia abans. Em vaig trobar tot d'una que no em podia escapar a Barcelona perquè, si ho feia, em quedava tancada a casa i la tieta Montserrat no sabia com distreure'm. Em vaig trobar sense model a seguir, sense vestits per envejar, sense llavis per voler besar. Em vaig empassar la ràbia i la pena. Em vaig empassar la gelosia pel professor de francès. Quan es van casar, vaig fer veure que em trobava malament per no anar-hi i no veure-la a ella vestida de blanc, que era el que llavors ja es portava a ciutat. Però al cap d'un temps em va enviar una fotografia amb una dedicatòria al darrere. La dedicatòria deia, a la meva cosina enyorada en el dia del meu casament. Vaig mirar la foto. S'agafava de bracet del professor de francès, semblava una fada i somreia d'aquella manera que a mi em feia perdre el cap. Vaig contemplar-la una estona i se'm van emplenar els ulls de llàgrimes. Potser perquè n'estava enamorada o potser simplement perquè veia que ja no tenia sortida cap a Barcelona i que jo mai no tindria un professor de francès.

L'única opció, doncs, era l'Aniol. El trobava pràcticament cada dia. Les primeres vegades, m'asseia una estona al pedrís que separava casa meva de can Torralba, ara que ja no hi havia pastures, per no haver d'entrar a casa. I ell m'havia vingut a trobar un dia. I després ja ens hi havíem assegut pràcticament cada dia, com un costum. Ell m'admirava, se li veia als ulls, tota l'estona em mirava els llavis pintats, i, quan jo somreia, m'adonava que es desfeia com la mantega al sol. Cada tarda, mentre l'astre rei es ponia a poc a poc allà, al Pirineu, ell s'asseia al meu costat al pedrís i xerràvem tots dos. Xerràvem de les ovelles d'en Ton, que a mi em semblava que feien pudor i a ell no, xerràvem de la Guàrdia Civil que sempre passejava per la Carena, xerràvem de la feinada que comportava la festa major i que estaven organitzant ell i uns quants nois del poble perquè fos més sonada que les anteriors, que encara feien olor de pólvora. Xerràvem de tot. Jo preguntava i preguntava perquè no em demanés ell a mi com m'anaven les coses i com estaven els meus pares. Però, si ho feia, jo, ben de pressa, contestava amb una frase d'aquestes que no volen dir res, com ara, tot bé, o a casa estem molt enfeinats. I així, a poc a poc, ens vam anar agafant confiança, i jo vaig començar a veure en ell una possibilitat ben real de fugir de casa. De fet, estava segura que aviat em demanaria per casar-m'hi. Jo l'hi anava empenyent perquè veia que ell no s'hi atrevia, tenia les paraules com trabucades darrere la llengua i no ho acabava de dir. I a mi em feia gràcia, de vegades em posava a riure perquè m'adonava que no hi havia manera que se'n sortís. I això que tot el poble ens feia casats.

Després va passar el que va passar, però hi havia una cosa que sempre he tingut ben clara: L'Aniol era el meu amic, potser l'únic amic mascle de veritat que he tingut a la vida. I, per estrany que em sembli a mi mateixa ara, la veritat és que jo me l'estimava.

I llavors va venir la festa major.

Els caramels del sostre s'aturen i jo els torno a bellugar des del llum de la tauleta. Clinc, clinc, clinc, entre els meus dits. I joc d'ombres davant dels ulls. I vinga giravoltar, encara recordo aquella nit a l'envelat, la nit que havia de ser la decisiva, la nit en què vam voltar i voltar tant amb l'Aniol, la nit en què vaig fer morir de ràbia el pare perquè m'abraçava a un home que no era ell. I no ho va poder resistir i em va fer ballar un ball amb ell si us plau per força, i jo volia tornar amb l'Aniol i vaig ballar amb el pare contenint-me el fàstic, però després me'n vaig desenganxar i vaig tornar amb el meu amic. I l'Aniol sí que va parlar però només amb els ulls, tota l'estona. Amb els llavis no va dir res. Estava aterrit, tens com un rave, encara que després, a poc a poc, es va anar estovant i jo li vaig notar que, si hagués pogut, se m'hauria endut no sé on, li vaig notar que se li endurien els baixos, i llavors també em va venir la por a mi, perquè allò em va fer retornar de cop i volta l'olor de fusta. I em vaig desencantar tot d'una. Després, va venir el pare i em va estirar de mala manera per marxar. I ens en vam anar cap a casa amb la mare, i ell estirant-me pel braç, com si ens perseguís el dimoni. Quan vaig estar segura que no ens veia ningú, me'n vaig deseixir amb brusquedat. No em toquis, li vaig etzibar. Entràvem a la casa de la vergonya, però ja llavors, a dintre, hi manava jo.

L'endemà hi havia l'altre ball. Només en fèiem dues nits, en aquells temps. Em vaig tornar a posar el vestit de la nit abans, després de rentar-lo ben net i de posar-lo a assecar al sol, de planxar-lo i d'emmidonar-lo. I em vaig dir que si aquell dia l'Aniol no parlava, ja ho faria jo.

Però aquella nit va aparèixer l'Emili.

XI

M'he aixecat, m'he vestit, i, cap a les dotze, m'he assegut a la cadira del rebedor. La Lupe arribarà cap a quarts d'una. Ara vull veure si sento alguna cosa. Quan falten cinc minuts perquè arribi, m'aixeco i obro la porta silenciosament. Primer, no se sent res. Però al cap d'un parell de minuts, sí que sento com s'obre la porta de baix. Hi ha una escaleta que ve cap aquí, i una que va cap al pis dels llogaters. Tal com em pensava, la Lupe va cap a l'altre cantó. La sento que puja les escales, que toca el timbre de l'altra banda... M'entra una excitació que feia temps que no sentia. Paro l'orella ben parada i sento com li obren la porta i com una veu d'home, per tant, el llogater pare, la saluda i ella diu gràcies. I després, es tanca la porta, i jo també la tanco suaument i de pressa perquè ara vindrà cap aquí. M'adono tot d'una que no tinc temps d'arribar al menjador. Precipitadament torno a la cadira on era. I, quan la Lupe entra, miro de fer un posat com si fos d'allò més natural que jo sigui aquí on soc.

Va amb l'ampolla a la mà, la que li acaben de donar els veïns, i, quan em veu, fa una exclamació. No s'esperava veure'm al rebedor.

—Però... què hi fa aquí, senyora?

Me la miro amb un menyspreu absolut.

—Què passa? No puc seure aquí? Soc a casa meva i puc seure on vulgui.

—Senyora, però aquí no hi estarà tan bé com allà...

—Pot ser. Però, per saber-ho, ho he de provar, noia. I és el que estic fent.

Ara fa més cara de cassola que mai. Jo m'aixeco lentament i llavors ella s'acosta de pressa com per ajudar-me. Però jo, fent un esforç titànic, ja m'he aixecat sola.

—Deixa'm, noia, deixa'm, que no estic impedida.

—Okei...

Ella es fa enllà, no se'n devia recordar, que no m'ha de tocar, i hi ha caigut de cop. A poc a poc me'n vaig cap al menjador, i ella cap a la cuina. Cadascuna al seu lloc.

Això de l'ampolla m'ha fet pujar la mosca al nas. També em fa pujar la mosca al nas tot el que fan aquesta gent quan arriba la nit. Són estranys. Potser s'emborratxen i després fan l'amor enganxats a la porta esmerilada. Els deu agradar.

Jo no li trobava la gràcia a ficar-me al llit amb els homes. Bé, després sí, és clar, però al començament, no. Gens. Encara era massa pròxim el record del recambró de la llenya, tot i que el pare no em va tocar mai més.

Qui sí que em va tocar va ser l'Emili. La segona nit de ball, vaig entrar a l'envelat quan ell ja hi era, i també l'Aniol amb tota la família, i amb la seva tieta Rita que sempre aconseguia que la deixessin cantar una mica els de l'orquestra perquè ella, tant sí com no, volia dedicar-se a ser artista del Paral·lel i es veu que ho va aconseguir i tot, encara que jo, quan freqüentava aquells teatres, no l'hi vaig veure mai. Doncs aquella nit a l'envelat, em va veure l'Emili i va venir cap a mi, i em va demanar per ballar i jo vaig dir que sí ben de pressa. Tot el poble ens mirava, jo notava els ulls de tothom clavats al meu clatell, al meu rostre, a la meva roba blanca, a les meves sabates de festa. I vam començar a donar voltes. I va venir l'Aniol i va intentar que me n'anés amb ell, però jo llavors ja havia vist les coses clares, molt clares, perquè l'Emili m'havia dit ja, fa tant de temps que somio amb tu, perquè ell no tenia la llengua clavada. I jo, que no era conscient que el nen Torralba s'hagués fet un home, vaig somriure i vaig tancar i obrir els ulls molt de pressa, com si m'hagués emocionat. I l'Aniol se'n va anar amb la cua entre les cames. Em va saber greu, però no hi podia fer res.

A l'Emili, el recordava de petit abans que hi hagués el mur, quan els Torralba es construïen la casa. Era abans de la guerra, jo era una criatura i m'hi fixava tant com ens hi fixàvem tots, perquè era de Barcelona i era diferent. Ens miràvem com anava vestit i com s'estava sempre enganxat a les faldilles de la seva mamà. Jo en recordava molt especialment els ulls, perquè els tenia grossos i era l'únic que es veia d'ell. En la boca no ens hi fixàvem perquè no l'obria mai. Semblava que tingués vergonya de parlar. Sempre duia vestits de diumenge, d'aquells que nosaltres ens posàvem només per anar a missa, sempre el mateix perquè només en teníem un. En canvi, ell sempre en duia un de diferent, i, si no feia molta, molta calor, portava també un llacet al coll. Tenia els cabells tirant a rossos. Més tard, se li van enfosquir.

Després, amb la guerra i tot això, no l'havia vist més, perquè entraven i sortien amb cotxe, no es deixaven veure pel carrer. Però ell a mi, es veu que sí que m'havia vist, em deia que de vegades s'enfilava al mur amb una escala i mirava cap a on vivia jo. I que alguns cops em veia com estenia la roba o com sortia i entrava feinejant. I que estava enamorat de mi des de sempre. Que a Barcelona no hi havia cap noia com jo. Sí, la Rat, vaig pensar, però ella té un marit francès.

No cal dir que em vaig oblidar del tot de l'Aniol. L'endemà mateix del ball, l'Emili, que ja no era tirant a ros sinó més aviat moreno, alt, prim i força guapot, em va convidar a dinar a can Torralba. Va enviar la minyona a dir-m'ho, i els meus pares es van quedar parats. Vaig treure la roba de Barcelona de l'armari, la que m'havia comprat la tieta Montserrat per quan anàvem convidats a una altra casa. Em vaig arreglar, em vaig perfumar, em vaig plantar el pintallavis a la boca i a les galtes, i vaig anar cap allà.

Entrar a can Torralba va ser com entrar en un món a part, desconegut, en un més enllà de la Carena. Nosaltres, els de fora, no sabíem res del que es coïa a dins. Des que allò havia deixat de ser una pastura per a les ovelles ja abans de la guerra, que havíem deixat de saber què passava a dins. Havíem vist créixer els arbres per sobre el mur, això sí. Però prou. Algun manyà que hi havia entrat, i el lampista, n'explicaven meravelles. I que jo hi pogués entrar perquè m'hi havien convidat era tot un esdeveniment.

Encara en recordo la primera impressió, aquell verd, tan verd i tan fosc, i aquell fred i aquella humitat. Semblava una fageda però sense ser fageda. Eren teis. Vaig veure la font, que era tan diferent de les nostres, que no rajava de sota terra sinó que la feien rajar com si fos el safareig però més petit, i amb un estanyol i unes pedres de colors tot al voltant. Encara que no era igual ni de bon tros, vaig pensar en el claustre de les monges i em va venir una esgarrifança. Després vaig saber que era la moda a Barcelona, encara que jo no ho havia vist mai quan hi havia estat, o no m'hi havia fixat. El cas és que el senyor papà de l'Emili havia volgut que fos d'aquella mena de jardins, de ciutat, un jardí modernista. I era estiu i hi feia fresca.

A la porta m'esperaven tots tres, l'un al costat de l'altre, els meus futurs papà i mamà, i l'Emili, somrient embadocat. Ves per on, Mireia, vaig pensar mentre m'hi atansava, això d'impregnar-te tant de les coses de Barcelona ha servit d'alguna cosa. Els senyors Torralba pares semblava que esperessin algú important, tan ben vestits, tan arreglats, i resulta que m'esperaven a mi. Quan vaig ser allà davant, tots tres em van donar la mà. Després, vam entrar a dintre i vam dinar. I es van quedar sorpresos perquè parlaven de coses de Barcelona i jo podia seguir-los la veta amb naturalitat. A més, la tieta Montserrat i la Rat m'havien ensenyat com comportar-me quan era l'hora de fer una visita, i això em va anar d'allò més bé aquell dia que va ser decisiu. L'Emili em mirava amb ulls que regalimaven dolçor, i, de tant en tant, es girava cap als seus pares i els comentava, ja us ho deia, jo.

No vaig passar fred, aquell dia, per l'emoció que sentia, i això que després, sí, molt, perquè can Torralba era una casa gelada, amb aquelles finestres que donaven al jardí, a cara nord, i jo pensava, a qui se li acut a la Carena. Tanmateix, no ho vaig fer canviar quan hauria pogut, per por que ho remenessin i ho descobrissin tot. Però aquell dia, el dia del dinar, més aviat tenia calor, amb els ulls de l'Emili clavats a la meva templa dreta, i l'entrega total, sense concessions, dels meus futurs sogres, als meus peus.

Vam festejar poc, un any i encara gràcies. Va ser un any en què jo entrava a can Torralba tan dissimuladament com podia perquè no volia dir res fins que no fos al sac i ben lligat, que amb aquella gent no se sabia mai què podia passar. Va ser un any en què també m'escapava de l'Aniol tan dissimuladament com podia, dient-li adéu de lluny amb la mà i para de comptar. El cas és que aviat va córrer la brama per la Carena que l'Emili i jo ens casàvem, però ningú no s'atrevia a demanar-nos-ho directament perquè aquestes coses no les demana mai ningú amb claredat, i menys en un poble. I no sé l'Aniol com s'ho devia prendre, però sí que sé que en aquella època era l'única cosa que em feia mal al cor.

Durant l'hivern, els Torralba no pujaven, però aquell hivern sí que ho van fer, algun cap de setmana. I amb l'Emili, mentre ell era a Barcelona, ens vam escriure cartes d'amor. Ell em feia petons fugaços quan estàvem sols, res més. I això que els seus pares també procuraven que no ens quedéssim mai sols.

Els meus pares primer no s'ho creien, que érem promesos, i va haver de venir l'Emili personalment a dir-los-ho, tot i la vergonya que a mi em feia que entrés a casa, però aquell dia la mare i jo vam netejar-ho tot ben netejat, i jo vaig intentar que res no fes pudor. Hauríem pogut parlar a fora, però ens hauria vist tothom, que era pitjor, així que vam fer-ho a dins, i l'Emili va entrar-hi com qui ara entra en un parc d'atraccions, mirant-ho tot pertot arreu, es veu que no havia vist mai per dins una casa de poble. I, quan va haver entrat, va comentar, quina olor més estranya. I després, va demanar oficialment la meva mà al pare i a la mare, i em va posar al dit un anell d'or amb un brillant. La mare es va emocionar, i el pare no va dir res però va córrer a enganxar-se al porró. La meva satisfacció va ser quatre vegades més gran per això. Veure'l humiliat, aixafat, perdut, era com guanyar, a més d'un anell, un premi.

I aviat vam concertar una data de casament, a la Carena, perquè la núvia era jo i abans es feia així, que t'havies de casar al lloc d'on era la núvia. Ara ni tan sols es casen. I quan ho teníem tot a punt, la seva mare em va fer cridar. Jo pensava que no hi eren, l'Emili m'havia dit que pujava l'endemà. Però sí que hi eren els seus pares, i em vaig quedar tota estranyada d'aquella invitació d'anar a can Torralba. Vaig pensar que potser la senyora em volia donar un anell de família, o fer-me algun regal de dona a dona. Però no, volia parlar amb mi, ella i jo soles. Em va fer seure i jo vaig pensar, ai, que li han dit que no soc verge.

Em vaig asseure amb gran preocupació, amb una preocupació real que feia que el cor m'anés a mil. I no n'hi havia per a menys, perquè la mare de l'Emili em va mirar i em va dir directament, Mireia, no et pots casar amb el meu fill. No vaig respondre, sinó que vaig obrir i tancar els ulls un parell de vegades per guanyar temps. Estava segura que d'alguna manera coneixia la tieta Montserrat i que ella li havia parlat del que havia passat en la seva versió, és clar, o sigui que jo me n'havia anat amb un xicot del poble a rebolcar-me en un paller i m'havia quedat prenyada i havia hagut de donar el nen, vull dir la nena aquella dels plors de l'odi.

Però resulta que no era això, no. La mare de l'Emili em va mirar aixecant les parpelles a poc a poc, com si hi tingués un pes molt feixuc. Va obrir la boca per dir, l'Emili està malalt. Està malalt del cap.

XII

Avui és el tercer dia que sortiré a fora amb els binocles a la nit. He sentit el clonc-clonc de quan recullen les cadires del bar, que em fa recordar moments foscos. És la primera vegada que ho sento a l'hora de la recollida, sempre és el moment en què tinc el son profund i fins ara no hi havia hagut manera de mantenir-me desperta, però avui estic massa intrigada. Vull veure què passa amb la meva ampolla i amb els veïns misteriosos. Al cap i a la fi em prohibeixen totes les distraccions i ara només em queda aquesta. Per què em van desmuntar el jardí de la jardinera. Quin mal els feia. Tinc una sensació desagradable a la boca, sento una mena d'amargor cap a la Sònia que no havia tingut fins ara. La meva neta estimada també està d'acord amb tots ells, també em vol deixar sense res. Tots són iguals. Més val que no faci cas de ningú.

Tampoc no vaig fer cas de la meva sogra quan em va advertir sobre l'Emili, quan em va dir que amb l'adolescència li havia aparegut un brot de bogeria, i que es pensaven que havia estat només un brot i prou, coses del canvi, però que últimament hi havia tornat. I això ja no pinta gens bé, feia la mamà del meu promès amb els ulls humits, i tu ho has de saber. S'eixugava una llàgrima amb la mà dreta, i el braçalet d'or i pedreries que portava li feia dring, dring. I jo, després d'un moment d'estupor, li demanava a quina mena de bogeria es referia. Sent veus, em responia ella sense cap entonació especial, mirant cap a la finestra i molt de pressa, com si li fes angúnia haver-m'ho de confessar, i fent més dring, dring amb el braçalet tot fregant-se les mans. Deu estar nerviós pel festeig i per això li torna a sortir ara, concloïa mirant-me de nou, però mira, sort que ens n'hem adonat ara, i no pas quan ja seria massa tard.

Es va fer un silenci. Què vol dir, que sent veus, vaig demanar finalment. Quines veus, de qui. De ningú, va respondre ella, anant-se eixugant llàgrimes, però ell es pensa que sí que són d'algú de carn i ossos. I hi parla. Tot d'una es posa a discutir i resulta que no discuteix amb tu sinó amb algú que no existeix. Jo no entenia res. Ella es va explicar més detalladament, vull dir que, per exemple, aquestes veus que ell està tan segur que sent, li diuen que ha de sortir a fora al carrer per veure si algú l'està perseguint. I llavors el veus que fa que sí amb el cap, i diu d'acord, i surt a fora, molt a poc a poc, com si tingués por que el descobrissin. I si li dius alguna cosa, s'esvera molt i et fa xxxxtt, que et sentiran!

Jo estava al·lucinada. Allò em semblava increïble.

La meva futura sogra va continuar parlant. Una vegada, quan tenia disset anys i era la primera vegada que el veia fer això, vaig sortir darrere d'ell al carrer, i el vaig trobar a la cantonada amb el cos enganxat a la paret, com si vigilés l'altre cantó. I, és clar, tothom se'l mirava, i fins i tot se'n reien. M'hi vaig acostar i li vaig demanar què feia. I ell em va renyar i em va dir que vigilés, que em veurien i em dispararien. Però qui m'ha de disparar, vaig demanar. Ells!, va dir-me exasperat. Qui són ells, vaig insistir jo. Els que em busquen, em va respondre, tot estirant-me amb força perquè em posés al seu costat. I jo el vaig mirar i feia ulls de boig, Mireia. Ulls de boig.

Ves a saber què volia dir ulls de boig. Llavors la mare Torralba ja plorava a cor què vols i no l'hi vaig voler demanar. En lloc d'això, vaig esperar un moment abans de continuar preguntant, i després, què. Ella es va eixugar amb un mocador petit que va treure's de la màniga. No sabíem què fer i el volíem dur al metge. Però l'Emili es va enfadar i va dir que no hi aniria, que no li passava res, que per què no el crèiem quan ens deia que hi havia una gent que li parlaven a l'orella, si ell sempre deia la veritat. I s'estranyava que nosaltres no sentíssim res, ens deia que érem sords. I tenia un disgust tan, tan gran, que ho vam deixar estar, i vam pensar que, mira, qui dia passa, any empeny. I va semblar que realment no li passava més, que ja no sentia veus. Fins ara.

La meva futura sogra va mirar la finestra abans de dir, de moment no surt al carrer a mirar si el persegueixen, però torna a tenir converses amb els que li parlen des de ves a saber on. Tot just ahir s'entretenia a explicar-los com eres tu. Vaig saltar, a qui, a les veus. Sí, és clar, a les veus, va aclarir la dona. I després, va abaixar el cap i va callar.

Vaig observar-la en silenci, i, mentre l'observava, vaig pensar en aquella casa amb jardí, en un pis meravellós a Barcelona, en la condició de dona de l'amo de la fàbrica, en el mur altíssim que em protegiria de tot i de tothom, començant pels meus pares i continuant per tota la gent del poble, tan diferent i tan allunyada del que era jo. I també vaig pensar en l'Emili, que era tan ben plantat però que sentia veus i es pensava que el perseguien.

D'altra banda, em va venir al cap la casa de la vergonya, la mare amb cara de llàstima, el pare i l'ombra allargada del porró, el recambró de la fusta on jo no havia entrat mai més però que inefablement era allà i que desprenia una olor inconfusible. També vaig pensar en l'Aniol, tan dolç però tan simple, i en el futur sense futur de la Carena.

Ho vaig posar tot en una balança, també el braçalet d'or i pedreries. I, quan ho vaig haver fet, vaig dedicar un somriure encantador a la futura sogra, senyora, jo m'estimo l'Emili i això passa pel damunt de tot. No el penso pas deixar.

Com que és molt d'hora, faig temps i preparo un got de llet, hi suco una galeta i, mentre es desfà, penso en com la meva futura mamà es va posar a plorar i em va abraçar emocionada. Devia pensar que realment jo li deia allò per amor. Ella no vivia on vivia jo, no en sabia res, de tot allò, de tanta brutícia, de tanta misèria, de tanta violència amagada, de tanta por. I era massa bona persona per pensar que jo volia acabar amb aquell braçalet al meu canell només per poder fer dring dring mentre parlava.

Jo només volia escalar posicions.

Xap! Ara hauré de fer escalar posicions a la galeta amb la cullera perquè ha caigut a la tassa, a la llet, i, a més, m'ha esquitxat la camisa de dormir. Qui pogués beure un gotet de vi. Aquestes coses no em passarien. Però no, el vi és a cals llogaters. Au va, galeta... Oh, s'ha desfet tota, ja no en queda... Remenaré perquè es dissolgui amb la llet. De vegades més val oblidar-se de tot i menjar-se la barreja. Com vaig fer quan em vaig casar amb l'Emili: em vaig menjar la barreja tota sencera. No era perfecta, però era la que jo havia triat.

Amb ell vam marxar tres dies cap a Madrid, de viatge de noces. Ah, Madrid... Jo no en coneixia res i em vaig deixar portar. A Madrid, si volies conversar, havies de parlar castellà per força, molta estona seguida, i això sí que jo no ho tenia ben après. Sort que no hi havia ningú conegut, només l'Emili. Parlar amb els tricornis al poble o amb els amics castellans de la Rat era una cosa, perquè tots fèiem el que podíem. Però a Madrid vaig acabar tancant la boca i pensant amb autèntica admiració que bé que parlaven aquella gent. Tenien un accent i una manera de dir les coses com els de la ràdio, tenint en compte que els de la ràdio ens semblava que deien les coses tan ben dites i amb tanta seguretat que això donava un valor afegit a les seves paraules. A més, el castellà ben parlat tenia un no sé què que no tenia el català. El català em semblava molt de poble, i el castellà, de ciutat. Era una llengua molt més elegant que la nostra. Em vaig fer el ferm propòsit d'esmerçar-m'hi fos com fos tan aviat com tornéssim a casa, a Barcelona. Jo també volia parlar d'aquella manera, me n'havia de sortir. I, encara més, després que, en tornant de Madrid, al *wagon-lit*, l'Emili em digués, nineta, em fa l'efecte que ens haurem de passar al castellà si ens en volem sortir. L'Emili em deia nineta, que era més suau que mossa i, fins i tot, més suau que el meu nom. També quan érem al llit em deia nineta.

Al llit, la primera vegada ho vaig passar malament. Em va venir tot, al cap hi tenia la bèstia, la llenya, la sang, vaig voler cridar a l'Emili que em deixés, que se n'anés, que se'n busqués una altra. Però també entenia que no ho podia fer, que formava part del joc, i vaig mossegar fort un tros de llençol mentre ell anava fent i a mi pels ulls em rajaven tantes llàgrimes que vaig deixar el coixí xop. I tremolava tota jo, i no precisament de l'excitació, com ell es pensava. No vaig poder evitar sentir-me la Mireia d'abans, la mossa del meu pare, la de la casa de la vergonya, la del recambró de la llenya, m'hi vaig sentir fins que no els vaig buscar jo, els homes. Tanmateix, aquella primera vegada amb l'Emili, una cosa va anar per l'altra i estic segura que les meves llàgrimes, la meva cara de por, els meus crits ofegats i el meu mirar cap a una altra banda, l'Emili els va interpretar simplement com l'angoixa que passaven les dones del meu temps la nit de noces. No tinguis por, nineta, em deia suaument, intentaré no fer-te mal. No devia haver desvirgat mai cap dona i devia pensar que la cosa anava així, que el que es trobava quan penetraves una verge era allò, tot i que allò, per on ell m'entrava, s'havia arribat a eixamplar molt en un temps fosc que jo intentava oblidar com fos. No em va fer gens de mal físic, me'l va fer a l'ànima. La por es va apoderar de mi, la Mireia de catorze anys va tornar a aquell llit de noces i vaig sentir-me de nou fràgil i indefensa, desprotegida i horroritzada. Quan ell va cridar, jo també ho vaig fer i no precisament de plaer. Em va anar de pèls que no me'n vaig corrents.

Per sort, es va acabar de seguida. L'Emili era ràpid. Descansa, va fer després, mentre s'anava a rentar. I jo em vaig quedar dos minuts estirada al llit encara plorant. Després, quan ell tornava, em vaig eixugar les llàgrimes. Ell s'acostava completament nu, amb el penis arronsat que era una cosa que jo no havia vist mai, això sí que no, i em va adreçar un somriure i em va dir, has estat molt valenta. I va afegir, ja veuràs, nineta, que aviat t'agradarà.

No em va agradar mai, amb ell. Però he de reconèixer que vaig superar moltes coses, que vaig aconseguir ser una dona normal amb l'Emili, al mateix temps que ell, al contrari, perdia tot el sentit de la normalitat o almenys d'allò que els altres entenem com a fer normal. Bé, al començament, no. Vam passar uns mesos en què jo anava aprenent a fer de senyora Torralba, donant ordres a la minyona que vam contractar, l'Ester, que vivia al pis del servei, que és allà on ara viuen els llogaters, però llavors aquell pis estava comunicat amb el nostre per la cuina. Tot era diferent d'ara, ho van tirar tot a terra, ho van reconvertir tot.

Els primers temps de casada, el primer any, van ser d'acostumar-se a la nova manera de viure. L'Emili em va comprar molts vestits perquè me'ls pogués posar per anar als sopars amb els seus amics i coneguts, moltes vegades gent important amb qui havia de tancar negocis. I jo havia de fer el meu paper, el d'agradar. Si els amics eren de sempre de l'Emili, parlàvem català. Si no, la conversa i els comentaris es feien en castellà. Els temps havien canviat, tot havia canviat, havíem de viure i l'Emili tenia una feina important.

Quan em vaig quedar prenyada, força de pressa, vam decidir posar al nen Javier, el nom del papà però en castellà. Amb l'Ester, com que era del Pallars, sí que hi parlava català perquè el seu castellà feia pena. Quan hi havia visites castellanes, jo li ordenava que no obrís la boca. De fet, jo m'anava acostumant a manar perquè a això t'hi acostumes de seguida, i m'adonava que jo mateixa ja feia com la tieta Montserrat, intentava gesticular molt amb les mans, i donar ordres amb una entonació especial que només li havia sentit a ella. A ells, als oncles, els vaig visitar alguna vegada, ja coneixien l'Emili perquè havien vingut al casament, i van estar molt contents de convidar-nos a prendre cafè. Que canviada estàs, Mireia, em deia la tieta Montserrat, i jo notava que hi havia admiració en la seva veu, i que, mentre érem a la saleta conversant, em contemplava de reüll de dalt a baix. Al final, emocionada, em va demanar en veu baixa si em trobava bé. Sí, i tant, tieta, li vaig respondre fent-li un petó a la galta. I, per dintre pensava, deixa de mirar-me així. El seu esguard era com una punxa que se't clava per descuit perquè te l'has oblidat a la butxaca. La punxa d'un passat que la meva mare es va inventar per a mi per poder preservar la casa de la vergonya. No hi vaig tornar més, a visitar la tieta, només la vaig veure en algun esdeveniment familiar del qual no em vaig poder escapar.

A la Rat sí que la vaig anar trobant pels llocs. La primera vegada, va ser en un concert de companys seus de classe de piano. Sou convidats selectes, em va anunciar. Només hi ha vint persones. Ho feien a casa de la mestra pianista, que era prou àmplia perquè hi cabés tothom, i hi tenien un piano de cua. Però em vaig fixar que aquella gent no tenien gaire servei i, a la vitrina, no gaire res. Nosaltres la teníem molt més nodrida de coses de valor.

Els excompanys de piano de la Rat anaven passant, tocaven una peça i tothom els aplaudia. Ho vaig trobar força avorrit, per no dir avorridíssim. Només em va fer gràcia quan va tocar la Rat, perquè ella ja havia deixat el piano però l'hi havien insistit perquè toqués una peça que li sortia prou bé, que es veu que tothom coneixia menys jo. I la Rat va tocar mirant tota l'estona les tecles.

Després, els amos de la casa van oferir a tothom una copa de xampany. I la Rat va venir a trobar-me amb els ulls brillants, què, t'ho has passat bé, t'ha agradat. I tant, li vaig respondre. I ella llavors, satisfeta, em va deixar anar allò d'ens hem de veure més, que ja veus que és una jugada d'escacs difícil d'esquivar de manera hàbil. I així, em vaig veure obligada a dir, oh, encara no heu vingut a sopar a casa. I ella, que era evident que esperava la invitació, ho va rematar amb un, estarem molt contents de fer-ho. I, pam, ja els vaig tenir a casa la setmana següent. I va ser sopant que, de sobte, em vaig adonar que ella definitivament ja no era la meva admirada cosina. Que potser en canvi jo era la seva. Perquè llavors ella també em mirava amb devoció, com la seva mare. Jo a la Rat la veia ben normal, una dona casada qualsevol, encara que sabés tocar una peça al piano. El seu professor de francès era un professor de francès i prou. Vivien bé, sense problemes, però no tenien res. Jo m'havia situat molt millor, jo m'havia casat bé. I, quan ella em va somriure, vaig pensar que el pintallavis ja no li esqueia. Jo, en canvi, havia emplenat una capsa de pintallavis que havia comprat alegrement en una perfumeria que m'havien recomanat, i cada dia me'n posava un d'un color diferent. Cada dia em passava estona i estona triant-lo segons la roba que portava.

A poc a poc, vaig anar posant terra entre nosaltres i la meva família barcelonina. No teníem res a dir-nos, l'Emili no hi tenia relacions de feina i, per tant, no calia parlar-hi. I, a més, sí que hi havia molta altra gent amb qui s'havia de parlar, amb qui ens havíem de relacionar per força per coses de la fàbrica, i jo ja tenia prou feina organitzant cafès i sopars.

Mentrestant, m'havia oblidat de la Carena. De fet, podia no haver-hi tornat mai més, podia haver dit que volia anar a estiuejar a s'Agaró, que era on anaven uns amics de l'Emili que venien sovint a sopar i sempre parlaven de la platja i de les festes que feien a la torre amb els altres estiuejants. I vinga parlar de la torre amunt, de la torre avall, i jo volia dir que teníem una torre, però si deia que era en un poble ple de xais que no coneixia ningú, em semblava que no quedava bé. Tanmateix, l'Emili, que era natural com la vida mateixa, va dir-ho sense embuts, i davant de la meva sorpresa, ho feia d'una manera que quedava bé, que si el papà havia fet construir un jardí modernista com no n'hi havia cap altre allà a dalt, que si la casa era la més imponent en no sé quants quilòmetres a la rodona, que si allà ens sentíem com en un món a part. I jo, que sí, que sí, i ells llavors obrien la boca amb admiració, perquè ells tenien una torre, però hi havia molta altra gent que tenien torres a s'Agaró, i, en canvi, no gaires a la Carena, per no dir que llavors se les començaven a construir alguns estiuejants que aterraven allà com per art d'encantament.

Vam tornar a la Carena per Setmana Santa. Abans, vaig posar l'excusa que hi feia fred. I no vols estar amb els teus pares, nineta, es va estranyar l'Emili. No sé què li vaig contestar però, això sí, els vaig trucar per Nadal per felicitar-los les festes, i vaig parlar amb tots dos perquè l'Emili era al davant i també hi volia parlar, perquè si no, jo ni els hauria trucat. I encara em vaig haver de sentir de la mare, nena, t'enyorem tant. I del pare, unes llàgrimes de penediment, perquè llavors resulta que tenia un forat a la consciència perquè deia que jo li havia agafat por i no n'hi havia de tenir, perquè ell era el meu pare i havia canviat i ja no bevia. I vinga plorar, i llavors jo feia veure que es tallava la comunicació. I anava dient, que em sents, que em sents. I feia veure que no sentia res, i al final penjava sense acomiadar-me i per dintre sentia un plaer tan, tan gran, que per a mi era com haver aconseguit comprar alhora tots els pintallavis del món.

Llavors, quan em vaig quedar prenyada, va ser quan l'Emili va tornar a sentir veus. I d'aquí va venir tot. Vull dir, la meva cursa d'obstacles.

Ja és hora. M'empasso l'últim glop de llet. Ves, ara em tremola la mà. M'havia passat, abans, o això és nou? Ara no ho sé. Bé, tant és. Agafo el tamboret i, a poc a poc, el porto cap a la galeria. Després, m'hi assec amb els binocles. A veure si avui veig res. Aquí no se sent ni una mosca. Res. Només hi som els llogaters i jo. Però ells tenen la llum oberta.

Amb la llum oberta es passejava l'Emili per la casa parlant amb algú que no hi era, rient, comentant la jugada. La primera vegada que veus algú que conversa amb algú altre que no hi és, t'impacta, però també et fa una mica de gràcia si ja estàs preparat per trobar-t'ho algun dia, com era el meu cas. Al cap i a la fi, la mamà me n'havia advertit feia molts mesos, gairebé un any. Suaument, perquè no s'espantés, li vaig demanar amb qui parlava, tot i que ja vaig pensar de seguida que allò era al que se m'havia referit la sogra. El papà, per cert, no me n'havia parlat mai, d'aquell problema del seu fill. Primer vaig pensar que potser no ho sabia. Però després se'm va encendre una llumeta al cap: potser se'n donava vergonya. O sigui que la vergonya no era una exclusiva de casa meva. I, és clar, el senyor Xavier Torralba, com que era un home, no creia que s'hagués d'advertir ningú de res. Si t'ho trobaves, t'ho trobaves i prou. Sorpreses de la vida.

Els homes. Els homes viuen la seva vida tan feliços com poden, s'ensenyen de cara a fora i no estan pel que ells deuen considerar misèries humanes. Almenys els que jo vaig conèixer. Les misèries humanes són coses que han de resoldre les dones. Diuen que els homes d'ara són diferents i no sé si m'ho he de creure. Que m'ho demostrin.

M'enclasto els binocles als ulls. No es veu res, només llum a l'altra banda del vidre esmerilat. M'espero una mica. Avui he pensat que hi tornaria amb el jardí, però aquest l'amagaré millor, el posaré dins l'armari del balcó, on m'he fixat que la Lupe no mira mai. Deu estar brut de pols, ningú no el neteja, ningú no els va al darrere com anava jo darrere l'Ester, noia, això, noia, allò. Allà ha quedat pols, que no ho veus. I la cuina no brilla com ha de brillar. No m'excedia perquè volia que em durés, era conscient que l'Ester era una bona minyona i que almenys era discreta, i d'aquestes no n'hi ha gaires. Ho va demostrar aquell primer dia quan me la vaig trobar mirant-nos amb la boca oberta a la porta de la saleta, aquell primer dia en què jo vaig demanar a l'Emili amb qui parlava, i ell em va contestar que amb ningú, i va canviar de tema. Em vaig girar, la vaig veure, li vaig dir tafanera i ella va marxar, però al cap d'una estona em va venir a trobar i em va dir, senyora, no és la primera vegada que el veig parlant sol. Quan vostè no hi és, se'n fa un tip.

L'Ester, de cara a fora, va callar sempre. Jo, no. Jo vaig decidir aprofitar allò a favor meu de seguida que vaig veure que anava seriosament. No sé si els brots de l'Emili van recomençar per en Javi o per què, però el cert és que, al mateix temps que vaig veure què passava, també m'adonava que el meu marit començava a beure, i força. Bevia perquè l'esveraven les veus i les ordres que li donaven, de sortir al carrer a mirar els que el vigilaven, de treure el cap per la finestra i cridar ben fort, de controlar l'Ester de cua d'ull tota l'estona. Després de rebre ordres des del seu món extrasensorial, es quedava molt trasbalsat, respirava pesadament, com si li costés fer-ho, i les mans li tremolaven. Llavors se n'anava directe al moble bar i se servia un whisky. A continuació, s'asseia amb el got al sofà, en feia un glop, recolzava el cap al respatller i tancava els ulls. I així, amb els ulls tancats, encara discutia una estona en veu baixa, però cada vegada menys, fins que es tranquil·litzava del tot, glop a glop.

A la mamà, que de tant en tant em demanava com anava i a qui jo contestava que bé, que cap problema, li vaig dir llavors que hi estava tornant amb les veus. Ella es va quedar blanca. Em fa l'efecte que se sentia culpable, que sempre es va sentir culpable per no fer-me entendre que no em podia casar amb l'Emili sota cap concepte. Per no complir amb el seu paper de mare. Em feia pena. És una de les poques persones que m'han fet pena a la vida. I això de la pena és una cosa que et fa sentir malament, que et grata l'ànima. És desagradable. Però sigui com sigui, gràcies a això de la pena, la sogra es va oferir a ajudar-me tant com pogués i en el que pogués. I jo, també fent cara de pena, li vaig dir que no patís, que ja l'avisaria si la necessitava.

Mentrestant, amb el nen en braços, jo observava l'Emili i les seves divagacions. Ho analitzava amb fredor, volia conèixer-ne tots els detalls, quan parlava, amb qui, com. No sabia què passava a la fàbrica ni quan jo no era amb ell, però sí que em vaig adonar de seguida que l'alcohol li empitjorava la malaltia. Quan el vaig conèixer, ell bevia només vi a l'hora dels àpats. Jo, en canvi, no bevia gens. Però quan va néixer en Javi, va començar a prendre més whisky. Un got als vespres, després de sopar. Encara que es trobés bé, que no hagués sentit veus. I després també al migdia. I després, de vegades en bevia dos. Això a Barcelona, és clar, perquè a la Carena va començar a freqüentar l'hostal que hi havia abans, el de ca la Tònia, amb els altres estiuejants, i allà, per acabar-ho d'adobar, va començar a emborratxar-se de manera sonada.

Amb el bon temps, vam pujar a la Carena, amb en Javi molt petit. Per a mi, entrar a can Torralba amb cotxe i el nen als braços va ser una mena de triomf de la meva vida de comoditats sobre la seva, la de tot el poble, plena de misèria, de pudor i de porcs i d'ovelles. Ho vaig veure tot a l'inrevés de com jo ho havia vist fins aleshores. Ho vaig veure com des de l'altra banda del mirall. Recordo que quan jo vivia allà miràvem amb una barreja d'incomprensió, hostilitat i enveja l'automòbil que travessava el poble i entrava a can Torralba després que en baixés el xofer a obrir-ne la porta. I llavors, aquella mena d'il·lusió curta, aquell monstre negre de vist i no vist, desapareixia rere el mur. Rere aquell mur també incomprès, odiat, envejat.

Ara, des de dins del cotxe, els vaig veure als de fora els rostres i les reaccions. Des de les cares de les criatures que ens observaven amb curiositat i admiració gens dissimulades, fins a les dones que els estiraven i fins i tot els clavaven un clatellot per mirar el que no quedava bé de mirar, i la gent que fingia que no veia aquell automòbil llampant amb aquella polseguera, i la mirada esquiva i desconfiada de qui només llançava una llambregada i després es girava i se'n tornava cap a la seva feina i feia com si no hagués passat res. Cap somriure, cap expressió amable. Vaig sentir com, a través del vidre de la finestreta, em laceraven, em crucificaven, em treien els ulls i em foragitaven per sempre del seu món. Tu ja no ets de la Carena, semblava que diguessin. No en tinc cap ganes, pensava jo, i feia un petó al front a en Javi mentre li ensenyava el poble i després la casa, *ves, vas a veranear aquí, esto te va a gustar, ya verás.* Jo ja me'n sortia força, amb el castellà, després d'un any de practicar amb tants amics i coneguts, i amb el nen. Vaig pensar que a la Carena no s'atrevirien a dir res d'això de parlar castellà al nen, i així va ser, però, és clar, no pas els meus pares. O, més ben, dit, no pas la mare.

Van venir tots dos de seguida. Quan va néixer el nen, l'Emili els va avisar per telèfon i ells van voler parlar amb mi. Va ser l'altre moment desagradable, després del de

Nadal, ho vaig haver de fer, amb un i amb l'altre, però al pare el vaig tallar de seguida. No escoltava res del que em deia, jo li explicava el que em semblava de compliment, com si ell a l'altra banda no existís. Això sí, em van dir que baixaven a Barcelona, i els vaig respondre que no calia ben de pressa, que ja tenia ajuda, que gràcies, que de tota manera el nen el veurien en tres o quatre mesos perquè ja venia l'estiu. Sabia que els meus pares no tenien ganes de baixar, sabia que els feia mandra perquè era molt lluny, i me'n vaig aprofitar. Però a l'estiu, a la Carena, sí que van aparèixer de seguida, i la mare es va llançar sobre el nen, el va bressar, li va fer moixaines i va plorar una mica. El pare s'ho mirava des de lluny, estava com hipnotitzat. Jo, mentre hi havia l'Emili al davant, era amable amb ells, fins i tot els vaig fer un petó, malgrat el menyspreu que m'inspirava la mare i el fàstic que em provocava el pare. Però quan l'Emili no mirava, llavors jo callava i els arrencava el nen dels braços. Fins que la mare va dir al pare que se n'anés, i ell va marxar balancejant-se perquè ja semblava més un tarambana que una persona.

Va ser llavors que la mare se'm va acostar molt i em va dir, filla, oblidem el passat, amb tantes llàgrimes que ja no sabia com eixugar-se de les galtes. Jo la vaig mirar sense experimentar cap mena de sentiment. Ella sí que no em feia llàstima. Gens. I en Javi llavors es va posar a plorar. El vaig bressar una mica i li vaig dir alguna cosa en castellà. I va ser quan la mare es va eixugar les llàgrimes de cop. Li parles castellà, va dir. Sí. Ella es va inclinar per fer-li un petó al cap, es va girar i va marxar.

Vaig prendre consciència del jardí aquell estiu. Hi passava moltes estones. També sortia a passejar, m'agradava ensenyar el nen a tota aquella colla de vilatans incultes que tenien nens bruts. Nens que, de vegades, feien més pudor que els mateixos fems. M'agradava que veiessin que el cotxet brillava per sobre de la terra, de la pols, de la brutícia, de tot. I, quan havia fet la passejada, quan l'havia ben ensenyat, tornava a casa, anava a buscar una rebeca i m'estava al jardí amb en Javi i l'Ester.

El pare no va tornar més, però la mare sí, i jo intentava tractar-la amb normalitat perquè no se'm posés a plorar, perquè llavors em complicava la vida. Semblava que allò del castellà, si li havia caigut malament al principi, ja ho trobés normal. Però va ser quan l'Emili ja començava a fer coses estranyes, a més de parlar sol, quan ja començava a revisar finestres i parets perquè no l'ataquessin, llavors un dia que ella hi era, el meu marit em va cridar i em va dir, treu-la d'aquí, que em vol fer mal. Em va pescar per sorpresa. La mare, no, home, vaig replicar ben sincerament. Sí, sí, tots els pagesos em volen fer mal, va dir precipitadament fent que sí amb el cap, amb uns ulls sortits de les òrbites com si hagués vist qui sap què. Em vaig girar i vaig mirar-la, la que havia estat la meva còmplice, la que m'havia traït, la que m'havia deixat morir, la que ara volia ser l'àvia del meu fill. Era al jardí, asseguda al pedrís de la font, amb el nen al costat, fent-li xeres, en un lloc on entrava una mica de sol a través d'aquell tou d'arbres espessos. Vaig dir al meu marit, ara la trec.

Vaig anar-la a trobar i li vaig dir que ens deixés sols perquè l'Emili es trobava malament.

Així va començar tot. Tot d'una, en determinats moments d'alguns dies, a l'Emili li feia por la gent del poble, a tots els deia pagesos. Quan això passava, caminava per la casa responent a les seves veus imaginàries, que es veu que li deien que vigilés perquè el volien atacar. I jo, lluny d'espantar-me, vaig conduir la situació cap a on a mi m'interessava. No podia prohibir l'entrada dels meus pares a can Torralba, això no ho hauria entès ningú. Els portava el nen a casa. Els el deixava deu minuts i després tornava a buscar-lo, jo no volia entrar a la casa de la vergonya, no volia reviure el passat per res del món. I així anava fent temps mentre pensava què podia fer-hi, però era conscient que, un dia o un altre, vindrien tots dos a picar a la porta de can Torralba. I llavors podria tenir problemes amb l'Emili, que, cada vegada més, semblava que visqués en un altre món, un món on només hi eren ell i els seus fantasmes. En un món on no podien entrar els pagesos, que li volien fer mal.

Així que, pensant, pensant, se'm va acudir la idea d'incloure la casa de l'Aniol a dintre dels murs. A ell encara no l'havia vist, semblava que s'amagués de mi, que em defugís. Però en vaig parlar amb l'Emili, li vaig dir que potser l'Aniol podria ser el masover si hi fèiem uns bons tractes, i, de passada, potser així solucionaria el tema dels meus pares, perquè quan vinguessin, els faria anar a casa l'Aniol, i allà sí que podrien veure el nen. Podríem posar entre les dues cases una barana d'aquestes de fusta perquè quedés ben clar que cadascú tenia el seu tros. L'Emili va fer una mena de sospir, almenys seran lluny, va dir crispat. I jo vaig fer un somriure d'orella a orella.

I l'Emili va convèncer l'Aniol. Em penso que va aconseguir convèncer-lo perquè ell sabia que jo era allà a dins. I jo... Realment, no sé per què ho vaig fer. Potser perquè volia una persona amiga a prop. Potser perquè em sentia adorada per l'Aniol i perquè la seva bondat feia més càlids el jardí i la casa, tot i que de seguida, a més de la barana, vam fer posar un desmai entre el nostre territori i el seu, que contribuïa a fer més evident la barrera entre uns i altres, perquè de moment jo volia mantenir l'Emili apartat de tothom. Encara no calia fer-ho esclatar tot.

Per l'altra banda, algú acaba de tirar alguna cosa vermellosa al vidre esmerilat, que hi ha deixat una taca enorme i va regalimant. Sembla salsa de tomàquet.

XIII

Guardo a dintre un record confús del que van ser aquells temps, aquella primera època, quan en Javi era petit, quan jo vaig prendre consciència del que estava succeint i, després d'informar-me ben informada de com anava allò dels bojos, em vaig adonar tot d'una que podia arribar a incapacitar l'Emili per poder-ne ser jo la tutora i la gestora de tot el que era seu, o de tot el que un dia seria seu quan morís el papà. Recordo clarament el meu estat d'excitació així que hi vaig caure. Recordo que jo mateixa em vaig dir que m'havia de calmar perquè necessitava sang freda per organitzar-ho tot, per fer-ho bé i no aixecar les sospites de ningú. Jo havia de quedar com la pobra víctima d'un boig, i fer llàstima a tothom. I amb el temps que feia que havia estat estudiant tots els moviments de l'Emili, vaig tenir clar de seguida com ho havia de fer, no pas perquè es trobés millor, sinó precisament perquè empitjorés, perquè es posés malalt de debò, molt malalt, i se n'adonés tothom i el tanquessin d'una vegada per totes.

En aquella època em mirava al mirall i em pintava els llavis mentre pensava tot això. Cada dia triava un color que s'avingués amb el moment que estava passant. Quan em sentia contenta i tot anava bé, triava un vermell cirera. Quan volia fer llàstima, m'hi posava un marró. Quan es tractava de causar admiració, el vermell fort. Quan volia passar desapercebuda, el rosa pàl·lid. I, mentre em pintava, resseguia mentalment un pla elaborat pel meu cervell que només guardava a la memòria i que tenia cada vegada més clar. Així, a l'Emili el vaig començar a estirar cap a la Carena tant com podia. Després d'aquell primer any en què ell volia pujar i jo no, va passar a l'inrevés, i era que ell preferia quedar-se a Barcelona perquè tenia por, i jo, en canvi, amb l'excusa que volia veure els meus pares, l'hi feia anar de seguida que hi havia dos o tres dies de festa, i quan era Setmana Santa o s'acostava l'estiu. Ell feia el cor fort per mi, estava enamorat, sempre havia sentit debilitat per mi i m'obeïa en tot i per tot. Els temps havien canviat i jo el manava a ell, manava els meus pares i manava a tothom. A l'Emili el treia a passejar tant com podia a la Carena perquè veiés gent, perquè estigués en contacte amb els qui ell anomenava pagesos. Quan sortíem tots tres, el feia aturar-se cada dos minuts, donava conversa a tothom perquè ell agafés por i perquè la gent s'adonés que alguna n'hi passava, al senyoret de can Torralba. I així llavors ell tornava a casa fet un flam.

I vaig començar a beure per ell. Em vaig adonar que intentava controlar-se tant com podia, i, perquè no fos així, només hi havia una solució i era afegir-me jo a les sobretaules amb whisky, amb conyac o amb el que fos que hi hagués a casa. I així m'hi vaig anar aficionant. Primer em va costar molt, em gratava l'esòfag, em semblava que engolia alcohol pur. Em cremava. Però l'important era que l'Emili em mirava, somreia, em deia que era la seva nineta, i llavors també es bevia ell el seu got, el primer, el segon, el tercer, el quart. Jo no bevia tant, mai vaig beure tant i mai he begut tant. Havia d'estar sòbria si volia dur allò a bon port, però vaig aconseguir que es pensés que bevia tant com ell. I, quan ell bevia tant, començava a parlar d'ombres que veia, de veus que sentia, d'atacs premeditats contra la seva integritat física que s'estaven ordint des de fora la casa. I, de vegades, es posava a tremolar, i, fins i tot, a cridar.

—Àvia, com estàs?

—Ai!

És la Sònia, que es posa a riure.

—He estat amb l'Aniol aquest cap de setmana... Tots dos us esteu asseguts en una cadira, tots dos mireu l'infinit...

»Per cert, m'ha tornat a donar records!

Records. D'això és del que jo visc.

—Què són aquests binocles?

Reina Santa, ahir em vaig descuidar de guardar-los al calaix. Miro de desviar-li l'atenció.

—Deixa, deixa, que no sé què buscava ahir i els vaig trobar...

—Oh, són molt bonics... Són d'aquests d'òpera d'abans, oi?

Vaja, fa aquella veu que fan les netes quan volen que els regalis alguna cosa. Però jo els binocles no els hi puc regalar. Els necessito.

—Sí, sí —contesto amb evident impaciència.

Tanmateix, ella és insistent:

—Me'ls deixaràs un dia?

Primer em quedo parada. Però després penso que ara és la meva. He tingut una idea:

—Sí, quan vagis a l'òpera...

—D'acord! Gràcies!

—...si em deixes tornar a fer el jardí.

—Quin jardí?

—El de la jardinera.

La Sònia es queda sorpresa, molt sorpresa. Ho he notat. Finalment deixa els binocles i em diu:

—Àvia, és que això del jardí és malaltís, que no ho veus?

Malaltís. Que pesats.

—I què? Saps quants anys tinc, jo?

De vegades, fins i tot amb la Sònia, això s'ha d'anar recordant. A noranta-dos anys, si tens una mania, tens una mania.

La Sònia sembla que s'ho pensa i a mi ja em comença a saber greu el que he dit, quan tot d'una s'esdevé el miracle:

—D'acord, àvia: tu pots tenir el teu jardí i jo t'agafo els binocles per anar a l'òpera.

No pot ser que m'hagi dit això. Em quedo amb la boca oberta. Al final dic:

—Molt bé, d'acord... Quan hi vas, a l'òpera?

—La setmana entrant!

La setmana entrant. M'hauré d'afanyar espiant els veïns.

—Però me'ls tornaràs l'endemà —li dic—, que me'ls estimo molt...

—És clar!

—Molt bé, tracte fet.

He aconseguit el que volia: els binocles i el jardí. Perfecte. Per canviar de tema, li demano pels seus fills. I ella em diu que un dia me'ls portarà. Estic a punt de dir que no cal, no vull criatures per aquí, però ara sembla que a ella li fa il·lusió. I la Sònia és la Sònia.

I l'Aniol era l'Aniol, però jo l'havia d'engalipar.

XIV

Avui quan ha vingut la Substituta, l'he escridassat. No sé què m'ha vingut a dir, però jo estic de molt mal humor, només tinc ganes de dir-los a tots que se'n vagin a fregir espàrrecs o a fer punyetes o el que calgui. Que em deixin en pau.

No em puc refiar ni de la Sònia. M'ha trucat de bon matí a aquest telèfon que tinc al costat per dir-me que li sap tant, taaaaant de greu, però que avui no pot passar a tornar-me els binocles que es va endur dimarts. Que segur que no m'importa que me'ls torni la setmana que ve, oi, que avui marxen cap a la Carena i que ahir no va tenir temps de passar. I no els pots donar a la teva mare i que me'ls porti, li he dit molt seca. És que no la veuré, ha respost ella alegrement. I, abans que jo tingués temps de queixar-me, m'ha saltat amb un, et deixo, àvia, que m'esperen al cotxe.

Maleït sia. Sense els binocles no puc saber què passa a la casa del costat. I això que em comença a pujar la mosca al nas perquè un altre dia, quan encara tenia els binocles, vaig veure-hi un altre cop la meva ampolla, i també perquè vaig veure com semblava que juguessin al pica parets amb la porta esmerilada, ara hi posava una mà l'un, ara l'altre, ara la del nen... A què juguen, aquesta gent. Que estrany tot.

Però ara no ho puc saber. M'he d'armar de paciència, i això és realment difícil amb la Substituta, que no sap mai per on navega. Totes són iguals, totes venen per passar l'estona el cap de setmana. I, a sobre, els deuen pagar.

Ara fixo els ulls en el balcó, d'aquella manera que la Sònia diu que és mirar l'infinit. Però jo no miro l'infinit, no: pel racó de la dreta apareix una cantonada de la jardinera. La jardinera. M'aixeco amb penes i treballs i vaig cap allà. Els binocles eren a canvi de la jardinera. Per fi una bona notícia. Em passa de cop el mal humor i fins i tot se m'escapa un somriure.

Obro la porta del balcó i surto a fora. La Substituta que m'ha sentit, ve darrere meu.

—On va, senyora? —demana amb timidesa.

Deu tenir por que la torni a escridassar. Però de moment no és ben bé el que vull fer. Ja que la tinc aquí, la faig servir:

—Ajuda'm, noia.

Li dic noia per no dir-li Substituta. Ella s'acosta i jo li assenyalo un sac de terra.

—Omple'm la jardinera —li ordeno.

Llavors ella mira el sac de terra, la jardinera, i després un altre cop el sac i la jardinera, i acaba mirant-me a mi.

—Senyora, la senyoreta Sònia va dir...

La tallo:

—Amb la Sònia vam quedar enteses la setmana passada. Pots trucar-li si vols, i t'ho dirà. Però abans, omple la jardinera de terra i acosta'm el tamboret i les eines.

La Substituta es queda parada un moment. Després, m'obeeix. I després, se'n va a trucar a la Sònia. Ja s'espavilaran. Jo ja tinc el que volia. Puc tornar a construir el meu jardí.

Des del tamboret, allargant un braç, recupero el cabàs amb tot el material a dins. Afortunadament, no el van llençar, fins i tot elles ho devien trobar massa cruel, i l'altre dia, quan remenava l'armari, el vaig veure aquí, en un racó. Hi és tot, fins i tot la caseta de nines. De barrufets, n'hauria de dir, perquè mira que és petita.

L'agafo i la situo més o menys al mig de la jardinera però tirant una mica cap a un extrem. Aquest extrem serà el de la banda nord, la del Grèvol. I just darrere hi posarem aquesta mica de plomall, que faci de desmai... Així, molt bé. I al fons del camp, la casa de l'Aniol, que no és casa ni és res, que és una mica d'escorça d'arbre, com aquelles que es fan servir per als pessebres.

Així és exactament com la veia des de la finestra petita del lavabo de dalt, que era l'única que donava a la banda sud, i per això el lavabo era més calent que la resta de les estances de la casa. A qui se li acut de fer una casa encarada al nord, pensava jo quan hi entrava, i llavors em recordava de casa meva, encarada al sud-oest, com totes les de la Carena. Però de seguida, quan m'entretenia a pensar en les habitacions de casa meva, em pujava al coll tot el que tenia a l'estómac i em començava a ofegar, i havia de canviar de pensament. I continuava mirant cap a ca l'Aniol i de vegades el veia que era al camp o que sortia i entrava. I també veia la Fina, la que me l'havia pres, i, més endavant, la Fineta. Ho feia sense obrir gaire la finestra, no sé si ells eren conscients que des d'allà es podia veure exactament tot el que feien.

Quan el veia, l'Aniol, m'estovava. La figura d'aquell home fort però encorbat, sempre treballant al camp o entrant i sortint de casa, m'inspirava un sentiment de tendresa, el mateix que m'ha inspirat sempre. De vegades pensava que hauria estat més feliç si m'hi hagués casat, com estava previst, però després em deia que així, tal com estava, jo tenia diners, una casa a Barcelona i havia fugit de la misèria, i això per a mi ho valia tot.

De tota manera, al cap d'un temps, em semblava que vivia amb un nen, un home i un munt de fantasmes. Era una sensació estranya, tots convivint a la mateixa casa, i alguna vegada vaig pensar que se m'encomanaria això de sentir veus, perquè ja començava a creure que realment no vivíem sols i perquè quan vius amb algú tant de temps, al final se t'encomana tot. A Barcelona, l'Emili es trobava molt millor que a la Carena, hi havia vegades que fins i tot semblava que ja no hi hagués ningú més al seu voltant. A la Carena, en canvi, tot era rebre ordres de les seves veus. De vegades els somreia i els deia, d'acord, ara ho faig. Llavors, per exemple, s'aixecava i tancava la porta. Altres vegades, s'enfadava o tenia por, i, tot d'una, es posava a tancar tots els porticons de la casa perquè no hi entrés ningú. I jo, vinga omplir-li el got de whisky. I a les tardes el feia sortir a passejar perquè es trobés amb tanta gent com pogués, i als vespres l'empenyia fora de casa perquè els altres estiuejants, amb qui es trobava per fer el got a ca la Tònia, anessin prenent consciència que allà hi havia alguna cosa que no rutllava.

Fins que les coses es van tornar perilloses. Vull dir, perilloses per a mi i per al nen. Tot d'una, no sé per què, jo també vaig començar a fer-li por. Em feia l'efecte que em veia com una mena d'ombra negra que se'l volia menjar. Llavors l'Emili ja estava completament trasbalsat. No sé com m'ho havia fet per aconseguir aconduir aquella situació de manera que la veiés tothom però a discreció, sense que resultés excessiva, perquè jo volia estar segura i ben segura que, quan l'enxampessin, se l'enduguessin definitivament a un sanatori.

En aquella època, l'Emili ja no reia, ja no parlava amb normalitat, només vigilava contínuament a tot arreu i, de tant en tant, cridava a algú que no existia que se n'anés, que no se li acostés més. El pànic l'assolava pertot arreu. De vegades, fins i tot plorava. Quan entrava jo, ja no es deixava abraçar, sinó que es feia enllà, s'allunyava de mi com si jo l'hagués de mossegar. I, com que jo havia de dormir al mateix llit que ell, vaig començar a posar excuses per anar-me'n a l'habitació del nen. Que si en Javi no estava gaire fi, que si es trobava malament, que si l'havia vist estrany. Que si qualsevol cosa.

Vaig fer ben fet, d'apartar-me'n. Un bon dia, l'Emili es va fer amb un ganivet de cuina i ens va començar a perseguir. Quantes vegades jo havia acabat a la cambra de bany de dalt amb el nen que dormia als meus braços. I mirava per la finestra i, sota la lluna i les estrelles, veia la casa d'escorça i m'imaginava a dins l'Aniol abraçat a la seva Fina, a aquella dona que era com un cop de vent dolent i deixava anar el que li semblava i quan li semblava, perquè la Fina no callava res del que pensava. I un dia que ella va venir a casa, sense avisar, a demanar-me excuses per no sé què que m'havia dit, l'Emili per poc no la mata perquè el va enganxar en un moment de bogeria. La dona va tenir un ensurt de mort i va marxar corrents.

Cada vegada estava tot més embolicat fins que jo, un dia, vaig sortir del lavabo on estava tancada amb en Javi i me'l vaig trobar a fora esperant-me amb un ganivet, amb el braç enlaire com si fos una estàtua de glaç. Vaig tenir un gran sobresalt. Arran d'això, vaig decidir que preferia sortir a fora les nits que veia que ell estava pitjor i dormir al pedrís del costat de la font, amb uns coixins i unes flassades. En Javi, que tenia vora els dos anys, no s'assabentava de res i hi dormia com un soc.

Precisament va ser llavors que una nit em vaig entrebancar amb una pedra que sobresortia. Vaig veure que era una llosa de just sota les herbes i, com que no sabia què era, em va picar la curiositat. Amb l'ajuda d'una aixada la vaig obrir i vaig enfocar cap a dins amb una llanterna. Hi vaig veure un espai ben buit, o això em va semblar des de dalt.

Vaig baixar-hi el nen després de posar-hi una cadira per fer de graó. Però, quan vam ser tots dos a baix, en Javi va obrir els ulls i va arrencar a plorar, i jo intentava fer-lo callar però no me'n sortia. I tot d'una em va venir una por terrible que l'Emili sortís de casa i decidís tancar la llosa amb nosaltres a dintre. Vam sortir ben de pressa i, un cop a fora, vaig tornar a posar la llosa a lloc, i va ser com si no hagués existit mai aquell forat. No en vaig dir res a ningú.

I llavors va venir aquella nit. Ara que amb un dit dibuixo al meu jardí de la jardinera el caminet que va des de can Torralba fins a la casa de l'escorça, em recordo de la pluja torrencial que em va despertar una matinada que érem al pedrís amb el nen perquè l'Emili estava particularment violent. Vaig obrir els ulls que m'estava quedant xopa, i vaig rumiar en un moment què podia fer. Vaig mirar cap a on s'amagava la llosa, però immediatament vaig decidir que a dintre el cau no m'hi volia ficar. Així que, d'una revolada, vaig agafar el nen a coll i vaig arrencar a córrer cap a ca l'Aniol sense pensar en res. Vaig travessar la barrera del desmai, em vaig entrebancar un parell de vegades al camp i vaig arribar davant la porta dels masovers completament xopa. Obriu, si us plau, obriu, vaig cridar mentre picava tan fort com podia. I van obrir i em van trobar tots dos allà, la Fina i l'Aniol, i jo tremolava com una fulla. L'Aniol em va mirar amb una tendresa infinita, i la Fina em va fer entrar ben de pressa. I vaig entrar i els ho vaig explicar tot. Tot... el que es podia explicar, és clar.

XV

Fa dies que no puc anar a mirar què fan els veïns, i que no puc constatar, doncs, que la meva ampolla sigui on ha de ser. De fet, sempre era allà, almenys quan jo ho mirava. Però potser un dia la canvien de lloc. És curiós, aquells dies d'observar el vi amb els binocles, em feia el mateix efecte que si me l'hagués begut. Sentia la mateixa escalforeta a dintre de quan baixa cap a l'estómac el líquid que fa de bàlsam de la vida. Però potser l'escalforeta de l'espionatge, en lloc de bàlsam, es convertia en accelerador de palpitacions del meu cor i de tot el meu cos. Quan mirava a través dels binocles em sentia alegrement inquieta, no sé com explicar-ho. I això sí que crea síndrome d'abstinència.

Sospiro. Per sort, tinc el jardí. Vaig començar-lo a fer l'any passat en aquesta jardinera on ningú hi planta res des de fa temps. Era el dia de Sant Jordi i la llibretera havia organitzat un bon sarau amb una parada d'aquelles tan grans on tothom s'atura a mirar i a remenar. Just com fa deu dies, ara que ja hem tornat a passar la data. Però l'any passat feia un sol que espetegava i en canvi aquest any feia fred al balcó. Jo no sé què té això dels llibres que els agrada tant a la gent com la Fineta. Quan els obren i miren què hi ha a dins no sé què pretenen trobar-hi. Veig que fullegen, que en llegeixen un paràgraf, que tornen a fullejar, que en llegeixen un altre paràgraf. Deuen jugar a veure si un tros de llibre casa amb l'altre. No ho he entès mai. I l'Aniol tampoc, perquè no va entendre mai la Fina, a mi m'ho va dir. M'ho va dir quan...

Té, aquí hi ha l'Aniol, i aquí la Fina. Però la Fina és morta, pam, estesa a terra. L'haurem d'enterrar. I aquesta és la nena, la Fineta, que sempre corria d'un lloc a l'altre. En realitat, no són persones, són pinces. Fins i tot els vaig pintar els ulls amb un retolador, i a la Fina i la Fineta els volia posar cabells però no sabia com fer-ho, i al final també els els vaig pintar, però com que el pols em va com em va, van acabar totes dues amb els cabells a dins dels ulls, i ho vaig deixar estar perquè només es veien les dues pinces amb una cosa negra al capdamunt i m'estava posant de mal humor. Que jugues a nines, em va demanar la Sònia divertida, la primera vegada que em va veure fent-ho, que, per cert, em va enxampar in fraganti. Quin ensurt, vaig fer un bot imponent. Després em va venir l'alegria habitual per veure-la. Sí, sí, li vaig dir intentant distreure-li l'esguard. Bé, no fas cap mal, va dir. I em va ajudar a aixecar-me perquè a ella sí que l'hi permeto, i vam anar cap a dins i no se'n va parlar més.

No se'n va parlar més fins que, al cap d'uns mesos, es va adonar que el meu joc de nines era el jardí, la casa gran, la casa de l'Aniol, el desmai, els arbres. Tot. Fins i tot hi havia fet el forat i li havia posat un tap de plàstic. Llavors, el dia que finalment la Sònia se'n va adonar, va quedar-se uns instants parada i després va murmurar, Déu meu, però si és. Ho va deixar així. Jo, instintivament, vaig fer una rialleta. Ella llavors no podia apartar-ne la mirada i jo vaig veure que l'havia fixat en el forat perquè en aquell moment s'esqueia que jo hi tenia l'Emili, o sigui una altra pinça, a dins, i sobresortia una mica. Aquell dia, la Sònia se'n va anar sense dir res. Devia anar a rumiar què havia de fer, i a consultar-ho potser amb la seva mare. No, amb la seva mare no ho crec, perquè, si ho hagués fet, hauria vingut la Mireia personalment a tirar per terra la meva obra d'art, a aixafar-me-la, que ella és així. En canvi, el dia que va tornar la Sònia, ho va fer amb la seva flauta, que normalment no porta mai aquí, i em va dir que em tocaria una cançó. I em va tocar una cançó que no sé quina era però que sonava molt bé i em va fer somriure. Després, mentre guardava l'instrument, em va mirar i em va dir, àvia, això del jardí ho haurem de deixar estar.

Em vaig atabalar molt, jo que estava mig endormiscada per la cançó i em vaig despertar tot d'una i vaig demanar per què. La Sònia va sospirar, àvia, no pots crear un jardí com el de la Carena, amb un forat com el de la Carena i, a sobre, amb l'avi a dintre en forma de pinça. M'ho va dir molt seriosa, però jo vaig estar a punt de posar-me a riure. Només una cosa em preocupava: ho has dit a la teva mare. Ella va moure el cap d'una banda a l'altra. Val més que no, va dir, però desfarem el jardí.

I d'aquí va venir tot. Fins que ara li han interessat tant els binocles que torno a tenir jardí. I és que en aquesta vida, tot té un preu. Fins i tot en el cas d'una noia tan bona noia com la Sònia.

Avui ja comença a fer calor. Som al maig i es nota. Ara no em molesta gens la calor, però quan era jove sí que em molestava, sí. Devia ser perquè sempre corria d'un lloc a l'altre. I l'últim estiu de l'Emili, corria més que mai i feia més calor que mai. Però aquella nit de la pluja, el termòmetre va caure de cop. Vaig fer-los pena, a l'Aniol i la Fina, i em van deixar una habitació per dormir aquella nit, i em van dir que hi tornés quan volgués. La Fina em va allargar una clau i jo la vaig agafar amb el cap cot, tot i que ja m'havia recuperat de l'ensurt, de l'aiguat i de tot. Però els havia estovat tant tots dos que em va semblar que els havia de mantenir així. És clar que era un entendriment diferent en un i en l'altre. En el cas de la Fina, era un entendriment comprensiu, de bona persona, de donar-ho tot perquè veu que estàs patint. En el cas de l'Aniol, en canvi, l'entendriment era de vine que et menjo. Bé, em penso que ell no n'era conscient, d'això, però jo sí i me'n vaig adonar. I li vaig llançar una mirada d'aquelles que sabia que li agradaven, i ell es va desfer com la mel.

Aquella nit, el nen i jo vam dormir a ca l'Aniol. I també algunes nits més que havíem de marxar corrents de casa perquè ens perseguia l'Emili.

I no sé com va acabar de passar l'estiu així, si aquella situació ja no s'aguantava per enlloc. Al final vam tornar a Barcelona. Jo havia parlat amb el papà i li havia dit que el seu fill es trobava malament i que no aniria a treballar durant un temps. Ell ho va trobar ben natural, ni tan sols em va demanar què tenia, i jo per això vaig deduir que el papà sabia perfectament què li passava al seu fill, i vaig pensar, cabró.

De seguida em vaig adonar que en aquell pis petit no podíem viure tots tres perquè l'Emili ja era un home perillós. I vaig acabar plantant-me a casa els sogres i dient que jo em quedava a viure allà, que no tornava al costat de l'Emili. La mamà estava desolada, se sentia més culpable que mai, jo l'hi notava als ulls, i em va dir, com recriminant-m'ho, no me'n vas dir res, t'hauria pogut ajudar. I jo vaig veure que era el moment de posar-se a plorar i ho vaig fer mentre li deia que no li havia dit res per no preocupar-la més encara. I vinga llàgrimes. Això de plorar arregla moltes coses o, si més no, les estova. Llavors el papà va prendre el comandament del tema, aniré a veure'l, va dir. I hi va anar.

No sé què va passar entre pare i fill. Només sé que el papà va tornar amb la cua entre les cames, amb una ganyota estranya als llavis, dient que havia de pensar i preguntar què calia fer, perquè no hi havia manera de treure l'Emili de casa i encara menys d'anar al metge. I em va mirar per dir-me amb un to desconfiat, la casa és plena d'ampolles buides. Jo vaig tornar a activar les llàgrimes. Me les demanava, m'amenaçava, vaig respondre. La mamà va córrer a abraçar-me i va renyar el seu marit per fer-me plorar.

L'endemà, l'Emili, en ple deliri, va sortir de casa, va anar a la fàbrica amb l'escopeta de caçar i va començar a disparar a tort i a dret a la nau dels telers. No va tocar ningú de miracle. Va ser llavors quan el van tancar i, al cap de no res, jo ja era la seva tutora oficial.

El castell de l'oblit

I

—Mamà...

Frrrrrr. La Mireia, quina mandra. M'aixeco deixant a dintre de la casa de nines que és can Torralba tot de pinces que feien vida a dintre. Ara que m'ho passava tan bé. Ella m'està mirant amb curiositat. No l'he sentit entrar, si no, hauria sortit del balcó. Intento posar-me de manera que no vegi el jardí.

—Té, els binocles. Diu la Sònia que trigarà uns dies a passar, així que me'ls ha donat perquè te'ls torni jo.

M'allarga els binocles i jo els agafo. Els veïns. No me'n recordava. Ara podré tornar-los a espiar.

—Què hi fas, aquí? —demana ara la Mireia—. És allò del jardí?

Allò del jardí. La Sònia finalment li devia explicar que ho feia, però la meva filla, com que no ha sortit mai al balcó amb mi, no ho ha vist. Per això és simplement allò del jardí. Contesto sense miraments:

—Sí. Vam quedar amb la Sònia que no hi havia cap problema.

La Mireia fa un gest com d'excusar-se:

—Sí, sí, ja m'ho ha dit...

M'adono que he pescat desprevinguda la jutge implacable, i per poc no se m'escapa el riure. Avui, però, veig en la Mireia alguna cosa que no està bé, i, ves, em surt per un moment l'instint maternal:

—Fas mala cara...

Ella es posa a la defensiva:

—Faig la cara que tinc, mamà...

—Molt bé, molt bé, no cal que et posis així...

Faig unes passes per anar cap a la meva cadira del menjador i passo pel seu costat fent-me l'ofesa. Ara em vindrà al darrere i em dirà que no m'ho prengui tot malament.

—Per què t'ho prens tot malament, mamà?

Com que estic d'esquena, ara sí que somric. Que previsible és la meva filla. M'assec i ella se m'acosta:

—T'he vingut a dir que hem canviat la noia del cap de setmana. Ara ja no serà la Juani, sinó la Pepi.

—Ah.

—T'és igual?

—Sí.

—Ets increïble, mamà...

Mou el cap d'una banda a l'altra. No sé de què deuen pensar que estic feta per dins. Però la Juani, la Pepi o la Toñi sempre seran la Substituta per a mi. No em fixo en quina cara fan. No em fixo en quina cara fa la gent. No m'hi fixo des del recambró de la fusta.

La Mireia canvia de tema i em demana si tot va bé. Li contesto que sí i, mira, avui, per allò de la cara estranya, li demano si a ella també. I llavors, oh, sorpresa, em diu que no. Allargo el coll:

—Què vols dir? De feina?

—No, no... No és feina...

Té, ara s'asseu a prop meu i calla. Callo jo també. Ara només se senten les cassoles de la Lupe, lluny.

—Què passa? —demano finalment.

Davant la meva sorpresa, ella es frega les mans, nerviosa, i després s'eixuga una llàgrima traïdora. Jo continuo sense dir res, i ella finalment parla:

—M'han trobat... una coseta... al pit. I... me l'han de treure.

—Tens càncer?!

M'ha sortit així tot d'una. És que se m'ha glaçat el cervell. Ella reacciona amb una veu estranya:

—*Jolines*, mamà, no ho diguis així! És que ets...!

Se li han humitejat els ulls. Alguna a cosa a dintre se m'arruga, i, amb un fil de veu, dic el que no dic mai:

—Perdona.

Ella em mira tota sorpresa:

—Caram, això no ho havies dit mai.

Llavors, se li omplen els ulls de llàgrimes. I després, s'aixeca i se m'abraça mentre plora i va dient:

—Mamà, mamà...

Jo m'he quedat sense paraules. Lentament aixeco una mà i l'hi poso sobre el braç. Però no faig res més perquè és que no sé què fer. Ella s'enretira al cap d'una mica, torna a seure i llavors m'explica, tot eixugant-se les llàgrimes, la història de la troballa del seu càncer, vull dir, de la seva coseta al pit. Jo no moc ni un dit. No sé què fer, no sé què dir, no sé què pensar, no sé què sentir. Quan ella acaba, s'atura i em mira, expectant. Com que jo continuo sense reaccionar, llavors parla ella:

—No dius res, mamà?

Jo, impassible. Llavors, ella s'aixeca d'una revolada, agafa la bossa i la jaqueta i fent frrrrr se'n va. Abans, però, em deixa anar amb la veu entretallada:

—No sé per què m'he pensat que podies ser una mare normal per una estona, una mare de les que consolen una filla quan li diuen que té un problema greu de salut... No sé per què m'ho he pensat... Adéu!

Se'n va sense ni acomiadar-se de la Lupe. Està realment enfadada. Fa un cop de porta i, darrere d'ella, em quedo amb el silenci que no trenca ni la Lupe quan treu el cap sense preguntar res, només per mirar què passa amb una ganyota d'estranyesa. Quan em veu a mi sola com sempre, se'n torna a la cuina com sempre. I tot continua igual. Excepte el càncer de la meva filla.

Què li faran. Potser l'operen o potser li comencen a injectar allò que les deixa sense cabells. O potser totes dues coses. Els tractaments per a les malalties han canviat molt, però hi ha coses que no poden canviar. El càncer no pot ser coseta ni un problema greu de salut. El càncer és càncer.

Es veu que ara també hi ha tractaments per al mal de l'Emili, per al que després vaig saber que era esquizofrènia, i són tractaments que funcionen molt bé i que fan que algunes persones malaltes realment no ho semblin. D'altres, ja poden anar prenent medicaments. Alguna vegada, quan anava sola pel món, havia vist indigents que xerraven sols. N'estava ben ple. S'havien quedat tots sense casa, sense família i sense res.

Amb l'Emili tancat, vaig començar una altra vida. Vaig deixar que el papà s'ocupés de la fàbrica i hi posés un administrador. Al cap i a la fi, era seva. També era seva la casa de can Torralba, malgrat que mai no em va impedir d'anar-hi, i a mi em va agradar fer-ho. Sense l'Emili, era diferent. Els sogres pujaven ben poc, i jo em sentia la mestressa d'aquella casa, d'aquell jardí i fins i tot de la casa de l'Aniol i la Fina. De tot. Ja no havia d'anar a trobar els meus pares a casa d'ells, els deixava entrar a can Torralba a veure el nen, si és que no ens trobàvem al mig del carrer tots plegats. De fet, de venir, només venia la mare. Al pare cada dia se'l veia menys pel carrer, quan acabava la feina marxava fora del poble i no tornava fins al vespre. Tant la mare com jo teníem clar, sense dir-nos-ho, que anava a buscar companyia femenina. De fet, a partir de llavors el vaig veure ben poques vegades. La mare, en canvi, venia a veure en Javi, i jo la deixava amb ell estones llargues, amb l'Ester a prop per si necessitava alguna cosa. Jo amb prou feines la saludava. Petons, mai. Abraçades, menys. La nostra relació era freda, qualsevol que ens veiés hauria pensat que érem només dues conegudes que no teníem res a dirnos. Però és que jo no em podia treure de sobre la casa de la vergonya que ella s'havia inventat. Si hagués estat qualsevol altra cosa, ho hauria esbombat als quatre vents. Però allò, allò que havia succeït amb el meu propi pare, allò del recambró de la fusta, del fàstic, dels estrips, del crit de l'odi, ho tenia a dins com un pes que fins i tot em feia feixucs els moviments. I no sortia de cap manera, com no ha sortit mai més.

Així, la mare va ser àvia del seu net, i després de la seva neta, però mai més mare de la seva filla.

Jo, mentrestant, havia de reafirmar-me a la Carena

com la mestressa de can Torralba i el nucli del món estiuejant que en aquells moments estava en franca creixença. Intentava ser educada amb la gent del poble perquè no fos dit, però res més. També intentava ser amable amb l'Aniol i la Fina, sabia que m'hi havia de portar bé i els necessitava. L'Aniol, en aquella època, em mirava de manera més distant, potser s'havia enamorat de debò de la Fina, i això em molestava una mica, però no deixava de ser una nimietat i no volia perdre-hi el temps. El deixava fer. En canvi, sí que volia que quedés clar que jo era d'una altra categoria, que havia deixat de ser dels seus. Amb els altres estiuejants fèiem trobades a dintre les cases, i, moltes vegades, a dintre de la meva, perquè tenia el mur tan alt que no es veia res i així no ens molestava ningú. S'havia acabat el temps de les presses, de l'angúnia i de la por, ara em podia passejar pel jardí tranquil·lament, meravellada de com havien canviat les coses. Tot i el pes de la vergonya, em sentia feliç. Quan venien els papàs, pocs dies, poc temps, em recollia i em portava com es porta una jove desgraciada, de manera que a ells els agradés. La meva sogra brandava contínuament el cap per murmurar, pobra noia, i jo feia un gest estudiat d'abaixar els ulls i em girava un moment com si em volgués contenir una llàgrima perquè pensava tot d'una en el marit absent.

En el marit absent no hi pensava. No cal dir que, mentre jo era a Barcelona, anava a veure'l quan tocava visita, sempre, sense perdre punt, perquè ningú no pogués dir que no estava per ell. Però la resta de la vida, la feia sola. I vaig començar a sortir, deixava el nen amb l'Ester, i jo me n'anava al cinema o al teatre o a comprar amb alguna de les dones dels altres industrials que jo sabia que em tenien llàstima. Amb la Rat, no, perquè amb el professor de francès havia baixat de categoria i no podia permetre's l'estil de vida que sí que em permetia jo. De vegades també sortia sola. I així va ser com vaig conèixer en Francesc.

II

—Vine cap aquí, tu, que aquest no és lloc per a tu. No t'hi pots quedar, aquí... Fora, fora, molt bé...

Ara, en aquesta habitació, no hi ha ningú més, només en Francesc i jo. La seva pinça l'he pintat amb llapis groc com he pogut, perquè ell era ros. Va aparèixer tot d'una a la meva vida. Era net de suecs. El seu avi havia vingut a Barcelona a instal·lar-hi una empresa de taps que es veu que havia prosperat tant. Tant, que en Francesc, segons em va dir, vivia de renda.

Una pinça besa l'altra. I després totes dues cauen allà on se suposa que hi ha un llit. Bé, no hi ha llit, és una capsa de mistos. Però ja fa el fet. Ara que... les pinces són massa grosses. I la primera vegada no va anar així. La primera vegada va ser al teatre. No, tampoc. Al teatre va ser on ens vam trobar. I el primer petó va ser al mig del carrer, davant d'aquesta casa on soc ara, quan no hi havia zona peatonal, quan no existia la llibretera, quan era ple de cotxes i els veïns no parlaven perquè ningú no s'aturava a dir res al que vivia dues porteries més enllà.

Havia passat força temps d'ençà que havien tancat

l'Emili, ben bé dos o tres anys, i un capvespre, un noi es va asseure al meu costat al teatre, em va mirar, em va somriure i em va encaterinar. A la mitja part, em va demanar si estava sola i, quan li vaig dir que sí, em va voler convidar a un cafè. Vaig acceptar-ho encantada. Vam parlar de tot i de res, i després de la funció em va acompanyar a casa. Em va dir que es deia Francesc. No, aquell dia no va ser el petó. Aquell dia va ser el seu suggeriment de tornar al teatre amb mi. Vaig dir que sí i, al cap d'una setmana, hi vam anar tots dos. Quan entràvem a la sala, tothom ens mirava. És clar, ell tan ros i amb els ulls tan blaus. I jo tan atractiva, amb llavis de color maduixa. I va ser aquell dia que, quan em va acompanyar a casa, em va besar. I jo li vaig dir que pugés. En Javi dormia aquella nit al pis de l'Ester, i, per tant, teníem via lliure. Jo no sabia si n'estava enamorada. Sí que sabia que aquell home m'atreia com un imant, i no em feia por ficar-me al llit amb ell. Ja feia temps que l'Emili m'havia curat de pors, d'angoixes, de fàstics. Amb en Francesc va ser la primera vegada a la meva vida que em vaig llançar de ple a gaudir del sexe. La primera vegada que vaig arribar allà on no creia que pogués arribar mai. La veritat és que vam fer l'amor com dues feres salvatges. Va ser com descobrir la sopa d'all, però allà a baix.

Així va començar la meva història amb en Francesc. Ell, com que no havia de fer res per guanyar-se la vida, es dedicava a observar. Li agradava parlar amb la gent i després m'explicava a mi com eren i què feien. De vegades, quan passejàvem pel carrer, xerrava ara amb aquest i ara amb l'altre. Pel meu barri no hi passejàvem, només pel seu, que era al centre, per allà el passeig de Gràcia. Jo no li vaig dir que era de poble, només que hi estiuejava. Li parlava dels estiuejants de la Carena, i de la pudor que feien les ovelles i els fems, que sort que des de casa no se sentia. I li vaig explicar, amb cara de pena, que el meu marit era boig i estava tancat. Que la seva malaltia era incurable. Ell em va abraçar fort quan ho va sentir, i jo fins i tot vaig deixar anar una llagrimeta. També li vaig dir que l'Emili venia a casa algun cap de setmana, i que llavors no ens podríem veure, és clar. Ell ho entenia tot, i jo diria que estava content perquè ja veia que el marit, el del meu flamant anell de casada, era paper mullat.

Els caps de setmana que venia l'Emili, més o menys un de cada tres, jo em disfressava de muller formal i l'anava a buscar amb els papàs. Llavors ells ens deixaven a casa amb el cotxe. De vegades es quedaven a dinar. De tota manera, ells ja l'anaven a veure sovint entre setmana, sobretot la mamà, que sempre plorava quan en parlava. Quan els seus pares ja no hi eren, l'Emili s'instal·lava al sofà i allà es passava la tarda dormint. Quan arribava la nit, jo l'acompanyava al llit i de vegades no li posava ni el pijama perquè ell no es queixava si no ho feia i així jo no tenia tanta feina, que el seu cos era un bon pes pesant. De fet, ell no deia res, només feia que sí i que no amb el cap si li preguntaves alguna cosa que exigís una resposta afirmativa o negativa. No sé què li donaven al manicomi, però, fos el que fos, el deixava completament fora de combat. Semblava un nino de peluix. No sé si allà a dintre el tenien igual. Del que sí que puc donar fe és que llavors no tenia visions.

I jo em sentia lliure. Lliure com un ocell. A canvi d'un cap de setmana de cada tres aguantant el marit sonat, podia gaudir de la vida amb en Francesc. Al costat d'en Francesc, qui es recordava de cap altre, i, encara menys, de l'Aniol. Tres cops per setmana, deixava el nen amb l'Ester, que feia veure que era cega i sorda, i agafava el tramvia, que llavors encara existia, i anava a trobar-lo. I, quan em veia, deia, mira, la meva princesa.

Aquella va ser una època meravellosa. Havia enterrat el passat, l'havia aixafat ben aixafat. Amb en Francesc, tenia la sensació de viure als núvols. I els núvols eren de colors. M'hauria passat el dia fent l'amor amb ell, menjant-me'l per dalt i per baix. M'agradava enredar els dits en els seus cabells rossos i enganxar el meu cos nu al seu, la meva boca a la seva, els meus pits voluminosos al seu tors llis i blanc. Anàvem a casa seva, al seu llit assolellat de llençols secs, i allà ens descobríem mútuament tots els racons del cos. Vaig oblidar l'olor de fusta. Ens hi passàvem estones llargues. Després, jo em vestia, i marxava cap a organitzar la meva casa no sense recança, perquè sentia com si alguna cosa em mantingués enganxada a aquell home, i no hi podia fer res. Quan estava separada d'ell, notava un buit a dintre, un buit físic, com si hi hagués un imant a fora que m'estirés amb força i jo no em pogués deixar anar i m'arribés a estripar la pell de tant estirar-me.

I ara que hi penso, ni en Francesc ni cap altre home em van dir mai res de la piga de l'esquena.

En aquella època es va morir el meu sogre. Va ser de cop. I, com que l'Emili era fill únic, ja em veia jo havent d'aguantar la mamà a casa, i m'horroritzava de pensar-ho, però va ser ella mateixa la que em va dir que no, gràcies, que ella ja estava bé a casa seva, que tenia minyona i que no estava sola. Això sí, amb el senyor Xavier mort, se'm va girar feina perquè l'administrador de la fàbrica em venia a donar explicacions a mi. M'explicava què feien, què venien, quins treballadors contractaven, quins treien, quan els apujaven el sou, si hi havia telers espatllats i s'havien d'arreglar, si podien canviar la línia de producció. I jo feia que sí, que sí, no hi entenia res, del que em deia, però ja veia que me n'havia d'ocupar. Llavors també era la mestressa de la fàbrica, i, al pas que anava l'Emili, ho seria fins que en Javi fos major d'edat. Així que, a partir d'aquell moment, vaig haver de fer reunions un cop per setmana, fins i tot a l'estiu, quan l'administrador pujava a la Carena per parlar amb mi.

En Francesc em va regalar un perfum. Feia olor de roses. Ho va fer quan va venir a la Carena, el primer estiu. Jo comptava que es podia quedar tancat a casa, que no el veuria ningú. Direm que ets el meu cosí, vaig dir-li, així ningú no es ficarà amb nosaltres.

Fa uns anys, vaig trobar en Francesc pel carrer i ell mateix em va confessar que el regal del perfum havia estat perquè trobava que la Carena feia molta pudor i que aquella pudor no la frenaven ni els murs de can Torralba. I jo, malgrat que ja estava de tornada de tot, vaig sentir que em posava vermella.

L'Aniol va mirar en Francesc de biaix la primera vegada que el va veure. Era un dels primers dies que em posava aquell perfum i la veritat és que mig em marejava d'olorar-lo perquè era molt intens, però en Francesc semblava satisfet i jo veia que se'l menjava la lascívia. I em va sortir de sota el desmai l'Aniol, va aparèixer tot d'una al jardí, quan el meu amant i jo preníem un cafè asseguts a les cadires de fora. Em va clavar un bon ensurt. De tota manera, vaig intentar saludar amb amabilitat i li vaig presentar en Francesc dient-li que era un dels meus cosins de Barcelona. Llavors vaig posar una campaneta a les mans del masover i li vaig demanar, si us plau, que la pengés a la porteta que hi havia sota el desmai, per fer-la sonar quan passessin. L'hi vaig dir ajuntant molt els llavis, d'una manera que jo ja sabia que deixava l'Aniol fora de combat, i amb l'excusa que m'espantaven si apareixien de sobte. Així us sentiré venir, li vaig dir. I així no ens enxampareu fent res in fraganti, vaig pensar.

La meva mare, que havia sentit que hi havia un home a can Torralba, quan venia estirava el coll per mirar a tot arreu, però no veia mai res. Potser es pensava que la gent del poble s'ho havia inventat, malgrat que segur que els estiuejants de les festes ho havien explicat a tort i a dret, però jo sabia que les coses que explicaven els estiuejants que passaven rere els murs quedaven sempre entre la realitat i la llegenda, i els del poble en parlaven molt però no estaven mai del tot segurs que fossin certes.

I així vam passar aquell primer estiu a la Carena, l'estiu dels tres, si no comptem l'Ester. Perquè, quan vaig arribar a Barcelona, em vaig adonar que estava prenyada, i l'estiu següent ja vam ser quatre.

III

La Mireia va néixer per Setmana Santa. Ara hi hauré d'afegir una pinça, que serà aquesta. L'hauria de tallar, perquè la Mireia, quan va néixer, era petita, és clar, però no sé com fer-ho, així que m'hauré d'imaginar que aquesta és més petita que les altres. Això sí, tinc un llitet per a ella, una capsa de mistos d'aquestes tan menudes, que posarem al costat de la gran. Així, molt bé.

La Mireia, que té càncer. Ahir va venir la Sònia i me'n va parlar. La meva neta està molt espantada i això em sap greu. Jo estic segura que la seva mare aguantarà això i més. La Mireia se n'ha de sortir, ha de quedar ben guarida. Però la Sònia s'eixugava unes llàgrimes al meu davant, i, al final, va dir amb veu tremolosa, oi que no es morirà, àvia. I em va mirar com si jo en tingués la resposta. La idea de la mort em va punxar l'estómac tot d'una. És clar que no, vaig saltar, la teva mare és una dona forta.

La Sònia em va explicar que a la Mireia l'operaven avui, i que després li haurien de fer quimioteràpia. Allò dels cabells. L'operació, mira. I la quimioteràpia, mira. Però quan vaig pensar en la meva filla sense cabells, se'm van posar els pocs que em queden a mi de punta. Espero que no em vingui a veure mentre estigui així. No ho suportaria. Tanmateix, no puc treure-m'ho del cap. Només penso en la Mireia, en el seu frrrrrr, que ara fins i tot se'm fa amable. Penso en la seva joventut però, sobretot, en la seva infantesa, ella que era una nena tan seriosa.

El més sorprenent del cas és que a la Carena, i també a Barcelona, tothom va pensar que era filla de l'Emili. Jo me'n feia creus perquè es referien a aquell Emili que venia a casa un o dos cops al mes a passar un dia i una nit en estat vegetatiu. La veritat és que no sé com s'ho hauria fet per engendrar un fill amb mi o amb qualsevol altra. I de tota manera calia tenir molta imaginació per pensar-se que la nena era filla d'ell, sobretot perquè era ben rossa i tenia els ulls blaus. Però bé, es veu que als amics i, sobretot, a la gent de la Carena, la imaginació no els faltava. I, quan ens trobaven, es miraven la Mireia i deien, fent escarafalls, s'assembla al seu pare, o bé, ja es veu que és una Torralba. I jo pensava que, a banda del cognom, de Torralba no en tenia res.

Quan va néixer la nena, en Francesc va venir a la clínica l'endemà mateix. No es va poder contenir. Que maca, va dir quan la va veure, i jo veia que es desfeia per ella. Es diu Mireia, li vaig dir. Mireia, va repetir ell, ja m'està bé. Maca com la seva mare. Jo em vaig posar a riure, però si és igual que tu, li vaig replicar. Ell em va mirar i em va somriure. Llavors va dir, després hem de fer alguna cosa, no et sembla. Què vols dir, vaig demanar-li, perquè realment no sabia a què es referia. Doncs que si el teu marit està incapacitat, potser és com si estigués mort i, no sé, potser podem plantejar-nos. Ho va deixar així. Jo vaig pensar de pressa com ho feia per dir-li el que tenia molt clar que li havia de dir, és a dir, que jo ja estava bé com estava, que era lliure i rica, que és el que desitjava. Al final vaig respondre només, l'Emili no és mort. Ell va queixar-se, segur que trobem una argúcia legal, ho demanaré al meu advocat. Jo vaig saltar, no, a mi ja m'està bé, tal com estan les coses. Llavors ell em va clavar aquells ulls blaus, va deixar suaument la nena al seu llitet i se'n va anar.

No en vam parlar més i vam fer la mateixa vida de sempre. I va venir l'estiu i vam tornar a la Carena. En Francesc només va poder pujar uns dies. Aquell any, la Fina també havia parit una nena, la Fineta, i quan jo feia una festa i li demanava que vingués a ajudar-me amb els convidats, ella venia amb la nena i, quan li havia de donar el pit, ho deixava tot per fer-ho. No li agradava que li demanés de venir, em feia mala cara, però per a alguna cosa serveix una masovera i, a més, jo tenia una satisfacció interna de veure com podia manar al meu aire la dona de l'Aniol. I fèiem la festa i després la veia que marxava amb la seva criatura, que sonava la campaneta quan obria la porta i que se n'anava cap a la seva caseta miserable, la de l'escorça, a abraçar-se al seu masover.

Un dia, va venir la meva mare. Em deia que al poble es parlava que tenia a casa un dels cosins de Barcelona, i que ella no sabia què dir perquè els cosins de Barcelona eren de la seva banda i tothom ho sabia. I tornava a allargar el coll per si veia en Francesc, però ell s'estava a la seva habitació tancat amb ordres de no sortir fins que ella no marxés. Vaig dir a la meva mare que, pel seu bé, digués que sí, que hi havia un cosí que era de la seva banda, de Barcelona. Llavors el va voler veure, i jo li vaig haver de dir que no hi era. Ella se'n va anar contrariada i jo vaig somriure. No ho podia evitar, a cada punxa clavada al cor de la meva mare, jo em treia una estella de les moltes que al recambró de la llenya se m'havien clavat a l'ànima.

I així va passar aquell estiu, amb en Francesc que em mirava d'una manera estranya. I quan va venir el fred, em va explicar per què em mirava així, i era perquè volia una família, i es va posar ferm que ens havíem de casar, que ja miraríem com ho fèiem però que ens havíem de casar, que havia consultat l'advocat i li havia dit que jo podia demanar la nul·litat del meu matrimoni. Jo li vaig repetir que no. I ens vam passar l'any que sí, que no, que sí, que no, i al final ja gairebé no fèiem l'amor, sinó que jo li deixava la nena i me n'anava a passeig una estona, tot per no sentir-lo amb la cançó de l'enfadós. I al final n'estava ben tipa, del pare de la meva filla.

I va arribar l'estiu següent i no el vaig avisar que pujava a la Carena, però ell va venir quan ho va saber. I al cap d'uns dies de felicitat aparentment renovada va passar el que havia de passar. I és que, un dia que es van trobar en Francesc i l'Aniol, el masover, innocent, li va dir al que ell es pensava que era el meu cosí que els meus pares vivien allà, que jo era de la Carena. I en Francesc es va quedar veient visions i va venir directe a mi a demanar-me explicacions. Va ser inútil negar-ho. Ho vaig intentar, però ja vaig veure que en Francesc no se'm creia ni remotament. De tota manera, no es va empipar. Va encendre un cigarret i, mig estirat al sofà, amb els peus damunt la tauleta de la sala, em va mirar amb uns ulls carregats d'ironia i em va demanar directament si és que em feia vergonya ser de poble. I somreia i se'n fotia de mi. I llavors vaig ser jo qui es va empipar. Li vaig dir que jo deia el que volia de la meva família, que jo era d'on jo volia ser i que tenia els pares que jo volia. No, va fer ell tranquil·lament, tens els pares que tens, no els que vols. Em vaig enfurismar. En Francesc va continuar rient i va aconseguir treure'm de polleguera de veritat. Fora de mi, vaig agafar un gerro que el papà havia comprat feia anys en un viatge a la Xina, i vaig intentar tirar-l'hi al cap. En Francesc es va apartar a temps i el gerro es va fer miques a la paret d'obra de la llar de foc, però ell es va adonar llavors que la cosa no anava de broma i va deixar de riure. Però què et passa, em va demanar desconcertat. Vaig cridar, fora, fora, ves-te'n d'aquesta casa, no et vull veure mai més. Ell va intentar acostar-se'm i jo vaig tornar a cridar que marxés, i ja anava per buscar un altre gerro quan ell va fer-me cas i va sortir del menjador al mateix temps que em deia, estàs boja, Mireia. El vaig sentir que pujava escales amunt, que organitzava la maleta de pressa, i que tornava a baixar per marxar sense acomiadar-se. El motor del cotxe i la porta del jardí que s'obria i es tancava, va ser l'últim que vaig sentir d'ell.

Jo m'havia quedat al menjador, amb els ulls tancats, respirant de manera feixuga, ressuscitant d'aquella mort dolorosa a què m'havia sotmès el que havia estat el meu amic i el meu amant durant uns quants anys. Ell què en sabia de la casa de la vergonya. La senyora vol alguna cosa, em va demanar tot d'una l'Ester. Vaig obrir els ulls i la vaig trobar allà, escombrant les restes del gerro. No gràcies, vaig respondre.

I així em vaig quedar sola.

IV

El càncer de la meva filla em fa pensar i donar voltes i més voltes quan em fico al llit. La van operar ahir i em va trucar la Sònia per dir-me que va anar bé. Això és el que diuen sempre els metges. I, és clar, ara li han de fer allò dels cabells. Jo no m'imagino quedant-me sense cabells, si cada dia del món me'ls faig arreglar per la Lupe, i cada quinze dies anem a la perruqueria d'aquí al costat perquè em tenyeixin. Quan em miro al mirall m'agrada portar els cabells ben arreglats. Encara que no surti, encara que només em vegin la Lupe, la Substituta, la Sònia, la Mireia i algú altre de tant en tant. Ara imagina't que em quedo sense cabells. No ho suportaria. Una altra cosa, sí, però quedar-me sense cabells, no.

En la foscor de la nit, aquesta idea d'estar sense cabells em fa por. M'imagino la Mireia amb el cap com un coco brillant. Precipitadament, encenc el llum. Després, remeno una mica els caramels perquè les ombres juguin. Potser és hora d'acceptar que algú es quedi a dormir a casa. M'estic fent vella. Ara que tinc més de noranta anys, hauré de cedir en algunes coses. He de reconèixer que, de vegades, en la foscor de la nit, no m'hi acabo de trobar del tot bé.

El pànic em va envair quan em va trucar l'Emili per dir-me que venia. Era no sé quin estiu, la seva mare ja era morta i em penso que la Mireia devia tenir nou o deu anys. Era quan a en Javi ja no hi havia manera d'estirar-lo cap a la Carena. Com dius, on ets, vaig demanar al meu marit quan vaig reaccionar. He fugit, va fer ell per tota explicació, i li vaig sentir la veu entretallada. Ara vinc, va repetir, i va penjar. Sí que recordo que era un divendres a la tarda, perquè precipitadament vaig enviar l'Ester amb la nena a casa d'uns parents de la minyona que vivien a la platja i que de vegades l'havien convidat a passar amb ells un parell de dies. A ella, a l'Ester, li vaig dir que havia de resoldre algunes qüestions i que m'havia de quedar sola. No va preguntar res, l'Ester va ser discreta fins al final dels seus dies. Va agafar quatre coses de pressa mentre jo avisava un taxi, que se les va endur a la costa tot el cap de setmana i encara un parell de dies més.

No havia passat ni mitja hora de la trucada de l'Emili, que ja m'havien avisat del manicomi per dir-me que el meu marit s'havia escapat, que l'estaven buscant pertot arreu, però que, si em venia a veure, anés amb molt de compte perquè no s'havia pres la medicació del dia, i, si no ho feia, era possible que tingués tendències psicòtiques i suïcides. I em van recomanar que, sobretot, si apareixia, no li donés alcohol ni res que el pogués sobreexcitar. I que els truqués immediatament, que m'enviarien la policia a buscar-lo. Vaig dir que sí, que sí. No vaig esmentar la seva trucada.

Em vaig preparar per rebre'l. El meu cervell va treballar ràpid. Se m'havia acudit una gran idea: havia d'aconseguir empènyer-lo a suïcidar-se. Jo no faria res, jo només l'hi ajudaria. Disposava d'un espai sota una trapa de què només jo coneixia l'existència. Després que se suïcidés, el deixaria allà i el taparia ben tapat i tothom es pensaria que l'Emili continuava viu eternament. Perquè si l'Emili oficialment era viu, jo n'era també oficialment la tutora. En canvi, si l'Emili era mort, jo només podria disposar dels seus béns fins que en Javi fos major d'edat, i ja li faltava poc. Això sí, si em fallava el pla, sempre podia trucar a l'hospital i dir que el boig era a can Torralba, que el vinguessin a buscar i tot quedaria igual i tornaríem a la rutina de sempre.

Vaig agafar les carotes que feia servir en Javi per jugar quan era petit, i les vaig penjar pel jardí en llocs estratègics, mig camuflades. Davant de cadascuna, hi vaig posar un llum dels que fèiem servir normalment per a les festes a fora. La veritat era que, amb els llums encesos, aquelles carotes em feien por fins i tot a mi. També vaig posar el tocadiscs de manera que l'altaveu donés a fora al jardí, i vaig preparar música fúnebre. I vaig lligar una corda gruixuda en una branca gruixuda d'un arbre. Ho vaig fer fredament, amb precisió i eficiència, sense pensar en res.

I va aparèixer l'Emili. Estava molt alterat, em va dir que havia pujat en autoestop amb uns turistes que anaven cap al Clot. Es veu que als turistes els va explicar que li havien robat tot el que portava. Quan el van deixar a la Carena, va aconseguir que no el veiés ningú passant pels prats de darrere les cases. I si el va veure algú de lluny, no el va reconèixer. Ara que, va anar de poc que no m'ho esguerra tot perquè va trucar a la porta quan ja era de nit i, quan vaig anar a obrir, sense que el pogués aturar, va córrer a buscar un ganivet a la cuina i a vigilar per tot el jardí que no hi hagués ningú. I, vigilant, vigilant, se'n va anar fins a l'altra banda del desmai i el van veure els masovers en la penombra, i vaig haver-lo d'anar a estirar com vaig poder perquè tornés a casa.

L'Emili el vaig liquidar en una nit. Bé, no vaig ser jo, va ser ell mateix. Hi ha coses que està escrit que han de ser així i que simplement s'han d'empentar una mica perquè es duguin a terme. Estava tan alterat, entre que no s'havia pres la medicació, que havia fet aquell viatge, que estava fora del seu lloc de residència habitual i que la visió del seu antic habitacle l'havia trastocat, que va ser fàcil, fàcil. Molt més fàcil del que em pensava. Li vaig posar l'ampolla de whisky a tret. Oh, va dir, ja no em recordava de viure bé. I feia una cara com si hagués vist una aparició, perquè al manicomi no li deixaven beure gota. Mentre ell bevia, vaig sortir a fora, vaig posar una cadira sota l'arbre de la corda i vaig fer-la baixar. Després, vaig encendre les llums de les carotes i vaig tornar a dins. Estava nerviosa, però serena i ben sòbria. Quan vaig veure que l'Emili anava ja ben entonat, que ja feia aquells ulls de tocat del bolet i que començava a parlar amb les seves veus, li vaig dir en un to misteriós que havia sentit sorolls a fora. Ell va reaccionar de seguida, va agafar el ganivet i va sortir disparat. Jo, llavors, vaig posar el disc de la música fúnebre i vaig tancar la porta d'entrada amb clau. Res més, no va caldre res més. El vaig sentir remugar primer, cridar, i després, plorar i desesperar-se. Vaig sentir els seus crits demanant socors, demanant-me'l a mi, la seva nineta, picant la porta com un boig, que és el que era, perquè el deixés entrar. Jo em vaig tapar les orelles, no volia sentir-ho, no volia sentir tot allò tan horrorós, quins xiscles, semblava un porc quan l'estan esquarterant, i em feia patir que no el sentissin des de fora. Sort del mur. I sort que a ca l'Aniol s'havien tancat tots a casa.

Va passar una estona. Després, l'Emili va començar a dir coses inconnexes, explicava de tot a algú inexistent, potser a les carotes, ves a saber, i se n'anava i venia, i al cap de poc va començar a riure també, i feia unes riallades de dimoni que espantaven. Vaig patir perquè no se n'anés cap a ca l'Aniol i la Fina, i em vaig posar a punt per frenar-lo, si calia.

Fins que va veure la corda. Ho vaig saber perquè va callar en sec. I després vaig sentir com pujava a la cadira mentre explicava a algú del seu món que era l'única sortida que tenia, que ho sentia molt, que no hi podia fer més. Van ser uns moments en què el cor m'anava tan de pressa i picava tan fort com si m'anés a sortir per la boca. Vaig sentir com la cadira queia a terra. I llavors el vaig sentir escanyar-se. És esfereïdor sentir algú que s'escanya. Encara ara m'estremeixo quan hi penso. No ho podia resistir i vaig estar a punt de sortir a salvar-lo, però em vaig contenir. M'havia de contenir. Em vaig esperar una hora llarga, fins que no vaig sentir res i encara més estona, molta, per no trobar-me'l agonitzant.

Vaig aturar la música i vaig acostar-m'hi intentant no mirar-lo, però se m'hi va escapar la mirada. Era esgarrifosa la cara que feia, amb els ulls oberts, esbatanats, amb la llengua fora, llarga, llarga. Em vaig fer enrere instintivament. Tan esgarrifós era que, abans de fer res més, vaig haver de tornar a dins a beure jo un got de whisky tot de cop. Després, em vaig sentir amb forces de tornar-hi. Tenia clar que m'havia d'afanyar. I fer-ho ràpid i fer-ho bé.

Vaig anar fins a la trapa i la vaig obrir. Vaig anar a buscar la taula del jardí per enfilar-m'hi i tallar la corda. M'hi vaig estar una estona, no era fàcil, i el cos de l'Emili es gronxava enllà i ençà, i em tocava, i jo havia d'empassar-me saliva. Mira que m'hi vaig estar estona. Al final ho vaig aconseguir, vaig deixar caure primer i després arrossegar el cos del meu marit, pels peus, fins al forat, sempre sense mirar-li la cara. Sabia que tenia la corda al coll però no l'hi pensava pas treure. No volia mirar-lo un altre cop, tenia por de desmaiar-me allà mateix i despertar-me sobre el seu cos amb la seva llengua llepant-me el clatell.

Quan el vaig tenir a la vora del forat, l'hi vaig llençar. Però quan ho vaig haver fet, em vaig recordar que no li havia revisat les butxaques, i no sabia si hi duia alguna cosa important, així que, armant-me de valor i d'una llanterna, vaig baixar-hi jo també amb l'ajuda d'una cadira. Vaig aprofitar per arraconar el cos de l'Emili estirant-lo pels peus, sempre sense mirar-li el rostre. A les butxaques no hi duia res, només unes quantes monedes i un bitllet de tren. Ves a saber d'on havia tret els diners, però bé, tampoc eren tants. M'ho vaig endur tot, vaig enfilar-me amunt i vaig deixar la cadira a baix. Vaig tancar la trapa, vaig posar molta terra al respirador perquè no se sentís la pudor que faria el cos al cap de poc, i ho vaig dissimular tot tal com estava, amb molsa, amb herba, amb tot el que pogués amagar aquell cau. A l'Emili el vaig deixar amb la corda al coll. I jo, me l'acabava de treure. Per sempre.

Vaig tornar a casa, vaig agafar el whisky i me'n vaig beure un altre got. Després, ho vaig endreçar tot, començant per les carotes i els llums, i continuant per tota la resta.

Vaig passar el cap de setmana sola, acabant d'arreglar-ho tot, sense deixar rastre de res i descansant del que acabava de fer. No em podia creure que l'Emili fos mort i, encara menys, que fos sota els meus peus. Va trucar l'Ester i em va demanar permís per quedar-se a la platja uns dies més amb la nena. Li vaig dir que sí, ja m'anava bé. I jo em vaig quedar al jardí, que estava tranquil, a la casa, tan silenciosa. I vaig passar hores estirada al balancí sota els teis, intentant sentir alguna cosa. Em furgava jo mateixa per dins, mentre, per fora, anava cremant cigarrets i acabant-me l'ampolla de whisky, i començant-ne una altra. Però, de sentiments, no en tenia, no. Per molt que buscava dintre meu, no aconseguia trobar ni rastre de pena o de mala consciència. Tampoc sentia felicitat o alegria, però sí una mena de benestar estrany, que hauria estat complet si a dintre el forat també hi hagués pogut ficar el meu pare i així deixar-lo allà enterrat per sempre.

Aquell cap de setmana només el va interrompre la Fina, dissabte al matí, quan va trucar per la porta del carrer, i, quan vaig obrir, em va explicar que a ella i l'Aniol els havia semblat veure l'Emili. Aquella dona era com un torpede, tirava pel dret i et mirava amb aquells ulls que eren com dues llancetes que foradaven el que tenia al davant. Era lletja i caminava una mica com un ànec, no sé què li havia trobat l'Aniol. Però aquell dia, jo ja havia previst que potser em vindrien amb això de l'Emili, així que anava preparada. Quan la Fina va parlar, em vaig posar a riure. I vinga riure. Ella es va quedar parada, i jo li vaig dir que era impossible que haguessin vist l'Emili.

Però sí que l'havien vist, sí, i la Fina va marxar tan poc convençuda, que vaig pensar que allò havia d'arreglar-ho d'alguna manera. Al cap i a la fi, era oficial que l'Emili s'havia escapat del manicomi, i ells tard o d'hora ho sabrien. Així que vaig haver de fer una mica de comèdia i dilluns al matí vaig fingir que m'acabaven de trucar que l'Emili s'havia escapat, que segur que tenien raó en el que havien vist. Vaig haver de llançar-me com una boja cap a casa seva, vaig haver de fer veure que tremolava i que no volia tornar cap a casa si no la revisaven, i vaig demanar a l'Aniol i al seu amic Pepet que ho fessin. Les dones, mentrestant, ens vam quedar al jardí. Les vaig portar fins ben bé a sobre la trapa, perquè a ningú no se li acudís de buscar allà. I allà, sobre l'Emili, ens vam esperar totes tres, la Fina, la Fineta i jo. I l'Aniol i en Pepet ho van revisar tot i van quedar ben tranquils i em van dir que jo també estigués tranquil·la, que no hi era. I jo em vaig sentir la reina de la comèdia.

No van ser els únics que van venir. També va aparèixer la policia, que el buscava, i també van voler mirar per tots els racons. Aquests em feien més por, eren professionals. I vaig tornar a fer el mateix de quedar-me al jardí, sobre la trapa, amb l'excusa de deixar-los el camí lliure. I, després de revisar totes les habitacions, se'n van anar dient-me que, quan el trobessin, m'avisarien, que estigués tranquil·la. I jo pensava, aneu fent, que no el trobareu pas. Mentre amb una veueta minsa i un posat humil, els assegurava, no els agrairé mai prou la seva feina.

V

Ahir vaig parlar per telèfon amb la meva filla. La Lupe va venir i em va proposar, truquem a la *señorita* Mireia per veure com es troba. Encara no hi ha parlat, oi. No em vaig poder queixar, no podia dir que no volia parlar amb la meva filla. I així va ser que hi vaig parlar. Se la sentia fluixeta, però bé. Estava estranyada que li truqués, i em va semblar que fins i tot emocionada.

Jo no estava de cap manera. Jo tenia por. Tenia por de patir. No vull patir. Li vaig demanar com es trobava i ella em va contestar que millor del que es pensava, amb veu entretallada. Jo no sabia què més dir, i al final em va sortir, que et recuperis. I ella, a l'altra banda del fil o del que sigui que uneix ara dos telèfons, va dir un gràcies tan sentit com si li hagués dit o donat qui sap què.

L'última vegada que vaig patir de debò va ser quan en Francesc em va deixar. Bé, fet i fet vaig ser jo qui el va fer fora de casa meva, però després em vaig adonar que el necessitava i el vaig anar a buscar i llavors va ser quan ell no hi era. Bé, sí que hi era, però no per a mi. Quan em va veure, em va dir en un to glaçat que ja podia marxar. I jo vaig entomar el cop i me'n vaig anar molt digna, però llavors vaig començar a sentir un buit a dins que em xuclava, un buit terrible que era com un pou sense fons, cada dia més, un buit que em mantenia desperta de nit, que se'm menjava l'enteniment de dia. No podia pensar en res més. I mira que, en la distància, he arribat a pensar que en Francesc era un galifardeu enganya-dones-soles. Com me'n vaig poder enamorar, no ho sé. Però, quan ell em va deixar, tota aquella passió es va tornar amarga i em va transformar.

Vaig començar a beure amb assiduïtat. L'alcohol a les venes era l'únic que em tranquil·litzava. Sort que l'Ester mantenia la nena allunyada de mi. La nena. Després de diversos intents d'obtenir una reconciliació amb en Francesc, ell em va demanar de veure-la perquè era la seva filla. Llavors vaig adonar-me que jo tenia la paella pel mànec, ah, sí, i on ho diu, que és filla teva, vaig demanar-li tan foteta com vaig poder. Tu m'ho vas assegurar, va fer ell, i, a més, no estaves amb ningú més, en aquell moment. Vaig tornar-hi, ah, sí, i com ho saps. Ell va aixecar una mica el to de veu, i va perdre així la seva habitual sang d'orxata, vull veure la nena, és la meva filla. Li vaig dir que no i li vaig penjar el telèfon. M'havia trucat ell, i jo que pensava que ho feia per dir-me que no podia viure sense mi. Quan tenim aquesta sensació de buit terrible, ens pensem que l'altre ens està prenent el pèl, que un dia d'aquests ens dirà que tot era broma. Que dura, la sensació d'abandó. Que cruel, sentir que qui abans t'acariciava la pell, ara t'hi passa paper d'estrassa sense afectar-se gens.

La manca de l'home que m'havia fet perdre el cap em va dur a tornar-li a trucar, vine-la a buscar, li vaig dir, i la podràs tenir una tarda a la setmana. Ell me'n va donar les gràcies, i així va anar, però al cap d'un temps va trobar una altra dona i s'hi va casar i van tenir fills i es va oblidar de la Mireia. Millor, perquè jo ja no sabia què explicar a la gent del meu entorn. Tanmateix, mentre va durar allò, jo sortia a rebre'l tan provocadora com podia, amb el perfum marejador que m'havia regalat ell, amb els llavis de color maduixa intens. I ell em mirava l'escot, sempre em mirava l'escot, però res més. S'esperava que li portés la nena i marxava. La Mireia estava contenta de veure el que ella creia un amic que la duia a passeig, i l'Ester encara més perquè sempre li havia caigut bé en Francesc, potser massa i tot. I al final érem totes tres a la porta, totes vestides per agradar, i jo em moria de la ràbia.

Va ser terrible el primer any. La necessitat de la droga de l'amor me la sentia a cada gota de la sang i em gratava tota i em feria per dins. Després, no tant. Normalment, mirava d'anar una mica entonada quan ell venia a buscar la nena, i així em semblava que ho resistia tot. Però quan se n'anava, sempre, sempre, plorava una estona. I així em trobava millor.

Avui hauria de tornar a fer feina amb els binocles. Fer feina vol dir espiar els veïns i la meva ampolla de vi, és clar. No res més. Ja ho hauria d'haver fet fa dies, però quan ve la nit, en la foscor se m'apareix la Mireia calba i llavors surto al balcó corrents a airejar-me, ara que fa calor. Això m'aproxima a la realitat del carrer, a la gent que pernocta, ara que s'hi està bé, a fora a aquestes hores.

Potser hauria de venir algú a dormir a casa, sí.

Tinc les pinces abandonades a la jardinera. Fa dies que

no hi jugo. El pensament del càncer no em deixa jugar. I això que m'agradaria rememorar els estius que van seguir, allà, amb la Mireia que creixia al mateix temps que la Fineta, però, és clar, no es podien ni comparar l'una amb l'altra, perquè la Mireia anava a l'escola anglesa de Barcelona i la Fineta a l'escola ben normal de Saltamartí. És clar que la filla de l'Aniol, quan va fer el batxillerat, se'n va anar un estiu a ca la seva tieta anglesa, i jo hauria volgut dir que la Mireia també anava a casa d'algun parent anglès, però no en tenia cap i no va poder ser. I a l'Aniol i la Fina se'ls veia tan contents, amb la nena a Anglaterra, i jo, que anava necessitada d'homes, hauria volgut estampar la Fina contra la paret, i quedar-me amb l'Aniol i així ferir-los tots dos.

En Javi se m'escapava. Amb la nena m'hi entenia de meravella, però amb en Javi, no. Era com ara, que fa tants anys que no ens parlem, no sé quants, potser trenta o quaranta, des que vaig entrar al castell de l'oblit. Quan ve a Barcelona, sé que s'instal·la en un hotel i va molt a casa de la Mireia, i jo m'imagino que està bé perquè les males notícies volen, i aquí no hi ha cap mala notícia, o sigui que deu ser que són bones. Però, en aquell temps, en Javi se m'escapava perquè era diferent. Així que va fer el canvi, es va deixar els cabells llargs i la barba també, tot i que més endavant se la va afaitar i va decidir que amb els cabells ja n'hi havia prou. És cert que estudiava molt, si va aconseguir un batxillerat amb excel·lents. I després va anar a la universitat i també treia bones notes, però encara era més grenyut i cada vegada teníem menys a dir-nos. No es parlava amb mi, però tampoc amb la seva germana. Eren la nit i el dia.

Quan va acabar els estudis, em va dir que volia fer un doctorat sobre les aranyes, que si podia anar a fer-lo a la Carena mentre jo no hi era. No hi vaig tenir inconvenient, i per dins pensava que, al cap i a la fi, can Torralba era seva, com la casa dels avis a Barcelona, com la casa on vivíem i com la fàbrica que en aquell moment estàvem liquidant perquè, com tot el tèxtil, se n'anava en orris. Però jo, entre que tenia el pis dels avis llogat i que sabia que la venda de la fàbrica em donaria força diners, em posaria a viure de renda com en Francesc, i això em feia feliç. Tenir diners i no haver de fer res era meravellós.

I en Javi aniria al que era la seva propietat sense saber-ho, i passejaria sobre la tomba del seu pare també sense saber-ho.

La policia tampoc no ho sabia. Al començament havien buscat l'Emili pertot arreu, sobretot pels volts de la Carena, però no havien trobat res que els dugués a cap pista fiable. I jo em vaig anar relaxant, i em felicitava a mi mateixa per com havia aconseguit desempallegar-me per sempre del meu marit. I, mentre en Javi anava i venia de la Carena i la Mireia estudiava dret, jo sortia, bevia, coneixia homes que em duraven un dia, dos, deu o potser un mes, i després me'ls treia del damunt perquè no volia que em tornés a passar mai més el que m'havia passat amb en Francesc. A la meva vida manava jo. I ells pensaven que podien manar ells. Quan els deixava, s'arrossegaven als meus peus, i jo me n'anava cap a casa i els deixava lamentar-se, plorar i estirar-se els cabells lluny d'aquí. Mai no els deia on vivia perquè no volia que em fessin el que jo li havia fet a en Francesc, no volia que em perseguissin fins aquí. Casa meva era un oasi on només hi érem la Mireia, l'Ester i jo.

Quan anava a la Carena, als meus pares intentava veure'ls poc, com sempre, però la Mireia hi anava a veure'ls, i em consta que en Javi també durant aquelles temporades que hi feia el doctorat. I jo vaig passar a ser el centre de l'atenció dels estiuejants, sobretot dels senyors, algun dels quals deia a la dona que anava a fer caminades de tarda i, en realitat, venia a trucar a la porta de casa meva. Aquestes trobades no em feia por que s'allarguessin eternament perquè, quan ja en tenia prou, em lamentava a qualsevol botiga del poble en veu baixa que hi havia un home que no em deixava viure en pau, i algú parava l'orella molt ben parada de manera que aquella història arribava a orelles de la seva senyora i s'havia acabat la comèdia, fins al punt que de vegades havien deixat d'estiuejar a la Carena i tot. I jo tornava a quedar-me tranquil·la. En l'Emili no hi pensava, només de tant en tant, quan hi passava per sobre el saludava com si fos viu, m'agradava fer-ho, i me l'imaginava ja convertit en un esquelet d'aquells de les pel·lícules de por, i fins i tot somreia perquè em feia gràcia imaginar-me'l així i contestant-me la salutació amb un braç que no era braç sinó un munt d'ossos que feien clec, clec. En realitat l'Emili era molt desgraciat, m'ho havien explicat els metges, i, per tant, es pot dir que jo li vaig fer un favor. Ara, ell descansava finalment, i jo, de passada, també.

Però a mi em faltava una cosa, que era l'única que no havia tingut mai: l'Aniol. Quan érem joves, l'hauria tingut quan hauria volgut si no hagués triat fugir, però ara era més complicat, i per tant era ara quan realment tenia emoció. Aconseguir que l'Aniol caigués als meus braços era un bon repte. I, de passada, faria desgraciada aquella dona que se l'havia endut, la Fina de la mirada escrutadora, que feia temps que anava amb un llibre sota el braç tot el dia, com si li hagués de caure, si semblava aquells que ara de vegades veig des del balcó que s'enganxen a una columna o a una paret, com si l'estiguessin aguantant.

Jo havia de tenir l'Aniol com fos. De sobte, tant m'era que fos un pobre masover, que anés brut, que estigués tot el dia amb el cap a la terra. Ja no sentia ni la pudor ni res. Per a mi, ell era l'Aniol de sempre, el company de converses i de jocs de quan era petita. I me'l mirava moltes vegades des de la finestra del lavabo, i el veia treballant, sempre treballant, de cap al camp, i era un home tan senzill i tan home, que cada dia m'atreia més. I m'enduia l'ampolla de whisky a dalt, i, mentre el mirava i bevia, m'anava tocant, tocant, i m'excitava cada vegada més, i acabava esclatant en una bombolla de plaer infinit que només ell era capaç de provocar-me.

Ho vaig preparar tot per fer-lo caure. Sabia que feia falta poc, si cada vegada que ens havíem trobat durant tots aquells anys, la feina havia estat seva per controlar-se, i jo me n'havia adonat. Al final, em vaig decidir. El vaig anar a trobar un dia i li vaig demanar que em plantés uns rosers. Ell va dir que ja vindria després de dinar. I jo me'n vaig anar a casa, i després de dinar vaig enviar l'Ester a comprar. Em vaig posar tan seductora com vaig poder, ensenyant-ho tot, tot el que es podia ensenyar, vaig tancar els porticons a mitges, vaig obrir una capsa de bombons de licor que de vegades em comprava per a mi, i me'n vaig menjar uns quants. Ja notava l'escalforeta del líquid que em ballava per l'estómac, quan vaig sentir l'Aniol. Em vaig mig estirar al sofà i li vaig cridar que entrés. I ell va entrar i, quan em va veure, es va quedar parat. Em vaig aixecar i m'hi vaig acostar a poc a poc. M'hi vaig acostar molt, li vaig posar un bombó als llavis, li vaig demanar si li agradava. Ell no es va moure i no va dir res, però va obrir la boca.

Amb l'Aniol, l'amor hauria pogut durar tota la vida. Quan el vaig tenir als braços, em vaig adonar a l'instant que no l'havia caçat jo a ell, sinó ell a mi. El bombó de licor s'havia acabat, no hi havia més possibilitat d'engany. Quin error havia comès, jo que només volia seduir-lo, i resulta que era jo la que el desitjava més que mai. I a ell no li volia fer mal. A ell no. Ves-te'n amb la Fina, li vaig dir suaument, quan ja jèiem mig despullats en aquell sofà de la sala. Ell em va mirar un moment per veure en quin to ho deia. L'Aniol era simple i senzill, però no era ruc, i em va llegir als ulls que també m'havia despullat per dins. Va fer que no amb el cap, va somriure, i mil arruguetes se li van fer al costat dels ulls, en aquella pell tan colrada pel sol que jo havia menystingut. El licor del bombó, no sé com, m'havia embolcallat el cor. Llavors va prendre ell la iniciativa, em va agafar en braços i em va portar escales amunt mentre em besava dolçament com mai no m'havia besat ningú. I jo, amb els ulls plens de llàgrimes, li deia, ves-te'n, però no hi oposava resistència. No podia fer-ho.

Aniol. La nostra història de debò va durar deu dies, fins que va venir de sorpresa la Mireia amb aquell noi, en Dídac, que va ser el pare de la seva filla i que era més pagès que tots els pagesos de la Carena plegats. L'havia tret de la facultat, de Barcelona, però era originari de Serd. Quan el vaig veure, em va caure l'ànima als peus, perquè no era ni de bon tros l'home que jo volia per a la meva filla. Però ja se sap que a les mares no ens deixen triar. I entre això i que en Javi se n'havia anat a viure amb una colla de nois i noies tots junts, com si fossin gats de teulada, em vaig posar de molt mal humor.

Vaig fer les maletes i vaig marxar. Ho vaig fer tot d'una, sense dir res a l'Aniol. Va ser una separació dolorosa. La d'en Francesc també ho havia estat però per dolor físic, per enyorança del desig. Aquesta, en canvi, la de l'Aniol, ha estat l'única separació que m'ha fet mal a l'ànima de totes les que he viscut al llarg de la vida.

Vaig buscar un hotel a s'Agaró i allà em vaig quedar intentant oblidar-me del meu amic, del meu amant, del que hauria hagut de ser el meu home. No vaig tornar més a la Carena. I a l'Aniol tampoc no el vaig veure mai més.

VI

—Àvia... Em sobta que no t'alteris gens.

La Sònia s'ha assegut al meu davant i m'ha deixat anar això. Aixeco el cap i li veig els ulls plens de llàgrimes. Sento una punxada al cor. Ella treu un mocador de paper i s'eixuga una llàgrima.

—És la teva filla...

Sí. És la meva filla. I no puc suportar que la Sònia em parli així, però perquè és la Sònia. No perquè la meva filla sigui la meva filla.

—Fins i tot l'Aniol està preocupat i va trucar-li des de la Carena...

Ara sí que el cor em fa un bot. L'Aniol, a més de preocupar-se sempre per mi, es preocupa per la Mireia. Ves per on.

La Sònia aprofita el meu desconcert:

—Sí, l'Aniol sempre em demana per tu, però sap que la meva mare està com està i li ha trucat i ha parlat amb ella.

No sé per què tots busquen altres maneres de dir càncer. Una coseta, una malaltia, un està com està, un problema de salut greu. El càncer és càncer i punt. Però el que m'importa no és això sinó els sentiments. Els meus sentiments. En tenia, abans, fa molts anys, quan era petita. Fins que me'ls van prendre. Ara només tinc por. Por d'haver d'enfrontar-me a les desgràcies dels altres. Però com ho explico, això. Es fa molt difícil. I jo em passo la vida burxant dintre meu per trobar-hi sentiments. No els trobo. Només me'ls desperta la Sònia. I el record de l'Aniol.

—Vaig... parlar-hi l'altre dia. Em sap molt de greu tot... Espero que es trobi millor...

La Sònia se sorprèn:

—No sabia que li havies trucat.

M'estic de dir-li que va ser la Lupe qui m'hi va fer trucar. Com que avui hi ha la Substituta, tampoc no l'hi pot aclarir.

—Sí...

M'ha quedat un sí com si estigués molt afectada. I funciona. La Sònia s'aixeca i ve fins al meu costat, em fa unes moixaines al cap i em diu:

—Oh, àvia, no pateixis, la mamà se'n sortirà. És forta! I jo... Ho sento, no sé per què t'he dit allò... És que...

Tremolo una mica, però és perquè ella s'ha posat a plorar mentre m'abraça. No dic res. No sé què dir.

Això de quedar-me tan quieta i tan impassible, em preocupa. Hauria de tenir sentiments d'aquests que té tothom, i segur que són en alguna banda, els tinc tancats amb clau en una capsa aquí a dins, i no hi ha manera que surtin, només els que es refereixen a la Sònia i a l'Aniol.

És clar que això va bé quan vols descansar, que és el que vaig fer durant uns anys. Quan la Mireia i en Javi van començar a passar els estius a la Carena, i després la meva filla es va casar i va tenir la Sònia i encara hi havia més soroll a can Torralba, vaig dir-me que ja m'hi havien vist prou.

M'havia agradat l'hotelet de s'Agaró. A més, hi havia aquells amics que en els primers temps de casada convidàvem a sopar amb l'Emili, aquells que hi estiuejaven i que hi tenien, ells també, tants amics i hi feien tantes festes. Els vaig trobar de seguida, el poble no era pas tan gran. Es deien Fernando i Sílvia. Com jo, tenien els fills ja grans. De seguida em van convidar a sopar, a anar a la platja amb ells i em van presentar altres estiuejants. Em van demanar per l'Emili, i jo, amb cara de pena, els vaig dir que feia anys que no se sabia on era, que potser ara estava bé amb algú altre i no volia saber res de mi. I a ells els vaig fer llàstima. Em van demanar si jugava a tenis, perquè a les tardes, de vegades, feien partits. Jo no en tenia ni idea però de bon grat vaig començar a anar-los a veure. Jugaven en un hotel que tenia pista, i de seguida em vaig trobar conversant a la terrassa de la cafeteria amb tots els que no jugaven, gent jove, però també la mare de la Sílvia, que sempre duia uns vestits molt d'estiu amb totes les joies posades, d'aquelles tan feixugues que gairebé et fan ajupir el cap, molt més que les de la meva sogra, i amb arracades de les que pesen tant que et deixen les orelles ben esparracades i que jo sempre he vigilat de no posar-me precisament per això. Però a ella es veu que tant li era.

La Sílvia era poqueta cosa. Lletja, esprimatxada i amb una veu tan fina que no se la sentia. Jo notava que em mirava amb admiració perquè els anys havien passat per a tothom però jo continuava essent atractiva. Amb quaranta i escaig que en tenia en aquell moment, sentia amb orgull que podia mantenir la meva figura esvelta, i que gairebé no tenia arrugues. Tenia els cabells blancs, això sí, però me'ls feia tenyir, puntualment, un cop cada quinze dies. I l'efecte de tot plegat era d'aquells que sorprenen dones com la Sílvia.

Però a mi, qui de debò m'interessava, era en Fernando. Passada la joventut, m'avorria això d'anar a veure qui trobava per teatres i sales de festa. En canvi, era tot un repte fer caure als meus braços un home casat. No vol dir que els que havia tingut fins llavors no ho fossin, perquè la major part ho eren, però jo no veia mai les seves dones, això d'estar casat només era una condició. Però el cas d'en Fernando era diferent, era com tornar a la Carena amb aquells homes que tenien dona de carn i ossos, vull dir una dona que jo podia veure, que coneixia. Com la Sílvia.

És cert que allà hi havia altres estiuejants i altres senyors, però me'ls vaig mirar tots i vaig decidir que em feia peça en Fernando. De quan jo el recordava, de jove, era un noi prim, tímid i més aviat seriós, guapo però sense res que el fes realment interessant. Era avorrit. En canvi, aquell primer estiu a s'Agaró, tenia els cabells grisos però el rostre jove, i semblava que s'havia deixat anar. Sempre era el que guiava les converses, sabia tirar floretes a les dones, reia i jugava bé a tenis, a mi m'agradava com agafava la raqueta i com s'inclinava per anar a trobar la pilota i picar-la en el punt que calia per sorprendre el seu adversari i clavar-li un *drive* o un revés o un *net* o un no sé què que feia que diguessin que en Fernando havia guanyat un punt, o quinze, o quaranta, perquè això del tenis, amb tota sinceritat, qui l'entengui que el compri.

—Tu jugues a tenis?

M'ha sortit així, perquè he pensat que potser la Sònia m'explicaria el perquè d'això dels quinze, trenta i quaranta. Però ja entenc que segurament no és el millor moment. Ella s'ha desenganxat de mi una mica bruscament i ha tornat a la cadira. M'ha mirat amb els ulls ja secs, aclucant-los una mica:

—A què treu cap, això, àvia?

He fet veure que tenia tos mentre em pensava una resposta que la satisfés. Al final, l'he trobat:

—He pensat en la teva mare, que sí que hi jugava...

M'ha sortit rodó perquè la Sònia s'ha tornat a entendrir. És veritat que la Mireia, quan era una adolescent, em va demanar que li comprés una raqueta perquè a la Carena anava a casa d'uns altres estiuejants que tenien pista.

—No ho sabia —ha fet la Sònia, desconcertada.

He somrigut una mica. La Sònia hi ha tornat:

—De tota manera, ara en té per una bona temporada, de no fer res de tot això. Aquesta malaltia, ja se sap.

Ja no he aguantat més:

—El càncer.

Ella ha fet un bot, i llavors, ves quina cosa més curiosa, m'ha canviat de tema:

—Què? Sortim al balcó?

—Sí, sí, és clar...

Si no sortíssim al balcó seria com si no hagués vingut la Sònia. Però no deixo de pensar en com ha canviat de tema. No li agrada la paraula càncer. No la suporta. No és només ella, és tothom. Què els passa, si, al cap i a la fi, la malaltia és la mateixa. I, a més, ara es guareix molt més que abans. Que estranys que són, la gent d'ara.

Al balcó miro de reüll la jardinera, que tinc abandonada en un racó. La Sònia, ni se'n recorda. Fa dies que no jugo a pinces. Però al cap i a la fi, jo no vaig tornar més a can Torralba i només de pensar en com deu estar ara...

—Quina calor, eh? —comenta la Sònia.

—Sí...

—Mira la llibretera!

Ai, la llibretera. Ja ens saluda i ja hem de dir hola. Ara feia dies que no coincidíem... La Sònia llavors fa una proposta estranya:

—Àvia, per què no vens a la Carena uns dies?

—Com?!

M'ha sortit així de cop. Però és que no m'ho esperava. La Sònia hi torna:

—No pas ara sinó d'aquí a un parell de mesos..., a l'agost... També pujarà la mamà, entre químio i químio... I hi haurà els nens... No cal que surtis de casa, no et veurà ningú... I podràs parlar amb l'Aniol i podràs veure què hem fet a can Torralba... He pensat que potser t'agradaria. I com que l'Aniol sempre et sol·licita...

Què diu aquesta. Però què diu.

—No, no. Jo no puc pujar a la Carena. No hi pujaré.

—Però...

—He dit que no hi pujaré.

Deixo estar el braç de la Sònia i me'n torno cap a dins. Si comença amb aquestes coses, ho deixarem estar tot i la Sònia ja no serà la Sònia. Ara em ve al darrere.

—Ep, àvia, que no n'hi ha per a tant... No t'he dit res, oblida-ho!

Em calmo una mica mentre m'assec a la meva cadira. La Substituta fa estona que pica, deu netejar les catifes.

—Pots dir a aquesta noia que deixi de picar?

—Àvia, en algun moment s'han de netejar les catifes...

Llavors té una idea:

—Saps què? Anirem a passeig!

Oh no. Per què no he callat. Però al final em deixo convèncer, perquè en el fons m'agrada anar amb la Sònia a passejar. I, sense agafar ni un jersei perquè fa molta calor, baixem les escales i sortim les dues al carrer. I, a la porta d'entrada, ens trobem la llogatera advocada. Bé, ens la trobem vol dir que ens passa al davant després de donar-nos una mena d'empenta. Després, gairebé sense girar-se exclama:

—Perdó, vaig amb presses...

—I tantes presses... —xiuxiueja la Sònia una mica enfadada.

És estrany, penso, perquè aquesta dona em va semblar molt amable. La miro com marxa i veig que va coixa. I veure una coixa que corre té la seva gràcia. Se m'escapa un somriure. M'ha recordat la Sílvia, aquell estiu d'en Fernando. També es va torçar un turmell i no va poder jugar més a tenis. Els primers dies ni tan sols venia a acompanyar en Fernando. Ho vaig aprofitar. Ja ens havíem estat tirant miradetes els dies abans, però sense la Sílvia van ser més que miradetes. Ell va jugar a tenis com sempre, i tot va anar com de costum amb tots plegats fins que vam acabar i jo em vaig lamentar que estava una mica marejada i el meu hotel era lluny. En Fernando no va trigar gens a copsar les meves intencions i de seguida va dir que m'hi acompanyava. I ho va fer. A dins del cotxe vam parlar del temps i jo pensava que, quan arribéssim a l'hotel, l'havia de convidar a entrar. No sé si era el correcte o si era precipitat, però ho vaig fer. I ell també precipitadament va acceptar-ho. I, un cop al bar, ens vam fer servir uns whiskys, i li vaig demanar per la seva feina, que ja no recordo quina era, i vam demanar un altre whisky, i ell va dir que anava a trucar un moment, i després ens vam beure el segon whisky i llavors va ser quan vaig suggerir-li que m'acompanyés a dalt. Ho vaig dir sense cap entonació especial, però és que hi ha vegades en què no cal cap entonació perquè s'entengui tot a la primera. I ens vam ficar a l'ascensor i ja no ens vam poder contenir. A la planta quatre, quan es van obrir les portes, va entrar una dona amb cara de recriminar-nos que no ens poguéssim aguantar fins a l'habitació, si jo estava pràcticament despullada. Però és que realment teníem el foc a dins. Recordo aquella sensació tan gran de desig que no hi havia manera de reprimir, i les rialletes d'adolescent i les corredisses fins a la meva habitació, i que no trobava la clau i ell mentrestant em magrejava el cul, i jo així encara tenia menys esma per trobar-la perquè sentia que em desfeia. Però al final la vaig trobar, vaig obrir i ens vam llançar tots dos damunt del llit i aquella escena que vam viure tots dos va ser la bogeria de les bogeries. En Fernando era apassionat i fins i tot brusc en els moviments, però d'una manera que a mi m'excitava més i més. Quan ja el tenia a dintre, em cavalcava a cops, i tot d'una m'agafava un pit, i tot d'una me'l xuclava amb força, i jo xisclava. Em sentia plena de plaer, d'un plaer extraordinari que només és possible en la calor de l'estiu, amb una finestra oberta que dona al mar, amb el soroll de les onades de fons, amb molta llum.

El nostre idil·li em va fer meravellós l'estiu. Van ser molt pocs dies els que no vam acabar a la meva habitació de l'hotel. No sé com s'ho feia, ell, per escapar-se. Els dies que no hi havia la Sílvia, era fàcil. Però quan ella va tornar a començar a aparèixer per l'hotel del tenis, ens vèiem en un algun altre moment. Jo no em movia del meu hotel a primera hora de la tarda. Ell deia que anava a comprar, a buscar el pa, a comprar pilotes de tenis. Digués el que digués, acabava al meu llit.

La Sílvia feia penes a tothom perquè no podia jugar a tenis. Feia una cara de tristor estudiada, li encantava ser el centre de l'atenció de tothom, però no se'n va sortir gaire temps, només el primer dia de peu embenat, perquè normalment el centre de l'atenció era jo. A mi em mirava tothom, especialment tots els homes, i jo veia la gelosia pintada als ulls d'en Fernando. Però, quan fèiem l'amor, li deia que ell era únic, que jo només era seva. Que poc que costa dir això, i com els agrada sentir-ho, als homes.

I així va anar passant aquell estiu, amb matins de platja, tardes de tenis o, més ben dit, de cafeteria i de llargues xerrades amb la mare de la Sílvia sobre la societat barcelonina que ella coneixia tan bé. L'estona fascinant amb en Fernando. I aquells capvespres meus, exclusivament meus, en què jo m'asseia al jardí de l'hotel, a la banda de muntanya, a sentir l'olor dels pins i el soroll eixordador dels grills de les nits sufocants de la canícula. I pensava, que diferent és aquesta muntanya de la de la Carena, i no volia ni recordar aquell verd moll d'allà a dalt, aquell silenci del meu poble impregnat d'olor de farigola, que jo m'enduia a casa quan era petita, perquè també la casa fes olor. Fins que l'olor, de cop, va ser de fusta i es va acabar tot. I ja no vaig collir farigola mai més.

A l'Aniol l'havia fet petit i l'havia ficat a dintre d'una capseta que portava sempre amb mi. Encara l'hi porto, però em vaig jurar que no l'obriria mai més. I no ho he fet. No ho he fet... però hi és.

En aquell hotel de s'Agaró, al jardí dels pins, quan em venien mals pensaments, em posava a xerrar amb algú, fos qui fos: el cambrer, la recepcionista, algun altre hoste. Xerrar em distreia dels pensaments obscurs que, quan estava tranquil·la, em martellejaven el cervell i, després de tants anys, jo no entenia per què em sortien tots alhora.

Però tot s'acaba, i l'estiu també. Encara que aquest d'ara sembla que no s'hagi d'acabar mai, amb la calor xafogosa que fa tan embafador aquest carrer de Sarrià. I això que per aquí sempre passa una mica d'aire, el que baixa de la muntanya, el que puja del mar, d'allà baix. Penso en el que m'ha suggerit la Sònia d'anar a la Carena. Mai, mai, Reina Santa, imagina't, tothom mirant-me de gairell... i no com ara, perquè aquí no saben res de mi, això és el que té Barcelona, que ningú no coneix ningú, malgrat que això sigui un barri que, en certa manera, és com un poble, però si hi aterres un bon dia arribant-hi de fora, ningú no et demana d'on vens, ningú no vol saber qui ets.

I què em diria, l'Aniol, si em veiés. Què deu pensar, de mi.

—Bon dia, senyora Mireia, la veiem poc...

Vaja, és el llogater professor que s'ha acostat i no l'he vist fins que no l'he tingut a tocar. Fa un somriure encantador. Si fos més jove... Però ara no em fan ni fred ni calor els somriures encantadors dels homes. Aquella de les empentes que ens acabem de trobar deu anar ben servida, això sí. Si fins i tot fan l'amor enganxats a la porta esmerilada. M'ho he de tornar a mirar, que fa dies que no...

—Ah, és que surto poc —dic, per dir alguna cosa, i perquè la Sònia se m'ha quedat mirant esperant que jo contestés.

Detesto anar-me trobant gent que em demana coses pel carrer. De quan encara corria per aquí, conec algunes persones, però afortunadament la immensa majoria s'han anat morint perquè ja eren grans. En la meva joventut, aquest barri era una altra cosa, era més senyor, i tots els que no tenien una categoria, sortien de casa escorreguts i no parlaven amb ningú. Ara, en canvi...

El llogater professor se'n va i nosaltres continuem el passeig. Vaig amb roba clara, amb màniga curta. Com als estius de s'Agaró.

Tanmateix, amb en Fernando vaig tenir problemes perquè pensava que me'l trauria del damunt quan s'acabessin les vacances, i no va ser així. Jo no em recordava que ell sabia on vivia, havia vingut a casa quan l'Emili i jo ens acabàvem de casar. Al final de l'estiu, ens vam donar els telèfons, ell el de l'oficina, i jo, un d'inventat, i vam quedar que ens trucaríem. Jo no ho vaig fer i ell es devia tornar boig intentant-ho amb el que era fals. I, al final, quan encara no érem ni al Pilar, es va presentar a casa. Feliçment, el vaig veure des del balcó abans que entrés a la porteria. Vaig reaccionar de pressa i vaig córrer a buscar l'Ester. Li vaig dir que li digués que jo no hi era, que tornaria tard al vespre. I, amagada a la meva habitació, vaig sentir com ell trucava, com la minyona obria, com ell demanava per mi i com l'Ester li explicava el que jo li havia dit. I ell, amb un posat moix, se n'anava dient que havia trucat moltes vegades i que no li contestava mai ningú. Aquí, l'Ester, espavilada, va reaccionar de pressa i li va dir que havíem tingut el telèfon espatllat, però que ara ja funcionava, que ho tornés a provar. I així en Fernando se'n va anar.

Però, és clar, jo sabia que tornaria perquè s'adonaria finalment que no tenia el telèfon bé. I jo n'estava tipa, volia descansar, havia tingut un estiu massa agitat, no volia homes i molt menys en Fernando, de qui havia acabat cansada perquè al final ja em tornava a semblar que no tenia res d'especial, que només era un home ric i avorrit. A més, ja havia passat el seu temps, ja en parlaríem al següent estiu.

Vaig alliçonar l'Ester. Li vaig dir que, quan tornés, li havia de dir que me n'havia anat a viure a Londres amb un home. Que a ella l'havia deixat a casa perquè no se'n volia anar, i per tenir-ne cura, perquè jo vindria de tant en tant. Jo no tenia una germana anglesa com l'Aniol, però sí que em podia imaginar un amant londinenc que se m'emportava en avió cap a on fos. L'Ester li havia de dir també a en Fernando que no sabia quan tornaria, però que segurament seria per les vacances de Nadal. Tot plegat, per ferho més creïble.

En Fernando s'ho va empassar. Com l'altra vegada,

quan va aparèixer, vaig sentir tota la conversa i també com ell es quedava quiet, callat. L'havia deixat sense paraules, és clar. Només vaig resar perquè no donés una empenta a l'Ester i entrés a casa i volgués assegurar-se que jo havia marxat. Però no, no ho va fer. No s'hi devia atrevir.

I així va ser com en Fernando va desaparèixer de la meva vida. L'únic inconvenient era que ja no me'n podia anar a estiuejar a s'Agaró. Vaig haver-me de buscar una altra destinació per als estius següents. I així vaig anar a parar a Cadaqués. S'estava posant de moda, tothom anava a Cadaqués, en Dalí corria per allà i també tot de gent vestida com si portessin camises d'anar a dormir, però comprades en boutiques caríssimes. També portaven joies que penjaven i que no eren joies, sinó bijuteria de disseny. M'havia d'espavilar si volia estar al dia. Així que en un viatge llampec a Barcelona em vaig comprar roba adequada per passejar per Cadaqués, tot i que després em vaig pelar de fred perquè va fer un estiu desgraciat, i, a més, allà es pot dir que, de calor, calor, no en fa mai gaire. Però era lluny, no hi havia en Fernando, i ja m'estava bé.

Em vaig proposar no tenir amants a l'estiu perquè, si no, m'hauria d'escapar de tots els pobles. Però no me'n vaig poder estar. A Cadaqués em vaig embolicar amb un home que tenia un veler i que, dia sí, dia també, voltava el cap de Creus i se m'hi volia endur. Hi vaig anar el primer dia plena d'il·lusió, pensant que faríem l'amor en aigües braves. I el que vaig fer en aigües braves va ser treure-ho tot. A partir de llavors, l'esperava al meu hotel i, quan tornava, jo estava allà amb el meu *deshabillé*, que ell em deia que li agradava tant. No era un estiuejant, pròpiament dit, sinó un home que vivia a Figueres, que hi tenia dona i fill, i que venia sol a Cadaqués per agafar el veler. Així, feia les passejades més llargues i passava per l'hotel abans de tornar-se'n a casa. Era una ànima lliure i no em va dir mai que tingués intenció de perseguir-me durant l'any. Això ja m'anava bé, i em va decidir a tornar a Cadaqués el següent any, i va tornar a passar el mateix, i encara un altre any.

Mentrestant, el temps passava, perquè el temps va per lliure, ens dona un cop de colze a tots i va tirant sense demanar permís a ningú. La Mireia i en Javi venien només de tant en tant a casa. També venia de tant en tant la meva mare, que agafava el cotxe de línia i el tren i, quan era aquí, tot eren queixes que no l'anava a veure mai. Jo li contestava amb fredor o no li contestava. Quan la veia aparèixer, alguna cosa se'm rebolcava sistemàticament a la panxa, com el dia del cap de Creus. Però feia com si res, l'atenia tan bé com podia, dinava amb ella i li feia explicar coses del poble. Del pare no en parlàvem mai. Però jo, quan la tenia allà, sentia olor de fusta.

La dictadura va morir en aquella època, es pot dir que els temps canviaven i la gent ho feia tot de pressa. Tampoc hi havia aquella diferència entre els d'una classe i l'altra, i només l'Ester, que ja era velleta, em deia senyora Torralba. Per a tothom, al barri, era la Mireia. Ja està, com si res, i sense cap vergonya. Tant lluitar per ser diferent, i resulta que, au, al capdavall, tots érem iguals.

I, de sobte, un dia que intentava cordar-me una faldilla, em vaig mirar al mirall i vaig entendre per què no em podia cordar la faldilla. Em vaig tocar el rostre. Tenia una cara rodoneta, unes formes més aviat plenes, i, per postres, unes arruguetes als ulls. Reina Santa, estava canviant, ja no era la d'abans. Em vaig quedar parada i vaig tornar-hi amb l'intent d'aconseguir cordar-me, fins que, crac, va saltar tot i la roba es va esparracar i es va acabar la faldilla. Em vaig quedar sense saber què fer i a la de l'altra banda del mirall se li van omplir els ulls de llàgrimes.

Llavors vaig deixar de sortir. No volia fer el ridícul intentant seduir els homes. No em sentia bé amb mi mateixa i estava sempre de mal humor. A l'Ester l'escridassava per qualsevol cosa, a ella que, al capdavall, havia estat l'única persona que m'havia restat fidel sempre. Va ser aquella temporada d'anar de caiguda quan es van acabar aquells gairebé quaranta anys de dictadura de què tanta gent es queixava i que a mi no m'havien molestat gaire, si he de ser sincera. Però no quedava bé dir-ho i sempre vaig callar. Vaig mirar impassible com a la televisió l'Arias Navarro deia que en Franco havia mort, i com de sobte teníem un rei, i com sortia tothom al carrer a queixar-se i a reivindicar-se. Al barri hi havia molta gent que semblava contenta i poca gent que no. Però jo no estava per tot plegat. Jo estava de molt mal humor, i no precisament perquè el dictador estigués criant malves. Això m'era absolutament igual.

Tot i així, quan va arribar l'estiu, vaig anar a la Costa Brava a passar-hi uns dies. Vaig canviar de destinació per no trobar-me el del veler. Aquesta vegada va ser Begur.

I va ser quan era allà que em van venir a buscar. La Mireia s'havia endut la Sònia, que era molt petita, a la Carena. Jo sabia que hi eren tots plegats, també amb en Javi, però poca cosa més. Van trucar a la porta de l'habitació de l'hotel quan m'anava a vestir després de dutxar-me. Vaig obrir i m'hi vaig trobar un home vestit de paisà i un policia vestit de policia. No vaig tenir temps de dir res. Ja ho va fer el de paisà, ens haurà d'acompanyar a Barcelona, li hem de fer unes quantes preguntes sobre la mort del seu marit, Emili Torralba.

No vaig contestar. Vaig fer la maleta i els vaig seguir. Recordo que a dintre el cotxe em vaig marejar i també recordo que vaig pensar, mentre intentava sobreposar-me, que acabaria a la presó i que era una pena, però que tampoc era cap daltabaix perquè així provaria una cosa nova i podria descansar del món.

Em van portar fins a una comissaria fosca de Barcelona, em van fer declarar i signar la declaració. Ho vaig dir tot, tot. Jo sabia que era impossible que em culpabilitzessin de la mort de l'Emili perquè jo sola no hauria pogut penjar-lo, així que vaig decidir no embolicar la troca i dir exactament tota la veritat, o sigui, que havia fet els possibles perquè es matés ell sol.

Mentre m'esperava per declarar, van venir la Mireia i en Javi a fer-me companyia. Semblaven amables. Quan ho vaig haver dit tot i se'm van endur, van desaparèixer tots dos. La Mireia encara va venir alguna vegada a veure'm al castell de la por. En Javi, no. Mai més.

Però a partir d'aquell moment, en Javi era l'amo de tot.

VII

Un garbuix de pinces. Pinces de totes menes que es barregen, i la pinça del forat que surt i sobrevola les altres, i diu, soc aquí i algú m'hi ha enterrat. I el fang que ho cobreix tot, tot, excepte la casa de l'escorça. Les pinces allà són netes. Les altres, no. Les he de salvar, però no sé com. No sé com. De vegades, amb tanta gent, es fa difícil salvar algú.

Al castell de l'oblit vivíem així, totes apilonades, i jo m'hi havia d'acostumar. Em deien la Donya, perquè els primers dies em vestia amb la roba que jo normalment feia servir pel carrer. No volia perdre la dignitat, i ja l'havia perdut prou el primer dia, quan em van fer despullar tota per mirar si duia alguna cosa a dintre de qualsevol forat del cos. I, des de llavors, cada vegada que entrava i sortia de la presó, havia de fer el mateix. De Donya ho era ben poc quan vaig posar els peus allà a dins, després de tancar-se darrere meu totes aquelles portes que grinyolaven, clonc-clonc, com les cadires del bar, una darrere l'altra, després de notar-me tots els pèls del cos eriçats, després de sentir que em quedava sense res del que havia tingut fins a aquell moment. I, tanmateix, vaig ser la Donya. Al cap de poc, però, vaig aprofitar una visita de la mare, l'única que venia cada mes amb una constància esfereïdora, per dir-li que em portés unes vambes i texans i samarretes, que era el que duien totes. I així vaig intentar passar més desapercebuda, tot i que ja era tard.

Els vestits bons me'ls guardava per a les ocasions especials, per exemple, per al judici. Allà vaig veure en Javi de lluny. No em va mirar. La Mireia sí que em va mirar, amb llàgrimes als ulls. Van declarar tots, i jo no sé què deien, si jo ja ho havia dit tot i ja sabia que em tancarien. Quina manera de perdre el temps, fer un judici per una cosa que ja saps i que té un culpable clar i ben definit. Quanta comèdia.

Agafo una pinça i, amb la seva ajuda, tapo el forat que ara és buit. Després, m'incorporo. Prou de pinces. S'ha acabat el joc. Com al judici. Va venir un advocat que no sé per què calia. Em van demanar si volia dir alguna cosa que no s'hagués dit encara, i jo els vaig dir que trobava que havien trigat molt a descobrir l'Emili. Que jo gairebé ni em recordava que l'havia deixat allà enterrat. No em van contestar. I, al final, van dir, vuit anys tancada. Molt bé, doncs vuit anys, què hi farem. I vaig sortir de la sala emmanillada, molt digna, amb un mig somriure als llavis, mentre m'enlluernaven tot de flaixos. Es veu que vaig aparèixer a tots els diaris.

Al castell de l'oblit em van posar primer en una cel·la sola, perquè m'hi acostumés, em van dir. I, quan ja estava tan tranquil·la pensant que si no fos pel menjar i per no poder beure alcohol, no hi estava pas tan malament, em van dir que me n'havia d'anar a una cel·la amb tres dones més. I jo vaig demanar si calia, i una funcionària que ja des del primer dia vaig veure que me la tenia jurada, es va posar a riure.

No em molestava la pèrdua de llibertat perquè jo ja no em movia gaire en aquell temps, però sí que em vaig haver d'avenir als constants canvis de domicili, per dir-ne d'alguna manera. Vaig viure sola, amb quatre, amb dues, amb tres, sola un altre cop, amb quatre. Allà es veu que els agrada canviar-te de lloc perquè no t'acostumis a viure d'una manera concreta. No fos cas. I Donya cap aquí, Donya cap allà. I conviure amb tota mena de personatges curiosos o, més aviat curioses, perquè érem tot dones. Al començament, em vaig posar de mala lluna. Quan vaig veure amb quina mena de dones m'havien posat el primer cop, em vaig anar a queixar. Ho vaig fer perquè em vaig adonar que tothom es queixava de tota mena de coses, estúpides o realment greus, i que, de vegades, això funcionava. El castell de l'oblit era com una escola on els nens protesten quan no els fan cas o quan un altre nen els ha fet la traveta al pati. I la senyoreta, segons com ho vegi, actua amb un càstig per al que s'ha portat malament. O bé diu, au, au, que ja s'arreglarà. I tot oblidat.

En el meu cas, va ser tot oblidat. Però què passa, que no veu què li estic dient, senyoreta, miri amb qui m'han posat. Les funcionàries eren totes senyoretes. I la senyoreta en qüestió, una xitxarel·la que no tenia ni trenta anys, em va mirar sorneguera i em va dir, aquí no estem per posar les amiguetes amb les amiguetes. Hi vaig insistir, però posi'm amb algú que sembli més decent. Més decent, va repetir ella. I em va mirar de dalt a baix per deixar anar, com ara vostè, vol dir. I ho deia amb una entonació que em va fer callar. Després, em vaig mirar al mirall i em vaig dir que potser sí que tenia raó. Què en quedava, de l'antiga Mireia. Res. Aquell dia, em vaig posar a plorar.

A dintre el castell realment s'oblidava. Sí, hi havia la televisió, sí, hi havia diaris, i sí, hi havia les visites de la mare, però el món normal era lluny.

Quan em vaig veure en aquella cel·la de quatre llits, vaig decidir no mirar, però això era difícil en un espai tan petit. Les altres tres eren tres donotes, totes elles prostitutes relacionades amb drogues. Primer em miraven de biaix i, com que no es refiaven de mi, parlaven i es deien secrets en veu baixa. Després, es van adonar que jo no me n'aniria de la llengua. No és que no en tingués ganes, però és que de seguida em vaig ensumar que allà a dins l'ofici d'espia era molt perillós. I vaig callar el que sentia i el que veia, i era que no sé com s'ho feien però sempre acabaven aconseguint droga que esnifaven com boges. I llavors començaven a cantar i a inventar històries extraordinàries. Fins que em van convidar a tastar-ho i vaig dir que no gràcies.

Jo no em drogava i no pensava fer-ho, però sí que vaig saber per elles que hi havia una interna que fabricava alcohol amb fruita madura i proveïa les interessades a un preu mòdic. I això ja m'atreia més. Havia passat per moments complicats quan havia entrat al castell, havia suat, havia tremolat, m'havia desesperat i havia cridat mentre estava sola en aquella primera cel·la d'ingrés, havia passat un mes realment difícil, però la temptació de poder tastar un altre cop una mica d'alcohol era massa forta. Em venia de gust tornar-hi. Només una vegada. I ho vaig fer. Reina Santa, era horrible. Però també era l'únic que hi havia. Hi vaig tornar una altra vegada, i m'hauria pogut enganxar de valent un cop més a la beguda, però llavors aquella malparida que me'l venia em devia posar alguna cosa en el líquid perquè vaig estar malalta quatre dies, i vinga vomitar. I va anar de poc que no li confesso al metge que havia begut. Però, almenys aparentment, el doctor es va empassar que havia estat una pasta de crema en mal estat de les que havien repartit a l'hora de dinar perquè era diumenge.

Aquells dies, les meves companyes d'habitació es van portar bé amb mi, i em van ajudar en tot. Van avisar la funcionària de guàrdia una nit que jo em trobava realment malament i no em van deixar sola. I a partir de llavors, aquelles dones no em van caure tan malament. Fins i tot m'inspiraven una certa tendresa. Però quan ja ens havíem acostumat les unes a les altres, zas, ens van canviar un altre cop. No fos cas que ens hi acostuméssim.

Al final vaig acostumar-me a aquells canvis pel senzill sistema de no acostumar-me mai a cap en concret. M'havia dit que ho fes així una interna, la Zoraida, que semblava la més espavilada de totes, que al pati s'asseia en un racó a mirar les altres, i a qui em vaig fixar que tothom demanava consell. Ja feia dies que l'observava, i, al final, m'hi vaig acostar. Ella primer em va llucar amb desconfiança. Em fa l'efecte que s'adonava que jo era diferent, com jo veia que ho era ella. Era més jove que jo, era força guapa, i semblava de classe benestant, molt més que la immensa majoria de dones del mòdul, que ja es veia que eren unes arreplegades.

La vaig saludar i li vaig demanar si us plau si li feia res que segués al seu costat. No, i ara, va fer ella. El meu si us plau la devia haver sorprès, perquè al castell de l'oblit, aquestes delicadeses no s'estilen, i em va correspondre també amb amabilitat fent-se una mica enllà perquè jo també cabés al seu costat. Quant temps fa que ets aquí, li vaig demanar. Ui, una eternitat, va fer ella amb un petit somriure. Mira que ets totxa, Mireia, vaig pensar jo de seguida. Aquí no es parla del temps. Això no m'ho havia dit ningú, però jo ja m'havia adonat que allà el temps s'aturava durant anys, durant segles.

Vam parlar d'altres coses. De les internes, de les funcionàries, del menjar, de les activitats. El cas és que amb la Zoraida ens vam entendre de seguida.

Vaig trigar uns dies a atrevir-me a demanar-li per què era allà. A ella no va semblar que l'empipés la meva curiositat, tot i que em va contestar sense gaire entusiasme. Em va dir que era allà per intent d'homicidi del seu pare. Es veu que realment havia estat a punt de matar-lo amb un ganivet de cuina, però que no se n'havia sortit. I per què, em va sortir de demanar-li. Ella va mirar uns instants l'infinit, com si s'estigués pensant la resposta. Al final em va contestar, perquè em molestava. Ah, vaig fer jo desconcertada, perquè no m'ho esperava gens. I tot d'una em va venir al cap un pensament terrible, i era que el meu pare a mi també em molestava. Però ella ja es veia que no tenia ganes de xerrar més de què li havia succeït. Llavors va preguntar-me, i tu què. Vas matar el teu marit, oi. I jo vaig dir, bé, jo no l'he mort, el meu marit. La Zoraida va fer un gest com d'avorriment, un gest que volia dir, tu també ets igual que tothom, ves per on, tu també ets innocent i estàs aquí per equivocació. Me'n vaig adonar a temps i vaig rectificar la resposta. Quedava clar que titllar-se d'innocent no tenia pedigrí. Vaig dir, bé, jo també ho vaig fer perquè em molestava. De fet, això era veritat, perquè jo el vaig ajudar a morir per això.

Hauria pogut explicar a la Zoraida que jo no estava allà per homicidi ni per intent d'homicidi, sinó només per inducció al suïcidi, que ho tenia escrit en còpies de resolucions judicials a la cel·la, però em va semblar que ho trobaria poc interessant i no volia quedar-me sense la seva complicitat. A més, em sentia molt pròxima a ella, per com era i perquè allò de matar el pare perquè la molestava m'havia arribat molt endins.

No en vaig arribar a parlar mai a fons, amb ella. Va marxar al cap de tres anys de ser jo al castell de l'oblit. Havíem fet amistat realment, qui m'ho havia de dir, jo que no havia tingut mai amigues, i allà n'havia fet una que era una homicida. No sé per què, però ens enteníem molt bé. Ella era una dona d'uns quaranta anys, una de les úniques que no consumia ni alcohol ni drogues i sempre tenia el cap clar. Era prima, pigada, molt blanca de pell i de cabells foscos. Em va explicar que a casa seva tenien diners i que ella, de fet, havia crescut en una relativa comoditat. Era d'aquelles persones malaltisses, de les que agafen totes les grips i tots els refredats. Sempre tossia i de vegades tenia fins i tot febre. Quan això passava, jo demanava permís per anar-la a veure a la cel·la, si s'havia quedat estirada al llit. M'hi sentia unida, i no sabia ben bé per què, si tot allò que representava m'havia de fer mal, si sempre ho havia defugit. Era filla única, com jo, però ella era de ciutat i havia anat a una bona escola i després va fer secretariat i havia treballat amb el seu pare durant un temps. Es deia Zoraida perquè la seva mare era d'origen castellà i es veu que la seva àvia també se'n deia. A mi, això de Zoraida em sonava a reina mora. Fos com fos, estava separada i tenia una filla. Parlava del seu pare en un to neutre, com si parlés d'un company de feina, i jo pensava, ves a saber si ella també va sentir olor de fusta, si també va notar com l'esparracaven per dins, si ella també va sentir el crit de l'odi quan va néixer una criatura no desitjada.

La Zoraida em va reobrir una ferida que jo creia tancada dintre meu. Això feia que, d'una banda, em fes angúnia acostar-m'hi, però, de l'altra, m'adonava que ella havia superat el seu problema d'una manera que jo envejava profundament. Per a mi ella era com un imant. Al seu costat em sentia tranquil·la, no sé per què, malgrat que també em semblava que, si era amb ella, sentia olor de fusta.

S'havia hagut d'estar sis anys tancada. I quan se'n va anar, la vaig trobar a faltar. Per a tothom havia fet una monstruositat, però a mi m'havia ajudat molt a aprendre a viure allà a dintre. M'havia ensenyat a contenir-me les ganes de fer la guitza a algú, a contenir-me el desig de fer-me veure, a intentar passar desapercebuda com fos. Si no portes problemes a les funcionàries, elles no te'n portaran a tu, em va dir. I no et deixis provocar ni per elles ni per les internes. I no miris ningú als ulls. I apunta't a alguna activitat. Si no, t'avorriràs com una ostra i el temps et passarà lent, molt lent, i tindràs ganes de festa. I aquí les festes no convenen.

Vaig tenir molt en compte els seus consells i em vaig apuntar a fer ganxet. No sabia què fer i aquella era una bona idea. No havia fet mai jerseis ni bufandes ni gorres, però sempre m'havien fascinat les àvies que s'entretenien amb això davant de la llar de foc, a la Carena, quan jo era petita. De mitja no se'n feia, al castell, perquè les agulles eren massa llargues i podien servir per fer-nos mal. I els ganxets s'havien de retornar religiosament després de cada sessió, els comptaven quan marxàvem per assegurar-se que ningú no se'n quedés cap. Al castell vaig fer-me un jersei d'estiu, uns quants d'hivern, una gorra i un xal. També em vaig apuntar a dibuixar perquè hi anava la Zoraida, però ella en sabia molt, i jo no me'n sortia. Feia el que podia i, al final, ho vaig deixar estar.

A ganxet xerràvem. Una dona voluntària que ens guiava la feina ens tenia en un racó de la biblioteca treballant, i allà ens ho explicàvem tot. Jo preferia escoltar, i així sabia de quin mal havia de morir amb cadascuna, perquè a aquelles dones els agradava xerrar qui-sap-lo, i ho explicaven tot, fins i tot de quin color duien les calces. Tot menys el crim pel qual les havien condemnat perquè, naturalment, totes eren innocents i s'havien equivocat condemnant-les. Només n'hi havia una, que tenia unes trenes llarguíssimes i que es confessava culpable. Per postres, es deia Maria, i tothom li deia Maria de les trenes. Era la que havia fet una amanida al marit amb tora blava, i ho explicava a tothom perquè estava orgullosa de la seva idea i de l'elaboració. Es veu que havia anat a buscar la planta expressament a Núria, i que havia preparat un plat que al marit li va semblar exquisit. Assassinat refinat, en deia ella. Però, fet i fet, allà a dintre, de culpables es veu que només ho érem la Maria de les trenes, la Zoraida, i jo, malgrat que la meva culpabilitat no era precisament la que m'atribuïa tothom.

No he estat mai una persona nerviosa i, com que, a més, ja era gran i m'havia tranquil·litzat força, em vaig prendre des del primer dia amb molta filosofia allò d'estar tancada. M'hi havia d'estar vuit anys, m'hi posés com m'hi posés, així que vaig decidir passar-m'ho tan bé com pogués. Gràcies a la Zoraida, vaig aprendre a esquivar problemes, a veure'ls venir. Amb ella, a banda de parlar, jugàvem al dòmino cada tarda. Sempre se'ns hi afegia algú, però quan eren les Homenotes, ho deixàvem estar o jugàvem sense obrir la boca per no provocar-les. Les Homenotes eren tres i la Zoraida els deia així perquè semblaven realment homes. I homes grossos, d'aquells que tenen forma d'armari. Són perilloses, no t'hi acostis, em va advertir. No m'hi vaig acostar i, quan ella se'n va anar, vaig continuar tan lluny de la seva vista com vaig poder... Fins que va passar el que va passar.

Amb qui també s'havia d'anar amb compte era amb determinades funcionàries. La del començament que em tenia el dit ficat a l'ull se'n va anar al cap de poc temps, però en van aparèixer d'altres, perquè al castell de l'oblit tot canviava contínuament, no hi havia res que durés una eternitat. Hi havia una funcionària que ens ajudava tant com podia, que ens feia la vida fàcil, de vegades sota la mirada hostil de les seves companyes. D'altres, que feien el que havien de fer sense pena ni glòria. Però n'hi havia un parell que eren sàdiques, però sàdiques de debò. Jo les havia vist apallissant una interna que va quedar mig morta. Era una que dormia a la cel·la del costat. Amb una mena de periscopi que havíem muntat amb un mirall i un palet de fusta que es desenganxava d'un llit, la que llavors era la meva companya d'habitació i jo, vam assistir des de la finestra a aquell joc de crueltat sense cap raó aparent. La desgraciada era una noia que tenia una família marginal, una família que no podia pagar un bon advocat. És a dir que no hi hauria ningú que la defensés del que havia passat. Totes sabíem que els sindicats de funcionaris, en general, tenien molta força. A dintre no hi entrava la policia i tots els informes que sortien a fora els elaboraven ells. Com ha passat sempre. Impunitat total.

El que vaig sentir quan vaig assistir a allò va ser por que un dia no em toqués a mi. Era difícil perquè a mi em tenien per qui sap què, malgrat haver-me quedat sense res. Però una Donya és una Donya i em tenien un cert respecte encara que ni elles sabien ben bé per què. La meva companya d'habitació, aquella nit de la pallissa de la nostra veïna de cel·la, es va fer un tip de plorar. Jo, no. Jo pensava en com anaven les coses allà a dintre. Si et portaves bé, hi havia regal. Si no, xarop de bastó. Ves a saber què havia fet o dit la desgraciada. La van haver de dur a l'hospital, i a la família li van explicar que havia tingut un atac de bogeria i que s'havia donat cops contra la paret perquè es volia matar. Ella no ho va desmentir. I vosaltres, que ho heu vist, tampoc ho heu de desmentir, va advertir-me la Zoraida referint-se a mi i a la meva companya de cel·la, si no voleu acabar a l'especial i que no serveixi de res la vostra declaració.

El mòdul especial era el mòdul de càstig i jo, pel que n'explicaven, esperava no haver-hi de passar. Vaig callar, doncs. I la meva companya, que era gat vell, també va callar, però va continuar plorant uns dies més a estones.

Jo feia vida normal, però aquell fet em va despertar una mena d'instint de supervivència afegit al que ja tenim tots els humans. Em vaig adonar tot d'una que qualsevol dia a algú podia girar-se-li el cervell allà a dins i em podia enviar a l'altre barri. S'explicaven coses horribles del mòdul de psiquiatria on havia anat a raure l'apallissada després de sortir de l'hospital, per refer-se de les seves suposades tendències suïcides. Es deia que els metges experimentaven amb els malalts psiquiàtrics i que n'havien arribat a matar algun. També deien que hi havia una cel·la on els lligaven dies i dies de peus i mans en una llitera amb l'excusa que es podien fer mal. Deien moltes coses del departament de psiquiatria i jo vaig intentar no haver-hi de passar mai.

Però després del fet, realment estava espantada.

I, en aquestes circumstàncies, se'm va acudir escriure a l'Aniol. Feia temps que no hi pensava, com feia temps que no pensava en ningú, només en la mare quan venia cada mes, puntualment, i m'explicava coses de la Carena que a mi tant m'eren, però la deixava xerrar perquè almenys així sentia alguna cosa diferent. Vaig posar-me a escriure, doncs, i vaig omplir fulls i fulls explicant a l'Aniol tot el que m'havia passat. Quan vaig acabar, quan ja m'havia desfogat, els vaig rellegir i després els vaig estripar.

Vaig agafar un altre paper en blanc i vaig escriure només, llàstima que no parlessis, hem tingut poc temps,

Aniol. També li vaig dir que ja no bevia. I així l'hi vaig enviar.

Tot això per si algú em matava en alguna nit més fosca que les altres. L'Aniol no em va contestar mai.

El dia que se'n va anar la Zoraida, li vaig demanar, com és que has estat la meva amiga. Perquè ets una Donya i tens el cap clar, em va contestar amb un somriure. L'hi vaig tornar. Si m'hagués vist quan m'emborratxava tant, vaig pensar. I també per això, va dir de sobte, i se'm va girar d'esquena i es va aixecar la samarreta. Jo no entenia res, però llavors ella em va dir, ho veus, tenim la mateixa piga, te la vaig veure un dia que et canviaves de roba. Però tu la tens a l'altre cantó. Vaig mirar i, efectivament, vaig veure-hi una piga que devia ser semblant a la meva. La Zoraida ho deia en un to alegre, i no sabia com m'estava fent trontollar en aquell mateix moment. Ella es va tornar a posar bé la samarreta, es va girar cap a mi i, amb els ulls espurnejants, va fer una broma, has vist, som germanetes. Vaig murmurar d'esma, la meva mare també la té. Ella es va posar a riure, doncs mira, es veu que no és una exclusiva de casa vostra. I es veu que en Gary Cooper en té una d'aquestes, també, m'ho va dir el dermatòleg. Va alçar la barbeta i va concloure, és que tenim una categoria, Donya.

Me la vaig fer treure poc després de sortir del castell, aquell coi de piga. S'havia fet grossa i feia temps que em molestava, però no ho vaig fer per això. Era perquè no em volia recordar de la meva amiga a través d'aquella piga. M'havia amargat un adeu que ja ho era en ell mateix, d'amarg. Malgrat en Gary Cooper.

I també me la vaig fer treure perquè cada vegada que me la trobava sentia olor de fusta.

Quan la Zoraida era fora, em va escriure un parell de vegades. Després, la vaig perdre de vista. El món dels castells és el món dels castells, i té uns murs molt alts que el separen del món de fora. A dintre, tot es veu amb uns altres ulls. A fora, l'oferta és molt variada i aviat en els de dins ja no s'hi pensa més.

Un soroll em distreu dels meus pensaments. És el timbre, i la Lupe que ha anat a obrir. Després sento passes que s'acosten. Estic d'esquena i no veig qui és fins que parla:

—Hola, mamà.

Quan sento la veu, em giro de cop, tan de cop que estic a punt de caure de la cadira. És en Javi.

VIII

En Javi no se m'acosta, no em fa un petó ni res. Es queda a una distància prudencial, amb les mans a les butxaques. S'ha posat davant del balcó i, és clar, amb el contrallum, no li veig la cara.

Quan em recupero de l'ensurt, m'escuro la gargamella i al final responc:

—Hola... Javi.

Noto que l'ombra llarga i prima que tinc davant es balanceja una mica. Sembla un don Quixot sense llança. No deu saber què fer ni què dir-me. Jo tampoc. Però és ell el que ha aparegut aquí i ha vingut a destorbar la meva pau. Per tant, és ell el que ha de parlar. Tot d'una se m'encongeix el cor, Reina Santa, i si ha vingut a treure'm de casa. Ell torna a dir en un to conciliador:

—Com estàs? Feia temps que no et veia...

No cal que ho juri. Pel capbaix, fa quaranta anys que no ens veiem. Bé, potser no tants... Trenta-cinc... Ai, ara no ho sé, ara m'hauria de posar a comptar. L'última vegada va ser quan jo vaig declarar, abans d'entrar al castell de l'oblit. Va arribar a comissaria sec com un bacallà, no em va fer cap petó ni res i em va dir que li feia l'efecte que hauria d'explicar moltes coses. Ah, sí, i després, també al judici, però de lluny. I després, adeu Javi.

—Vaig fent. No em puc queixar...

Llavors em recordo d'una informació cabdal:

—Has tingut un fill, oi?

L'ombra llargaruda fa una rialleta que em sona a irònica.

—Sí, mamà, fa vint-i-cinc anys que vaig tenir un fill. I estic a punt de ser avi.

Avi! O sigui, que jo seré besàvia també per banda d'en Javi. Ara ja ho soc per totes bandes. Dec ser molt gran. No sé què dir. Però no cal que pensi, perquè torna a parlar l'ombra quixotesca envoltada de llum.

—Però no he vingut per res d'això, no pateixis. He vingut perquè el meu fill està entestat a escriure la història de la família.

—La història de la família? Què vols dir?

—Sí... La nostra història, tot el que va passar amb el pare... Diu que és fascinant. Ell és historiador i vol fer un llibre... El llibre l'escriurà igualment, però ha pensat que potser li vols donar el teu punt de vista...

El meu punt de vista. Ara se'm fa un garbuix al cervell. No entenc res.

—Què vols dir, exactament?

Don Quixot sospira, surt de l'ombra i s'asseu al meu costat. I, quan ho fa, ofego un crit.

—Què passa? —demana ell estranyat.

Què passa, diu. Què passa... Doncs passa que en Javi s'ha arrugat tot ell. I té unes bosses sota els ulls. I du ulleres. I té la pell eixuta. Però... Em refaig:

—No passa res. Torna-m'ho a explicar, si us plau.

En Javi llavors em parla com a una nena petita:

—Resulta que el meu fill vol venir a parlar amb tu perquè li expliquis la teva versió de tot el que va passar. És que vol escriure un llibre sobre això... Un llibre d'això que ara es diu no-ficció. Ell l'escriurà igualment, eh, però potser tu hi tens alguna cosa a dir... i a ell li aniria bé, perquè sempre seria més complet.

Es fa un silenci. Continuo sense saber què dir ni què pensar. Al final, em surt la pregunta:

—Però... per què vol fer un llibre sobre això?

En Javi de les arrugues sospira com si s'estigués armant de paciència:

—Perquè li agrada escriure... i...

Es mossega un moment el llavi abans de dir:

—Perquè els *royalties* aniran a parar a una associació d'afectats per l'esquizofrènia.

—Els què? Com dius?

Em quedo planxada. Ja deia jo que hi havia alguna cosa que en Javi no sabia com dir-me. Ell continua:

—Els beneficis, mamà. I... l'Emili és esquizofrènic.

—L'Emili? L'Emili era...

—No, no... El meu fill es diu Emili. Li vaig voler posar el nom del pare. Ha viscut amb nosaltres a Amsterdam fins que va començar la universitat. Els estudis superiors els va fer aquí, es va enamorar aquí i viu amb la seva xicota aquí.

El miro amb horror:

—I és esquizofrènic? I parla sol? I el tancaran?

En Javi em tranquil·litza:

—No, no... Jo no sabia que l'esquizofrènia podia ser hereditària i vaig tenir el noi... I quan va ser adolescent vam començar a tenir problemes. Però ara no és el mateix que quan el papà... L'Emili va medicar-se de seguida i fa una vida del tot normal. Això sí: el fill que tindran ells és per inseminació artificial. Amb un altre semen.

En Javi es mossega un moment el llavi i torna a parlar:

—Mira, la meva germana no ha tingut cap problema hereditari ni amb la Sònia ni amb els nets... però a mi m'ha tocat.

Ara estic a punt de posar-me a riure. La Mireia, encara que s'ho proposés, no aconseguiria ni un sol gen de l'Emili. Per dissimular la meva rialla, tusso una mica i dic:

—Em sap greu. Abans això no es mirava...

El que dic és ben cert. En Javi fa que sí amb el cap. Li penja la pell per sota la barbeta, quin horror.

Es fa un silenci incòmode. El meu fill deu esperar que jo li digui si em deixo entrevistar o no. Ho valoro. Vejam, la idea no em desagrada, perquè només ho vaig explicar en el seu dia al jutge, i aquell home no semblava que hi trobés cap interès especial, més enllà del de la seva feina. Em penso que m'agradarà explicar-ho a algú que en vol fer un llibre. Potser fins i tot podré signar per Sant Jordi, si m'ho permet aquest net meu desconegut. Ara que... tothom em tindrà per un monstre. Però, i què. Tinc noranta-dos anys i m'és igual el que pensin de mi. Ves a saber si hi ha algú que pensa que el que vaig fer és tan refinat com l'assassinat per tora blava de la Maria de les trenes.

No va ser fins que va marxar la Zoraida, que hi vaig

parlar més. I no es podria dir que hi parlés en sentit estricte. De fet, no vam parlar gaire.

L'assassina de l'amanida era una noia jove que necessitava sexe. Allà, les que tenien una parella que venia un cop al mes a veure-les, més o menys quedaven satisfetes. Però les que tenien les hormones en plena dansa nupcial i no disposaven de nuvi que les satisfés, tenien un problema. És veritat que la masturbació ho arreglava força, al cap i a la fi entre les dones la necessitat de sexe acostuma a ser més discreta que entre els homes. Jo, que ja havia superat els límits de la fertilitat, ho necessitava encara menys. I mentre hi havia la Zoraida, no havia tingut temps de pensar en res de tot això, perquè amb ella ens distrèiem amb altres coses, parlant de la vida a dins i a fora, de les circumstàncies, de com havien canviat els temps amb la mort de Franco. La Zoraida s'havia mogut en àmbits similars als meus i de vegades parlàvem d'algunes persones que coneixíem totes dues, encara que fóssim de generacions diferents. Al capdavall, ella era una dona cultivada, i sempre acabàvem conversant de teatre, d'òpera, de museus, de cinema.

Però quan la Zoraida se'n va anar, va ser diferent.

És veritat que el meu ball d'hormones més aviat m'afectava l'humor. Alguna vegada, a la nit, em venia de gust tocar-me, però no passava sovint. En canvi, les meves companyes de cel·la, que sempre van ser més joves, ho feien sovint. Les primeres vegades, em vaig quedar garratibada, no sabia com posar-m'hi, què dir ni què fer. Escoltava els seus gemecs a només un metre i mig de distància i em posava vermella en l'obscuritat. Després, em neguitejava perquè no sabia si l'endemà algú diria alguna cosa o no. Però ningú no deia mai res, els *divertimentos* nocturns no tenien continuïtat ni complicitat l'endemà al matí, quan totes ens aixecàvem al toc de la funcionària de torn i amb la son enganxada a les orelles. Noies, l'esmorzar és a taula, ens cridava una que era molt de la broma. De fet, l'esmorzar era realment a taula, però, és clar, la frase feia l'efecte de quan l'Ester m'ho deia a mi els primers temps de casada. I, és clar, no era ben bé el mateix. Després, el dia recomençava, cadascuna amb les seves distraccions, amb les seves tasques, amb les seves activitats, i les xerrades amb les voluntàries i les visites a la infermeria o a la biblioteca o on fos. I així anàvem fent. I així passava el temps.

I un dia que jo vaig anar al lavabo a mig matí, devien ser vora les dotze, poc abans de dinar, perquè allà es feia horari anglès o horari de clínica, doncs un dia que vaig anar al lavabo com tantes altres vegades, quan vaig obrir la porta per entrar-hi, vaig notar que m'hi empenyien amb força. Vaig estar a punt de cridar però em van fer xxxxxxxt i llavors em vaig mig girar i la vaig veure a ella, la Maria de la tora blava, i el primer que vaig pensar va ser que em volia matar escanyant-me amb les trenes o alguna cosa així. Però no, no em volia matar. Volia sexe. Amb mi. Amb mi, que estava a punt d'arribar als seixanta. Incomprensible. Devien agradar-li les dones madures, però molt madures. Jo anava xiuxiuejant, un moment, un moment, espera't, espera't, però ella no tenia temps de cap moment, en un tres i no res ja em tenia enganxada a la paret, tenia força, la princeseta de les muntanyes, i jo ja l'havia perdut. Al final em vaig deixar fer. Em vaig deixar fer... i em va agradar.

No sé d'on havia tret una mà de morter, la Heidi, però la va ensabonar i, encastant els seus llavis als meus pits, llepant-me'ls i xuclant-me'ls com mai cap home ho havia fet, em va entaforar allò per sota. Vaig haver de mossegar una tovallola per no cridar. Va ser el plaer dels plaers.

Després, li vaig fer jo el mateix a ella. Tot silenciosament, tot de pressa, allà les fugides d'estudi anaven així, fiu, que ningú no ho vegi, que ningú no s'hi fixi, fiu, i aquí no ha passat res. És cert que jo, encara que m'hagués enamorat de la Rat en el seu dia, em sentia completament heterosexual i m'hi vaig continuar sentint. Ara bé, quan era una adolescent m'hauria agradat que la meva cosina em besés i em masegués enganxada en una paret o en un llit de roses. Ho havia desitjat amb totes les meves forces. I, al castell de l'oblit, quan també m'havia tret del cap les passions juvenils, quan ja em semblava que ningú ni res no m'importava, aquella noia em va fer fruir de debò. Quan vam acabar, va sortir ella primer i, al cap d'una estona llarga, jo. Si ens enxampen, et trobaves malament i jo t'ajudava a vomitar, em va dir en veu baixa. Però no, no ens van enxampar. Ni aquell dia ni cap dels altres en què va passar el mateix. No van ser tants, potser cinc o sis més, mentre no es van endur la noia de les amanides cap a un altre castell.

Allà, t'agradava el que tenies a l'abast. I, a l'abast, només hi havia dones. Dones o Homenotes. Però aquelles eren diferents. Aquelles eren salvatges, bèsties desfermades que, amb l'ajuda inestimable d'una senyoreta funcionària que era de la seva mateixa pasta, castigaven a qui creien que havien de castigar.

Allà a dintre, tothom buscava canvis. El canvi era l'emoció diària, l'essència de la vida en ella mateixa. La rutina s'havia de trencar encara que fos buscant brega, però les Homenotes tenien una manera de trencar la rutina que anava més enllà i era força violenta. Feia poc que havia marxat la Maria de les trenes. De la Zoraida em quedava el record agredolç de l'olor de fusta. I jo em passava el dia olorant i rememorant. Fins que vaig sentir crits desesperats un dia que m'havia quedat a fer la migdiada a la cel·la perquè no era dia de ganxet. La porta era oberta i vaig aixecar-me a poc a poc. Allà sempre se sentien crits, sempre passaven coses, però allò, allò era diferent. Ho sentia, ho notava, se'm van eriçar els pèls de tot el cos. A poc a poc vaig anar cap a la cel·la d'on semblava que sortia l'escàndol, i hi vaig trobar les Homenotes que feien de les seves. Les havia vist moltes vegades en acció, però no d'aquella manera. Fins llavors, no m'havia immutat gens, tant m'era el que fessin o deixessin de fer. De vegades fins i tot m'entretenia a observar com atonyinaven algú. Però aquell dia, quan vaig veure què feien i com ho feien, quan em vaig adonar de què passava, tot d'una alguna cosa incontrolable em va pujar bullint per dins, cap amunt, com el cafè quan sobreïx de la cafetera. Sense pensar res, vaig udolar com un llop, i em vaig llançar sobre la primera que vaig trobar. No em vaig poder contenir, no m'havia passat mai. En aquells moments, jo no era jo, no era la Donya, ni tan sols la Mireia. Era un animal. Llavors elles es van girar i la que jo havia agredit em va donar un bon cop de puny. Tenia tanta força que em va fer saltar una dent. I jo estava estabornida a terra quan va aparèixer la funcionària que estava d'acord amb elles. Es va aturar tot. La funcionària em va mirar i em va dir, vaja, vaja, mira la Donya, qui ho havia de dir... Així que anem provocant, eh. Als ulls hi tenia una espurna perillosa. No vaig ni replicar, sabia que no valia la pena. Va acostar-se'm, em va donar un cop de porra per arrodonir el de l'Homenota, un cop que em va deixar un bon blau al braç, i es va posar a riure. Llavors va dir, au, aixeca't. Em sembla que tens mòdul especial per una temporada.

Sospiro i em miro en Javi:

—D'acord, digues a l'Emili que vingui.

IX

Començo a estar tipa de pinces. Ho penso ara que és de nit i torno a sucar galetes a la llet, ara que ja tinc a punt els binocles per tornar a veure què fan els del costat, que és força més interessant. Aiii, que cau la galeta... No, l'he pescat a temps. Molt bé. Mira que és bo, això. Però una mica de vi seria millor.

Vaig tornar a beure vi quan vaig sortir del castell de l'oblit. Havia tingut un parell de permisos un any abans, però com que ningú no em volia a casa, només la mare a la Carena, vaig preferir no sortir. O sigui que em vaig quedar al castell fins que no va ser l'hora de l'alliberament definitiu. Feia vuit anys que no veia el carrer.

La meva filla, la del càncer, la calba, em va venir a buscar llavors juntament amb la meva mare, que estava a les últimes i que va morir uns mesos més tard de ser jo al carrer. El pare, afortunadament, ja era mort. I l'Ester. Els temps pretèrits s'estaven convertint en història. Quan vaig sortir, Barcelona era diferent, els carrers ja tenien llum, i, en canvi, quan havia perdut la llibertat, encara eren ben negres de fum. Quan vaig sortir era quan aspiràvem a entrar a la Unió Europea, o Comunitat Econòmica Europea, com es deia llavors. Els cotxes també havien canviat, eren molt més moderns. Pel camí cap a casa, no vaig desenganxar el nas de la finestreta del cotxe. Em semblava que havia entrat al país de les meravelles, tot em sorprenia, tot em bocabadava.

La Mireia em va instal·lar al pis de sempre, al d'ara, que ja era més petit. Hem llogat l'altre tros, on hi havia l'Ester, em va dir, i em va explicar que en Javi ho havia disposat així i que no em faltaria mai de res. Amb els diners de butxaca que em donaven, em vaig començar a comprar vi. No volia tornar-me a emborratxar, no volia tornar a passar pel que havia passat, però després de vuit anys estava segura que no hi faria res si bevia una mica. I em vaig beure una ampolla en tres dies. Després, una altra en dos. I després, una cada dia, fins que em vaig quedar sense els pocs diners que em donaven. I llavors elles es van adonar que bevia i em van començar a controlar. Em deixaven beure, sí, però només un got de vi a l'hora de dinar, i un altre a l'hora de sopar. I prou. Però jo els primers temps sortia i aconseguia una copa aquí i una copa allà. Fins que vaig caure per primera vegada, em vaig trencar la cama i em van haver d'operar, i es va acabar el vi mentre era a l'hospital, perquè als hospitals no donen vi, i després a casa durant la recuperació. Més endavant, vaig tornar a sortir i, quan no em vigilaven, vaig poder esgarrapar alguna copa. Però havia d'anar lluny, perquè al barri estaven avisats i ho deien a la Mireia o a la Sònia o a la Pili o a la Lupe o a la Substituta o a qui fos. I un dia vaig tornar a caure i em vaig trencar la cama pel mateix lloc que la primera vegada, i, au, Mireia, torna a passar pel mateix procés. I llavors, em vaig adonar que ja m'havia fet massa gran per anar sortint del barri per buscar vi.

Quins temps, aquells. Enllesteixo la llet i agafo els binocles. Som-hi, deixem estar els records.

El que no vull és recordar el mòdul especial, tot i que de tant en tant m'hi fa pensar el clonc-clonc matinal del bar de sota, perquè allà sempre sonaven cloncs metàl·lics. Les portes que s'obrien i es tancaven, els funcionaris que s'alertaven els uns als altres quan venia algun alt càrrec a controlar, els tocs per avisar que havia passat alguna cosa... M'hi vaig estar dos mesos. Allà tot era solitari, gris, fosc. Era el túnel del terror dins el castell de l'oblit. El centre de l'espiral. Hi havia funcionaris de tots dos sexes i, de tant en tant n'entrava a la cel·la algun amb ganes de gresca i t'apallissava tranquil·lament. Vaig sortir-ne amb uns quants blaus i amb el convenciment que no era ningú, cada dia més. De tant en tant també apareixia un capellà que era bona persona i volia parlar amb mi del que havia fet al jardí de les pinces, volia que me'n penedís i jo no em penedia de res. També volia que li expliqués què havia passat al mòdul normal, per què m'havien tancat allà. Però jo tenia la boca tancada i ben tancada com si me l'haguessin emplenat amb cotó fluix.

Tanmateix, el pitjor de tot era no veure ningú i passejar sola dues hores al dia per un pati petit petit. No havia notat l'absència de llibertat fins que vaig ser al túnel del terror. No m'havia sentit tan oprimida per quatre parets fins aleshores. Moltes vegades m'havia d'asseure a fer respiracions d'autocontrol per tranquil·litzar-me. Si no, m'hauria posat a cridar. I, si cridava, segur que venien a atonyinar-me, perquè els funcionaris sanguinaris que eren allà buscaven qualsevol excusa per fer-ho. Allà, en dos mesos, vaig pensar coses que no havia pensat mai, com ara que la tortura mai no deixaria d'existir mentre hi hagués persones tancades amb altres persones encarregades de vigilar-les. I mentre hi hagués informes de perillositat elaborats pels mateixos torturadors. Els crits a la nit eren una constant. I a mi em recordaven el meu crit de l'odi particular.

Però també hi havia companyonia, molta més que al mòdul normal. Per les finestres que donaven a aquell pati petit per on totes donàvem voltes en solitari dos cops al dia gairebé sobre nosaltres mateixes com si fóssim baldufes, ens parlàvem entre nosaltres, i, sense veure'ns la cara, només les mans i els braços que penjaven, de vegades carregats d'anells o braçalets, de vegades nus, de vegades plens de blaus, miràvem de donar-nos ànims mútuament, i vinga, va, que ja està, que et queda poc, que aquests bèsties no puguin amb tu. I relaxa't, no et tensis que serà pitjor. I tanca els ulls, que veuràs tots els estels del cel. I pensa que ningú no et podrà prendre l'ànima. Allà hi havia assassines, drogoaddictes, lladregotes, extorsionadores que havien fet de tot a fora, i que, per alguna raó, havien anat a raure en aquell passatge del terror. I allà, tot d'una, resultava que eren persones, molt més que els que ens vigilaven. Jo no vaig dir gaire res, ni per queixar-me ni per consolar ningú. Només un dia vaig deixar anar amb una veu molt fina que, si s'hi fixaven, des de la finestra es veia un trosset de cel. Quan ho vaig haver dit, es va fer el silenci.

Però, això sí, agafada als barrots de la meva cel·la, vaig plorar silenciosament gairebé cada nit.

Prou. He dit que no volia recordar. Deixo els binocles i transporto el tamboret cap a la galeria. M'hi asseuré a veure quin espectacle se m'ofereix avui. De moment, sense binocles, veig que la porta és mig oberta. Allargo el coll per mirar de distingir la meva estimada ampolla de vi, la del mig got a migdia i mig got a la nit. Ara, si fos més jove, passaria per sobre els estenedors de roba i aniria a buscar-la. I me la beuria tota.

Reina Santa, en el fons del cor m'adono que el millor és que facin això d'amagar-me l'ampolla, perquè, si no fos així, tornaríem a estar com abans.

De tota manera, hi ha gent que no necessita vi per perdre el cap. Hi ha gent que l'ha perdut directament. Es veu que la Zoraida havia entrat al castell de l'oblit completament trastocada, això m'ho va explicar una d'aquelles dones que tota la vida havien anat entrant i sortint per temes de drogues, quan vaig tornar del mòdul especial. Era d'aquelles persones que ja es veu que tenen enveja d'una amistat o d'una relació que elles no saben aconseguir. I suposo que va ser per això que, quan la Zoraida va marxar, em va venir a explicar que primer ningú no es volia acostar a la meva amiga perquè mossegava. I que ella hi havia compartit cel·la i l'havia sentit plorar sovint i lamentar-se que li havien fet mal, molt de mal. Quan aquella dona em va explicar això, vaig tancar els ulls i em vaig notar l'estella clavada a l'ànima, aquella de quan era petita. Déu, al cap de tants anys encara hi era. I jo podia haver fet com la Zoraida, però no ho vaig fer. Al meu pare només li havia donat un cop al cap amb un tió. La Zoraida havia estat molt més valenta.

Els últims tres anys van ser tediosos, sense ella i sense la Maria de les trenes que em distragués amb aquelles fogoses anades al lavabo. Només hi va haver una visita de la mare que va ser especial. Va ser l'últim any, ja estava molt tocada, feia temps que vivia sola i no aconseguia que jo estovés els meus sentiments cap a ella. Jo em disposava a passar una estona avorrida com sempre, però aquell dia va ser diferent. La mare es fregava les mans, estava nerviosa. Què et passa, vaig demanar-li. Ella va aixecar els ulls i em va dir, he anat a veure la teva tieta Montserrat i li he explicat què va passar realment. Vaig quedar-me muda. Al final, vaig reaccionar, com dius, què vols dir. La mare, una mica desconcertada, em va aclarir, li he dit que va ser el teu pare. Que... Em vaig aixecar d'un salt. Prou! Vaig cridar. Prou, prou! Com se t'acut ara d'anar-ho a explicar a la tieta Montserrat! Ella es va posar a tremolar. Jo devia fer por, estava fora de mi, estava a punt de bufetejar-la. En lloc d'això, cridava i cridava, no ho havies d'haver fet, ara ja és tard, ara això ja no existeix, ja és aigua passada, no en vull saber res i ara m'ho recordaran. Vaig callar i em vaig acostar a la finestra perquè em notava els ulls plens de llàgrimes. Ella va venir per darrere i em va posar una mà a l'espatlla. Em vaig fer enllà a l'instant, com si m'hagués picat un escurçó. No te m'acostis, li vaig dir, seca. I digues a la tieta que no ho expliqui. Ella va abaixar la mà i el cap, i va fer que sí.

Després, vaig trucar al timbre per demanar a la funcionària que se m'endugués. Pensava que era el que volies, va murmurar la mare a l'últim moment. Vaig deixar anar amb tanta ironia com vaig poder, ara que ell ja és mort, oi. No va contestar. Després, quan em vaig calmar, em vaig adonar que la mare devia haver tingut sempre por del pare.

No vam tornar a fer vis-à-vis amb ella. Sí que vam parlar als locutoris, però jo no volia estar tres hores sola amb ella. No volia tornar-ne a parlar, l'hi vaig advertir la primera vegada que ens vam tornar a veure. Ella va respectar el meu desig, i també em va dir que havia demanat silenci a la tieta, tal com jo li havia demanat.

No hi ha manera de concentrar-se. Prou, Mireia. Prou. Ara sembla que hi ha moviment. Em poso els binocles als ulls. Una mica d'esquitllentes veig el llogater nen que s'acosta caminant d'esquena i que va dient quelcom que no sento mentre belluga el cap d'una banda a l'altra. No li veig l'expressió del rostre, però sí que m'adono que intenta evitar alguna cosa. Ara veig també el llogater professor que s'hi acosta, que l'agafa, i el nen que intenta cridar però ell li tapa la boca tot d'una, el gira com si fos un mitjó, el posa d'esquena al marbre, allà on hi ha l'ampolla. El nen belluga tot ell però no té força, no pot fer res. Llavors apareix la llogatera advocada i intenta separar-los. Rep un cop de colze que la llança directament a la paret i es dona un cop al cap. S'incorpora fent tentines. Es deu haver fet un bon trenc.

El que veig a continuació em deixa glaçada. Ara ho entenc tot. Entenc la salsa de tomàquet, els crits, els moviments violents contra la porta esmerilada, el coixejar de la mare i el nen, la dona que fugia esporuguida sense deixar-nos veure el seu rostre, com la meva mare tampoc em deixava veure el seu. I ara, tot em torna, i de cop se m'apareixen les Homenotes violant aquella pobra noia, dessagnant-la amb aquell bastó llarg i gruixut ple d'estelles, ara una i ara l'altra i l'altra, i jo que perdia el cap, em llançava damunt d'elles i em guanyava l'estada de dos mesos al mòdul especial. També em torno a veure jo al recambró de la fusta, dessagnada i estripada.

I ara també perdo el cap. Normalment el cervell em va lent, però ara ha corregut molt. Només puc fer una cosa. Vaig tan de pressa com puc cap a l'entrada, baixo les escales vigilant de no caure, i mira que em costa, pujo les dels veïns i truco a la seva porta. Com que no m'obren, torno a trucar. I encara una tercera vegada. Finalment m'obre el llogater. Quan em veu esbossa un somriure. Un somriure encantador. Ben fals. La pudor de fusta és tan intensa que gairebé em tomba. Em sobreposo de tots els fàstics i de tots els anys de misèria i deixo anar simplement:

—Puc passar una estona? Tinc por...

Jardí al sol

I

—Senyora, *se encuentra bien*?

—Sí, sí...

—Vol que avisi algú?

—No, no...

—Okei, com vulgui, senyora.

La Lupe no entén res. Tot el matí que soc al llit, i vestida, és la primera vegada que em veu així. No he dormit en tota la nit, només ara, una estona. Canvio de parer:

—Lupe!

Ella, que ja era fora, treu el cap:

—Sí, senyora.

—Avisa la Mireia si us plau. Que vingui!

—La seva filla, senyora? Està malalta, no se'n recorda?

—Ah, sí, és veritat...

Aix, el càncer de la meva filla. Ara no hi pensava. La Lupe s'espera. Em decideixo:

—Posa'm amb la Sònia, Lupe.

—Okei, senyora.

Mentre la Lupe marca el número de la Sònia al meu costat completament atònita que li demani això, jo penso exactament com dic a la meva neta el que li vull dir. Aquesta nit ha canviat tot. S'ha trencat tot. I fa mal, però jo pensava que no ho aguantaria, i resulta que sí que ho he aguantat. Deu ser l'edat. De fet, va ser molt pitjor quan em va venir a veure la Rat, fa uns quants anys.

Quan va venir la Rat, jo acabava de sortir del castell de l'oblit. Va entrar aquí vestida de negre perquè feia poc que s'havien mort el seu estimat professor de francès i la seva mare, un darrere l'altre. Ella també es va posar a contrallum, com fa tothom quan entra, i jo no la veia bé. I al final em va dir, Mireia, ho sé tot. Quan em va dir això, el cor em va quedar penjat a dalt d'una branca, com l'Emili i la seva llengua. La Rat va fer un pas endavant i llavors la vaig veure bé. També vaig sorprendre'm, com amb en Javi. Això de veure la gent cada trenta anys hauria d'estar prohibit, perquè t'espantes.

La Rat, grassa i lletja com un pecat, amb un monyo de vella, amb roba de vella i mitges de vella, em va fer dos petons. No érem pas tan grans, llavors, però ella ja s'havia posat en situació, s'havia preparat per ser vella. Jo estic molt millor, recordo que vaig pensar amb orgull en aquell moment. Què en quedava d'aquell ésser adorable que jo havia idolatrat. No res, ni el pintallavis. La vaig convidar a seure sense gaires contemplacions, i vaig avisar la Pili que portés el te, era mitja tarda i a casa la tieta Montserrat això del te era sagrat, jo me'n recordava perfectament. Per això la vaig convidar a te, però també perquè allò d'ho sé tot, no m'havia agradat gens, però gens, i volia poder canviar de tema. Ens vam asseure a la taula, i la Pili, amb posat de víctima, va portar les tasses, les pastes, la tetera.

Em vaig fixar en els ulls de la Rat, que estaven molls. Era com si hagués plorat, i, de fet, ja m'ho va dir ella, no paro de plorar des que ho he sabut. Des que has sabut què, vaig demanar al final, perquè em vaig dir que potser era una altra cosa que jo no sabia i ella es pensava que sí. Però no, no era una altra cosa. Era la Cosa. La cosa que es veu que li havia dit la seva mare al llit de mort. Perquè al llit de mort, les promeses de silenci dels grans temes deixen d'existir. I, en el cas de la Rat, els grans temes havien estat dos, perquè ella, per començar, no tenia ni idea que jo havia tingut una criatura als quinze anys i que jo havia aterrat a casa seva tot just parida. El segon gran tema era el de la paternitat de la criatura. La tieta Montserrat havia fet ús del seu parli ara o calli per sempre, el que tenen els moribunds, i, agonitzant, ho va xerrar tot a la seva filla. I la seva filla es va quedar tan commocionada que em deia que a l'enterrament no sabia si havia plorat per la seva mare o pel que li havia dit de mi. Que li saltaven les llàgrimes cada vegada que hi pensava. Que havia d'haver estat terrible per a mi. Que no entenia per què la meva mare havia callat i m'havia fet callar. Que li sabia tant de greu.

I la Rat parlava i jo mirava la paret blanca del davant mentre, per dintre, pensava, prou, prou, prou, prou, prou, prou, quaranta vegades prou. Tenia els ulls secs i els hi volia continuar tenint. La Rat va seguir parlant, i jo mirant la paret blanca. Fins que la Rat va callar i em va mirar, expectant. En els últims moments, feia una veu plorosa, devia estar tota ella plena de llàgrimes. No me la vaig mirar. Vaig abaixar els ulls i vaig agafar el plat de pastes. El vaig aixecar i n'hi vaig oferir una. Són molt bones, són de Foix, vaig dir. Concretament, les de xocolata són exquisides. Ella em va clavar els ulls al front. Ja no deia res, ja no plorava. S'havia quedat seca, també. Al cap d'uns segons, va aixecar el braç i va agafar una pasta, que va començar a rosegar silenciosament. Vaig aprofitar per demanar, com tens els fills. Llavors sí que la vaig mirar. Vaig veure que aixecava els ulls vermells, molls, abans de contestar, bé. Vaig tornar-hi, tens nets. Ella va contestar, dos. Vam tenir una conversa d'aquest estil durant deu minuts. Era com si no hagués fet cap anunci quan havia entrat. Ella va acabar de rosegar la pasta per educació. No va tastar el te. Quan va acabar, es va aixecar i va dir que marxava. A l'últim moment em va dir, no ho entenc, Mireia. No l'he vista mai més.

Ho vaig passar malament. Però en aquell moment era diferent. Era que algú volia entrar al meu calaix del dolor, quan el calaix encara no estava preparat per obrir-se.

Aquesta nit, el calaix s'ha obert de cop. La visió del llogater professor ha fet venir al meu cap les Homenotes i el pare al recambró de la fusta. Jo em marejava, al llindar de la porta dels veïns. Diu que té por, m'ha demanat ell. De què. Jo m'he inventat, és que al carrer hi ha crits i cops. Robaven. Ho he dit perquè les seves finestres donen al pati interior i, per tant, estic segura que no senten res del carrer. A dintre de la casa tampoc no sentia res. I el nen, pensava jo. Només pensava en el nen. El nen de nou anys enganxat a la seva mare, el nen innocent foradat, dessagnat.

Una altra casa de la vergonya. Passi, passi una estona, m'ha convidat el monstre, amable. I m'ha fet seure en una cadira del menjador, que jo no recordava tan petit quan això era a casa l'Ester. M'hi he estat una hora. Eren vora les onze quan he marxat. M'hi he estat tant com he pogut, mentre he sentit les passes petites i les veus de mare i fill passadís enllà. També he sentit algun sanglot de criatura, i jo tenia ganes de matar la bèstia allà mateix, i això és el que hauria intentat si només tingués cinquanta anys, però a més de noranta has de vigilar que no et matin a tu. No, quan tens noranta anys només pots fer servir el cap per ser una nosa, un corcó o un borinot que impedeixi de continuar fent el que s'estava fent. No sé què sentia o què pensava, jo, alguna cosa havia sortit disparada de dintre meu, com quan trenques l'olla i et cauen tots els caramels al damunt del cap i te'l martellegen i et fan reaccionar. I, mentrestant, contestava les preguntes que m'anava fent l'animal. I així que sent molt el que passa al carrer, que no té doble vidre, ja ho veig. No, li deia jo, i repetia, no, no. I, a sobre, ho reblava movent el cap d'una banda a l'altra. Tot per anar fent temps. I ell, i què se sent, del carrer. I jo, oh, fan molt de xivarri, quan no és una cosa, és l'altra. I ell, vaja, em sap greu, i per què no hi posen doble vidre. I jo, és que ara el balcó és obert, fa calor. I ell, ah, és clar, potser hi hauran de posar aire condicionat. I jo, potser sí. Aire condicionat, Reina Santa, allò que converteix les habitacions en una nevera, ni parlar-ne.

I així hem anat passant l'estona, i ell se n'ha anat un moment i ha tornat, jo ja sabia que en aquell moment precís no es posaria a maltractar ningú amb una intrusa a casa i ho aprofitava per respirar una mica. I després ha engegat la tele i m'ha demanat amb educació si em molestava. I ara, si això és casa seva, només faltaria, he dit. I així ha anat avançant el temps, i, al final, he pensat, això ja deu estar. Ho he pensat perquè he sentit silenci i l'he vist a ell tranquil, i jo sé que quan està tranquil·la la fera, quan ja s'ha desfogat, quan les estrelles es mengen la foscor, ja no cal patir, ja torna a ser persona, persona que dorm i somia, rei lleó que té tota la selva adormida als peus. Perquè al cap i a la fi, tot plegat són somnis, també són somnis això meu. Tota la meva vida ha estat un somni. Com quan m'havia adormit plorant, ferida, ultratjada, al meu llit d'adolescent de la Carena. I ara que em desperto, torno a la realitat, com hi vaig tornar per uns instants quan vaig obrir els ulls amb les Homenotes.

—Senyora, la *señorita* Sònia al telèfon...

La Lupe em passa l'auricular. A l'altra banda, la veu de la Sònia sona espantada. No acostumo a trucar-li. Que jo recordi, no ho he fet mai.

—Què passa, àvia?

—Res, res, Sònia... O sí, però no és per a mi. Sònia, pots venir? És... urgent.

—Urgent? Passa res amb la Lupe?

—No, no... No res.

La Sònia calla. Al final, faig una cosa que no faig mai: suplicar.

—Sònia, si us plau, vine. Si us plau.

La Sònia ho entén. Bé, entén que passa alguna cosa, que aquesta petició no és normal en mi.

—Vindré quan hagi anat a buscar les nenes a l'escola. Vindré amb elles.

Les nenes. Com es deien. La petita és la Mireia. I l'altra... Ai, no me'n recordo. Bé, tant és. Tinc excusa, no me'n recordo perquè no he dormit, no he pogut aclucar l'ull. M'he deixat acompanyar a casa per la bèstia, que hi ha insistit, i m'ha agafat del braç pujant les escales, quina situació més inestable, més poc fiable. I, quan hem estat aquí, he notat com la pudor de fusta entrava al meu pis i l'emplenava tot. I m'han vingut totes les tremolors, i pensava, ara aquest em liquida i no ho sap ningú. He tornat a pensar en *La finestra indiscreta*. I també pensava, que no entri a la cuina, si us plau, si us plau, que no entri a la cuina i descobreixi els binocles, que no hi entri. I m'ha vingut un mal de panxa terrible, i ell ha volgut passar i anar fins al balcó i mirar, i deia, és clar que ho ha de sentir tot, és clar. I jo, blanca, lívida, dient, sí, sí, però ara tinc tanta son que no sentiré res més. I ell em mirava i somreia, i el seu somriure ja no era encantador sinó un somriure de llop, per menjar-se millor la seva dona i el seu fill. I, de passada, potser a mi.

Al final, ha marxat. M'he assegurat que la porta fos ben tancada, i llavors he fet un sospir més llarg que un dia sense pa, el més llarg de la meva vida i m'he sentit infinitament cansada. Com he pogut, he vingut cap aquí i he caigut damunt del llit. No me n'he mogut. Amb els ulls ben oberts, amb els caramels giravoltant al sostre, he anat pensant en això del somni etern que m'ha portat de nou a la realitat. Perquè la realitat s'ha de ventilar ben ventilada. I jo la vaig tancar al meu calaix de les vergonyes sense gens de llum, sense gens d'aire. He plorat, aquesta nit. He plorat molt. I he notat com, amb les llàgrimes, tan calentes, se'm desfeia la closca que sempre m'havia cobert el tou del cor. I he sentit que havia de moure alguna cosa per acabar de fer net. Ara, als noranta-dos.

Quan el sol ja entrava pel balcó, m'he adormit.

Quan ha arribat la Lupe fa mitja hora, m'ha trobat així i s'ha pensat que estava malalta.

Té, ara torna a sonar el telèfon, però aquest és l'altre, el fix. La Lupe treu el cap:

—Senyora, divendres diu que vindrà a veure'l el seu net Emili. Demana si li va bé cap a les cinc.

—Ah... Bé, sí, que vingui, que vingui.

—Okei, senyora.

És curiós, ara fa dies que entenc perfectament què em diu la Lupe. Però m'ha costat anys. Ara ella desapareix un moment i torna a aparèixer tot d'una per demanar amb estranyesa:

—Senyora, vostè té un net que es diu Emili?

La miro sense veure-la:

—Es veu que sí, Lupe.

II

La Sònia ha arribat esveradíssima. Jo m'havia arreglat i l'he vist aparèixer al menjador amb les criatures. Primer no els he pogut veure la cara perquè se m'han posat a contrallum, com sempre. Però llavors m'hi he acostat i me les he mirat. Són precioses. I la més gran porta una trompeta. Se m'escapa un somriure.

—Feu un petó a l'àvia Mireia, au... —ordena la Sònia.

I totes dues, la de la trompeta i l'altra, venen educadament fins al meu costat i em fan un petó a la galta. Són petons de nena, precipitats i suaus.

—Tu ets la Mireia —dic a la petita.

—I tu...

—La Mercè —m'ajuda la Sònia.

—Això, la Mercè!

Veig que la Sònia està impacient. Aixeco els ulls cap a ella. Aquesta tarda em sento jove. De cap, almenys. Crido la Lupe i, quan la tinc allà, li dic:

—Lupe, emporta't aquestes nenes a berenar a la cuina. Deu haver-hi alguna cosa...

—Sí, senyora, sempre tenim pastes de Foix. *Por si acaso...*

Les dues nenes fan una ganyota estranya. No deuen tenir ni idea de què és Foix.

—Us agradaran... —els dic.

I les veig marxar darrere la Lupe. Llavors m'assec i m'adreço a la Sònia, que s'ha quedat dreta:

—Hauria volgut parlar amb la teva mare. És cosa de jutges i advocats el que t'he de dir... Però, és clar, la teva mare està malalta. I això és urgent.

M'aturo un moment. Després li dic:

—Recordes els binocles? És que jo els feia servir per..., en fi, per espiar els veïns.

—Com dius?

Ara sí que seu, la Sònia. Jo crec que, més aviat, cau a la cadira. Després em mira amb incredulitat.

—A veure... M'estàs dient que has estat espiant els veïns amb els binocles? Quins veïns? I per on? Pel balcó?

—No, no. Els llogaters. Pel celobert.

—Oh, Déu meu! I t'han denunciat per això?

—Ai, no, no...

Aleshores explico què passa. Explico que volia saber on era l'ampolla, i em sembla que, en aquest punt, la Sònia envermelleix, però no n'estic segura. Després li detallo el que he anat veient durant tot aquest temps i, finalment, el que vaig veure clarament ahir a la nit. Primer ho dic amb eufemismes, però al final me'n canso i deixo anar simplement que el pare estava violant el seu fill. Em costa dir-ho, això sí. Fins i tot ara noto que estic traint el secret de la vergonya.

La Sònia s'ha quedat estupefacta. Es fa un silenci. Jo aixeco una mà que tenia sobre la taula i agafo el got d'aigua que m'ha deixat la Lupe per dur-me'l als llavis i fer-ne alguns glops. La Sònia, finalment, demana:

—Àvia..., n'estàs segura?

Faig que sí amb el cap.

—Si fos amb els meus ulls no n'estaria. Però feia servir els binocles. I els binocles no enganyen.

No li dic res de les Homenotes ni del recambró de la fusta. Però sí que li explico què vaig fer per intentar interrompre el que estava passant. Acabo dient-li que no he dormit en tota la nit. Ho he explicat tot plegat en un to tan neutre com he pogut. No vull pensar, només explicar, explicar.

Llavors la Sònia em toca el braç i m'hi fa una carícia. S'empassa saliva abans de dir:

—Àvia, has estat molt valenta. I pobra criatura... Mare de Déu...

I jo, per primera vegada a la meva vida, em sento orgullosa de mi mateixa per una cosa que sembla que també agrada als altres. Però no tinc temps d'entretenir-me amb pensaments i sensacions. Hem d'anar per feina.

—Sònia, què fem?

La Sònia es mossega el llavi i branda el cap. Veig que se li escapa una llàgrima traïdora, que s'eixuga amb un dit:

—És terrible. Terrible. Doncs... Això ho hauríem de denunciar, suposo. Però prefereixo parlar-ne amb la mamà, primer.

—Però... està malalta.

—Sí, però en aquest moment es troba bé i aquestes coses l'ajuden. Vull dir que l'ajuda poder pensar en una altra cosa. Espera't, li trucaré...

La Sònia treu el seu telèfon de la butxaca i truca a la seva mare. Sento com li explica el cas. Jo no l'escolto. Ara mateix em ve al cap el càncer. De cop i volta, penso en com deu necessitar la meva filla un cop de mà, si més no, moral. Al final, faig senyals a la Sònia perquè me la passi quan acabi. La Sònia fa que sí, que m'ha vist el gest. I després d'una llarga conversa, me la passa.

Agafo l'auricular i parlo:

—Filla..., com et trobes? Com estàs?

Mai no li havia dit filla. Suposo que és per això que s'ha quedat silenciosa uns instants. Al cap d'un moment contesta:

—Bé, mamà, només em trobo malament tres o quatre dies quan em posen això...

—Em... sap greu.

—Mira, són coses que passen. No soc pas l'única dona amb aquesta malaltia.

Tots plegats continuen sense dir-ne càncer. Però m'adono que la meva filla, ara que jo m'estovo, sembla que agafi forces, que em vulgui portar la contrària. Potser es tracta d'això. Ho torno a provar:

—Això de la quimioteràpia ha de molestar molt...

—Dona, no n'hi ha per a tant...

Gairebé somric. De sobte em ve una gran tendresa cap a la meva filla. Però ara, ves per on, ella no està per a tendreses. Ja deu haver passat aquesta etapa. I jo he fet tard. Em diu que la Sònia m'explicarà què hem de fer, i em torna a demanar si estic segura del que he vist.

—Sí, sí, ja ho he dit a la Sònia. Segur, segur.

Com els explico jo que sé perfectament què és el que ha

passat. Que ho sé molt bé. Que no és la primera vegada que m'hi trobo. M'acomiado de la Mireia, i, així que penjo, la Sònia em diu:

—La mamà m'ha dit que ara trucava a una amiga seva de la Direcció General de..., bé, de la Generalitat, perquè anem directament a parlar amb ella. Que així segur que ens fan cas.

Estossega una mica i em diu:

—Hauràs de venir... Els ho hauràs d'explicar...

Aixeco els ulls i la miro per contestar:

—És clar, ja m'ho pensava.

I ara la Sònia, abans d'aixecar-se i anar a buscar el meu jersei i el seu, em torna a acariciar el braç per dir-me amb un somriure:

—Has estat molt valenta.

I jo llavors, amb aquell tacte suau, noto com si em volguessin sortir totes les llàgrimes alhora. Que, de fet, és el que passa. Tot d'una se me n'omplen els ulls i no les puc aturar. De cap manera. I surten i em rodolen galtes avall. La Sònia es queda de pedra. M'abraça.

—Àvia! No t'havia vist mai plorar! T'ha afectat, això, eh? És molt dur, sí... Pobra àvia...

La Sònia m'omple de petons.

Mentre m'aixeco i la meva neta m'ajuda a posar-me el jersei, dic:

—Si us plau, Sònia, digues a la Lupe que llenci la jardinera amb tot el que hi ha dins. No la vull veure mai més.

III

Aquesta ha estat la setmana dels tres dijous, si és que el dijous és el dia en què passen les coses. Perquè aquesta setmana ha passat de tot. Ara que soc al balcó amb les cames estirades prenent el sol, aquestes cames esllanguides, blanques i seques com bacallans, ara que sí que m'hi caben perquè no hi ha la jardinera que ocupava tant de tros, penso que m'ha caigut del cel el que no m'ha caigut en tota una vida. Però potser no és que m'hagi caigut del cel, potser és que he estat jo qui ha anat a buscar-ho.

No sé què van fer aquells de la Generalitat. La dona a qui vaig haver-ho d'explicar tot, em va escoltar atentament i va apuntar coses a l'ordinador. Em va dir que hauria d'anar a declarar a judici i em va fer signar un document. Després, ens va dir a la Sònia i a mi alguna cosa del fiscal i de la tutela de menors, i ens va tranquil·litzar assegurant-nos que això anava ràpid. Només recordo que la Lupe va pujar molt esverada al cap de dos dies, o sigui, abans-d'ahir, i em va dir que havia vist que s'enduien el llogater professor detingut. I qui se l'enduia, vaig demanar jo. La Lupe estava molt atabalada, uns policies, qui vol que sigui. Ah. Gràcies a Déu, vaig pensar. I vaig tenir tot el dia la Lupe fent-me preguntes, fins que vaig haver de dir-li que hi havia sospites d'abusos sexuals per part del pare. I la mare, em va demanar ella. La mare també ha rebut, li vaig dir. I per què no es queixava, va fer la Lupe indignada, si no es queixa, sembla que li agradi, no?

No. Però jo, com havia d'explicar a la Lupe que existeixen les cases de la vergonya, que existeixen a tot arreu on es fan coses que es podreixen si els toca la llum del sol. Li vaig canviar de tema i li vaig dir que, si us plau, em portés el sopar. I ella, la molt descarada, em va dir, caram, senyora, últimament demana les coses sempre si us plau. Què li ha passat.

M'ha passat de tot, li hauria dit a la Lupe. I, a la meva edat, he sortit de l'ou. Però com podia fer-l'hi entendre. Era impossible. El vespre d'aquell mateix dia de la detenció, va trucar la Mireia. Li vaig demanar de seguida com es trobava. Bé, mamà, bé, va fer amb impaciència, i jo vaig tornar a pensar que la qüestió era portar-li la contrària. Així ella se sentia millor, més valenta, més forta. Però es veu que no em trucava per fer-me llàstima, sinó per dirme que tot estava encarrilat. Li vaig dir que sabia que s'havien endut l'home. I ella em va informar que, a més, s'havien endut el nen i la dona primer a l'hospital, que la Generalitat se n'ocupava, que els posarien una ajuda psicològica. Jo no sé què representava això de l'ajuda psicològica, potser algú que parlava amb la mare i el fill i els consolava d'alguna manera. Al meu temps s'havia de callar per força, i, en canvi, ara, els diuen que xerrin, que s'expliquin, que els anirà bé. La Mireia em deia que havia costat tant que la dona reconegués que el seu home els maltractava. De vegades passa, va fer la Mireia amb una veu petita. I jo vaig callar, tot i que hauria cridat, hauria bramat, sí, ja ho sé, que de vegades passa, ho sé prou bé.

Tot d'una em va sortir dir-li a la Mireia, et vindré a veure. Però ella em va tallar, no, no vinguis, no cal, mamà. Em vaig quedar una mica frustrada. Ella llavors va fer, per què no vens uns dies a la Carena. M'ha dit la Sònia que t'ho havia proposat. I jo vaig obrir la boca i la vaig tornar a tancar. I ella va aprofitar per dir, la casa dels teus pares és només teva... Nosaltres ja la cuidem, però hauríem de mirar a veure què en fem i tu també ho has de decidir. Ara diré a la Sònia que us poseu d'acord. Jo tinc sessió la setmana entrant. Quan acabi, pujo.

Vaig tornar a obrir la boca i la vaig tancar, i després vaig dir, d'acord. No sé per què vaig dir d'acord. No sé quin mal vent em va portar a no dir directament que no, a no interrompre-li el discurs. Però el cas és que ara estic nerviosa perquè em portaran a la Carena la setmana entrant. A més, no em recordava de la casa dels meus pares. Tens raó que fa molts anys que m'ho recorden, des que va morir la mare. Reina Santa, deu ser l'únic que tinc, que és només meu, i no hi havia pensat més. Ves a saber què en deuen haver fet els meus fills i els meus nets sense demanar-me'n permís. Com a mínim deuen haver-ho convertit en la casa de guardar les eines del camp.

La Sònia va tornar ahir. Aquesta vegada venia sola. I la nena de la trompeta, li vaig demanar. Ella va fer un mig somriure, la Mercè sempre va amb la trompeta amunt i avall. Toca jazz, i l'altre dia l'havia de portar a classe, per això la duia. Jazz. Caram, això del jazz sempre m'ha intrigat. De sobte, em vaig recordar d'una cosa, i tu toques la flauta, oi. Sí, la flauta travessera, que no te'n recordes. Ah, sí que no fa pas gaire em vas tocar una cançó. Sí. Hi va haver un silenci, i llavors em vaig adonar que ella m'estava mirant fixament sense dir res. Al cap d'una mica, incòmoda, li vaig demanar si passava res. I llavors va ser com si ella es despertés tot d'una. I va dir, és que, àvia, tot d'una et fixes en mi i en el que faig. I en les meves filles i en la mamà. I tu fins ara no eres així.

Vaig girar el cap i vaig mirar pel balcó. Jo també notava que era una altra, però no podia especificar per què. Només sé que la sensació d'haver buidat de vergonya el pis del costat em feia sentir molt millor. De tota manera, la Sònia va canviar de seguida de tema. Àvia, no he vingut per dir-te res d'això, sinó una altra cosa.

Parlava en un to estrany, la meva neta. Semblava que el que m'havia de dir era complicat. La mamà no t'ho volia explicar, però jo vaig decidir que ho havies de saber. Fa molt de temps que ho sé. De fet, fa anys que ho sabem totes dues.

A què es referia. Me la vaig mirar estranyada. Ella va abaixar una mica el cap, vam començar a sentir rumors pel poble sobre un cosí que havia passat estius amb tu tancat a la Carena. I sobre com després havia nascut la mamà. Primer no en fèiem cabal, però fa uns quants anys en vam estar parlant i vam pensar que l'avi segurament no devia estar en condicions d'engendrar cap fill els caps de setmana que passava a casa amb vosaltres quan el deixaven sortir. I també vam pensar que, a més, cap de nosaltres no s'hi assembla gaire, i molt menys la mamà, que és tan rossa, de pell tan clara, d'ulls blaus. I com que sabíem que ens ho negaries tot, vam mirar d'esbrinar-ne alguna cosa més, però no en vam treure l'aigua clara. Fins que va aparèixer la possibilitat d'analitzar l'ADN. I la mamà va fer obrir la tomba de l'avi per fer-ne la prova amb els ossos... i..., en fi, que es va fer la prova també la mamà i així vam saber que l'Emili realment no era el seu pare biològic.

Em vaig quedar bocabadada. Reina Santa. Avui en dia no es pot amagar res. Fins i tot havien obert una tomba. Em vaig sentir envermellir. Bon senyal dintre de la tragèdia, vaig pensar, almenys això vol dir que el meu cos encara no ha perdut la capacitat de reacció. Però, és clar, quan vaig mirar la Sònia, érem el ministeri fiscal, ella, i la pobra acusada, jo, que no sabia com posar-s'hi i que no tenia defensa. Vaig obrir la boca i la vaig tornar a tancar.

La Sònia, comprensiva, em va dir que no patís, que ja entenien que amb l'Emili, de la manera que estava, poca cosa podia fer jo. Però la mamà sempre s'ha quedat amb les ganes de demanar-te qui és el seu pare, i a mi també m'agradaria saber-ho, va reblar. Es va fer un silenci. I després, jo vaig demanar, i per què no me n'ha dit mai res, la Mireia.

La Sònia va sospirar, no t'ho creuràs. Per què. Doncs perquè tenia por d'acabar-te escanyant si us posàveu a discutir. Com dius. El que sents, ella diu això. Jo t'ho volia demanar però ella m'ho va prohibir i em va fer jurar que no te'n diria res. Em va dir que al capdavall no era tan important. Però jo ara veig que alguna cosa ha canviat. No sé, em fa l'efecte que, si t'ho demano, m'ho diràs.

Vaig observar-la amb incredulitat. La Sònia llavors va adreçar-me una mirada que volia dir moltes coses i va acabar dient, saps què penso jo. Vaig esperar que continués. Doncs jo penso que la veritat és que la mamà té por de saber qui és el seu pare de veritat. La gent li ha dit que era un cosí teu i em sembla que té por de tenir malalties amagades. És molt hipocondríaca. Pensa que això d'ara li ha sortit per haver estat engendrada per dos membres de la mateixa família. Si és així, no l'hi diré, no pateixis. Ella ja havia patit per mi i em va fer fer totes les proves de trastorns mentals quan vaig néixer. No em van trobar res que tingués a veure amb l'avi, és clar. I quan ja estava tranquil·la, es va començar a dir això del teu cosí.

Ui, no, vaig saltar. I va ser llavors que vaig deixar-ho anar tot. Sense embuts. No, no, Sònia, el teu avi era en Francesc, un amic. Vaig fer veure que era el meu cosí perquè ningú no sospités res. Vam estar junts dos o tres anys, no me'n recordo exactament. La teva mare se n'ha de recordar perquè, quan era petita, durant un temps se l'enduia a passejar. Després, se'n va oblidar. Els homes són així. Bé, alguns homes.

La Sònia es va estar un moment callada. Després va dir, buf, que contenta es posarà la mamà. I va demanar, i és viu. Li vaig dir que no ho sabia, li vaig explicar que l'havia trobat feia uns anys pel carrer i no n'havia sabut res més. Ella va fer que sí amb el cap. Va allargar el braç i va treure paper i bolígraf de la bossa. Me'n passaràs detalls, oi, perquè la mamà intentarà trobar-lo quan l'hi digui, segur. Sí, és clar, vaig contestar amb una veu petita però carregada de culpabilitat. I n'hi vaig indicar nom i cognoms, l'adreça on havia viscut. Del telèfon no me'n recordava, però sí més o menys de les empreses de què havia estat propietari. I ella s'ho va apuntar tot. Seriosa. Professional. Eficient. La meva neta em feia respecte. Semblava una altra. Després, es va guardar el paper a la bossa. A mi, el cor m'anava a mil.

Llavors, la Sònia va tornar a ser la Sònia i va somriure. Em vaig relaxar. Ja m'ha dit la mamà que vens a la Carena. Prepara't, que hi anem dimecres que ve, d'acord. No pateixis, a casa no et veurà ningú. Ui, que content es posarà l'Aniol.

L'Aniol, qui se'n recorda. Ara que tot és pau, que no passa res a casa els veïns, ara que la calor esmorteeix els sons del carrer perquè moltes botigues han tancat per vacances, entre elles la llibreria... Ara és quan aquí s'hi està bé, de veritat. I ara és quan a mi també em torna a venir el meu amic al cap. Quants anys fa que no el veig. Com deu estar. Deu tenir més arrugues que jo o menys. Quedarà horroritzat quan em vegi. Però m'és igual. Ara què importa.

Tampoc no sé què dirà la Mireia. Pateixo a cada moment perquè no em truqui i em renyi per això del seu pare, ara que sap que no era realment cosí. Ara la meva filla em fa pena, no sé quant de temps ha passat patint per aquest tema, pensant que tenia malalties terribles amagades que un dia li sortirien d'alguna manera. I al final li ha sortit el càncer per no cap raó. Perquè li ha sortit i prou.

IV

Estic esgotada. Estic com si m'haguessin xuclat i jo fos només una pellofa.

I és que resulta que la setmana dels tres dijous encara no s'havia acabat amb allò d'en Francesc.

Ahir va venir l'Emili. El meu net nou. És alt i atractiu com en Javi i com el meu marit. Portava la barba perfectament afaitada. I anava vestit com veig que van els nois avui, o sigui, amb un jersei d'aquests macos, una camisa, uns texans i unes vambes. Sense corbata. Abans jo hauria posat el crit al cel. Ara, m'és ben bé igual. A més, vaig pensar que fins i tot li quedava bé. Al cap i a la fi, l'Emili és d'aquells nois que es fan mirar. Reconec que em vaig fondre d'orgull quan el vaig veure. I no semblava pas que sentís veus.

Ell no sabia què dir-me, com presentar-se. No sé què li han explicat exactament, no sé què li va explicar en Javi. Jo, quan el vaig veure, em vaig aixecar i li vaig fer dos petons. També el vaig felicitar perquè seria pare. Tot molt educat. L'Emili m'ho va agrair però no va fer gaires preàmbuls. I jo vaig demanar a la Lupe que portés les pastes de

Foix i, a més, una mica d'aigua perquè el noi me'n va demanar. Llavors ens vam asseure tots dos a banda i banda de la taula, com dos que no es coneixen de res ni tenen res a veure, i ell va treure's de la butxaca un d'aquests telèfons mòbils que ho fan tot. Et puc gravar, oi, em va demanar. Vaig fer que sí amb el cap. Parlava amb un deix estrany, ja se li veia que s'havia criat en un altre país encara que el seu pare li hagués parlat català tota la vida. Però el català d'en Javi tampoc no era cap gran cosa. Segurament per culpa meva.

Riiiiing. El timbre. Faig un bot. Algú hauria d'arreglar aquesta campana i fer-la més discreta, perquè això és horrorós. I mira que soc al balcó. Sort que almenys el bar de sota ha decidit tancar. I per un mes no hi ha clonc-clonc. I tampoc hi ha el nyiiiic de la llibreria. Però ara..., ves per on, trobo a faltar aquesta dona, la llibretera, que sempre em saluda, encara que jo li contesti de manera tan seca com puc.

Ahir, l'Emili també va trucar al timbre però jo ja l'esperava. Quan esperes algú, el timbre sona diferent. I el meu net nou, tot ell correcció, va passar, em va saludar, va seure, va treure la gravadora, una llibreta petita i un bolígraf, va estossegar i va començar a preguntar coses amb una seriositat tal que semblava un ministre.

El que em demanava, però, no era de ministre. El que em demanava em va començar semblant anecdòtic i després es va anar complicant. L'Emili, amb la seva parla polida, acadèmica, em va demanar pel jardí de can Torralba. I com era abans, i quines podríem dir que eren les diferències amb el jardí d'ara. I jo, una mica sorpresa per la pregunta, li vaig dir que no ho sabia, que feia segles que no pujava a la Carena, que això l'hi explicarien millor el seu pare o la Mireia. Llavors ell em va dir que volia la meva descripció específicament. I jo li vaig parlar dels teis, del desmai, dels rosers, del lligabosc, de la fonteta. Ell em va demanar per què hi havia el desmai. I jo li vaig dir que per fer bonic. Ell es veu que no s'ho creia, vols dir que no era per tapar el jardí. Jo vaig fer el paper de Met, potser sí, no el vaig plantar jo. Ell va continuar demanant-me com era la font, i després de la meva descripció ja em va demanar directament com vaig descobrir la trapa i jo l'hi vaig explicar amb tota mena de detalls. I per què no n'havia dit res de seguida que la vaig trobar. I jo vaig contestar que no ho sabia, cosa que, fet i fet, era ben certa. I llavors finalment va anar al gra i em va preguntar com és que havia volgut matar el seu avi. Ja era hora després de donar-hi tantes voltes. I jo li vaig contestar immediatament que només volia induir-lo al suïcidi, que és pel que em van condemnar, i que ell s'ho passava molt malament, tant, que segur que m'ho havia agraït des d'allà on fos.

Arribats a aquest punt, el meu net nou va estossegar i va voler saber per què m'hi havia casat, doncs. I jo vaig pensar, en Javi aquí hi ha ficat cullerada, el molt poca-solta. No em vaig atrevir a contestar al meu net que perquè estimava el meu futur espòs, però sí que li vaig dir que perquè m'agradava. I l'Emili net llavors em va mirar aclucant una mica els ulls i va repetir, perquè t'agradava, com si me'n demanés una confirmació, com si no se'm cregués altre cop. I jo ja m'estava començant a posar nerviosa. Sí, què passa, vaig dir. Ell va callar. Llavors jo em vaig sentir forçada a afegir, bé, i també perquè tenia diners, en aquella època això tenia molt de valor. Però tant t'importaven els diners, hi va insistir ell de pressa. I jo, fent dringar els braçalets que havien estat de la meva sogra al cel sigui, vaig dir que sí, que sí. I què més, va fer ell. I què més, vaig repetir jo. I és que jo me'n feia creus, per què em demanava allò, ara, per què em començava a burxar sobre un passat que no tenia res a veure amb els motius pels quals havia fet allò al seu avi. Ell s'esperava. L'hi vaig recriminar, però tu no volies saber per què havia mort el meu marit, vull dir, per què l'hi havia ajudat. Sí, però per saber-ne els motius he de saber com eres. Vull dir si ja eres així, abans. Quina pregunta, vaig pensar. I un cuc estrany se'm va començar a fer gros per dintre, molt gros. Per exemple, tu sabies que el meu avi era esquizofrènic, oi, i, malgrat tot, t'hi vas casar. Tant valien, els diners. I jo em vaig veure acorralada i vaig contestar, doncs sí, els diners valien molt. Era un altre temps, noi.

Em vaig adonar que havia fet gairebé un crit dient això, una mena de gall, i que tot allò d'afirmar que els diners valien tant que ho podien tot, el meu net nou, historiador amant de la psicologia de les àvies mentideres, no s'ho creia. I a mi, llavors, no sé què em va passar, i és que el cuc de dintre es va fer tan gros, tan gros, que em va venir una calor molt gran, i em vaig aixecar i vaig sortir al balcó.

Ell es va esperar. No es va moure de la taula. I jo, al balcó, vaig respirar l'aire calorós de l'estiu de Sarrià, d'aquest barri que estimo, que m'ha acollit durant tants anys. I tot el que havia passat durant la setmana em va venir al cap, i també vaig tornar a reviure les imatges de les Homenotes amb aquella interna jove i ingènua, i també les d'aquell llogater bèstia sobre el seu fill tan petit. I després em vaig reveure jo.

I vaig reviure com mai els moments terribles al recambró de la fusta, aquell primer dia en què el meu pare em va llepar amb la llengua de vi, i l'estona en què, asseguda a terra, sentia com em regalimava allò entre les cames i tenia un mal tan intens a dintre. Tan intens com el que deu sentir, ves a saber des de fa quan, el nen del pis del costat. I, sense girar-me, vaig engegar a plorar silenciosament. Es podria dir que últimament tinc la llàgrima fluixa, però ahir va ser especial. Aquelles llàgrimes s'ho van endur tot. Per sempre.

El meu net nou va aixecar-se finalment i va acostar-se'm amb la gravadora a la mà. Se'm va posar al costat i em va mirar. Llavors em va veure la cara i tot d'una es va començar a excusar, ui, ho sento, ja tornaré un altre dia, és que el meu pare m'havia dit que no hi havia problema per demanar. En Javi. En Javi que no va entendre mai res. I el noi ja se n'anava quan em vaig girar i el vaig aturar. Espera't, vine, vine.

I ell va venir. I en la tranquil·litat del capvespre d'agost, només amb els crits dels falciots i algun motor llunyà de fons, vaig començar a desgranar-l'hi tot al meu net nou. Tot. Per primera vegada a la meva vida. Vaig notar de seguida que apagava l'aparell. No, torna'l a engegar, vaig dir, vull que quedi gravat.

I així vaig xerrar, i el vaig fer passar a ell també pel recambró de la fusta, per la misèria que m'envoltava, per la panxa que se m'inflava, pel convent, pel crit de l'odi, per la casa de la vergonya, pel silenci.

Quan vaig acabar, l'Emili només va dir, ho sento. Després, el vaig sentir que entrava, que agafava les seves coses i marxava. No li vaig veure la cara.

A mi ja no m'importava res.

V

—Senyora, és la seva cosina Rat.

Reina Santa, la Rat. Encara és viva. Ara entrarà i la trobaré trenta anys més plena d'arrugues. La Rat.

La Substituta es pren el meu silenci com una ordre de fer-la entrar. I miro la porta i la veig aparèixer amb un bastó. M'aixeco i la saludo abans no se'm posi a contrallum.

—Rat, com és que has arribat fins aquí?

—Mira..., amb un taxi —contesta lacònica.

Me la miro bé i me'n faig creus. Me la imaginava arrugada però no tant. Gairebé no se li veuen els ulls, tan brillants que els tenia. Sort que no passaran trenta anys més. Ningú no arriba fins als cent vint.

La veu també li tremola. Es pot dir que jo continuo estant millor que ella. I això que he passat pel castell de l'oblit. La convido a seure i dic a la Substituta que porti les pastes de Foix, si és que en queden.

—Sí, senyora, n'he anat a buscar més abans de venir, ja em va avisar la Lupe que s'havien acabat.

Ho ha dit tota satisfeta de la seva feina. Aquesta deu ser

la Substituta nova. Perquè em sembla que em van dir que n'hi havia una de nova. Ai, ara no ho sé, m'hauria de fixar més en el que m'expliquen.

La Rat s'asseu i llavors li veig la lluïssor dels ulls que no li havia vist abans. Està amagada però hi és. I sembla inquieta. Li dono una mica de conversa, què fan els fills, què fan els nets, si té besnets. Ella em contesta precipitadament. Ja m'adono que ha vingut a dir-me alguna cosa que va més enllà de tot això.

Quan la Substituta se'n va cap a la cuina, la meva cosina s'espera que desaparegui i llavors ataca:

—Escolta, Mireia, he vingut a dir-te una cosa important, molt important.

La veig atabalada. És clar que a aquestes edats t'atabales per qualsevol cosa petita i, en canvi, amb les grans coses, et quedes igual. I, de tota manera, jo sembla que tingui gel a les venes des que ahir vaig parlar amb l'Emili. Em sento com si hagués passat per un balneari.

—I bé... De què es tracta?

Ella fa moviments amb les mans, i titubeja:

—Doncs... ara no sé com dir-te... És que...

M'armo de paciència. Ella fa un altre intent i aquesta vegada li surt:

—He vingut amb una dona. És a baix, al cafè de la cantonada. Està esperant que l'avisi per pujar. He volgut impedir que vingués però m'ha dit que, si no l'acompanyava jo, et trobaria i vindria sola. I llavors he preferit venir jo primer i advertir-te.

Ara sí que poso les antenes.

—De què parles, Rat? Més ben dit... De qui parles?

Entra la Substituta i deixa les pastes. Cap de les dues n'agafa. Ens esperem que ella sigui fora, i llavors la Rat m'ho diu. I ho fa mirant-me als ulls. No sé com, aconsegueix que tornin a ser rodons. Els seus ulls dels vint anys:

—Mireia, a baix hi ha la teva filla. L'altra, la que vas tenir als quinze anys.

Faig un bot. Em quedo sense respiració.

—D'on l'has tret?

La Rat exclama:

—D'on m'ha tret ella a mi! Es veu que feia temps que sabia que havia nascut en un convent de monges, però elles li havien dit sempre que no sabien qui eres tu. Fins que ara, una monja molt gran, ja moribunda, la va fer cridar i li va explicar de qui eres neboda. Li va indicar com es deia la meva mare i on vivia. Perquè la monja volia morir en pau, es veu.

Tanco els ulls. No m'ho puc creure. La Rat conclou:

—Tothom parla massa al llit de mort, ja ho veus. La meva mare... i ara aquesta monja... I aquesta dona va buscar la meva mare i em va trobar a mi. I em va demanar per tu. I quan vaig intentar fugir d'estudi, em va dir que et buscaria ella, que et trobaria, que no li costaria gens. És clar, Mireia, és que ella és més jove i té energia. I jo..., jo no tinc energia... I li vaig dir que ja la portaria jo cap aquí.

De sobte, m'entra un cansament molt gran. Moc el cap una mica, d'una banda a l'altra.

—Rat... Jo no ho aguantaré, això... No ho aguantaré...

—Diu que no et vol demanar res... Es veu que viu bé... Només vol saber qui és la seva mare de debò. Et vol conèixer. És normal, trobo...

—No ho aguantaré, Rat...

No ho aguantaré, no. Torno a agafar la pasta de xocolata i en rosego una punta, com va fer la Rat fa anys, aquell dia que va venir a dir-me que la seva mare l'hi havia explicat tot.

Però malgrat tot, ara, ves per on, potser és el gust dolç de la xocolata, però de cop m'entra una avidesa desenfrenada per conèixer la meva filla. Encara que no ho aguanti. Encara que mori quan la tingui al davant. És la filla de l'odi, d'acord, però també una pobra criatura que no tenia la culpa de res, que vaig deixar que s'enduguessin qui sap on i en qui no he pensat mai més.

I acabo aixecant el cap i dient a la Rat:

—Digue-li que pugi.

La Rat somriu o això em sembla a mi. Toco el got amb la cullereta perquè vingui la Substituta. Com que no sé com es diu realment, faig el que puc per donar-li ordres:

—Noia, acompanya la meva cosina allà on ella et digui, a buscar una senyora.

La Substituta fa que sí amb el cap. Com va dir la Sònia que es deia. O va ser la Mireia. M'ho van dir, realment? No me'n recordo gens. El cas és que la Rat se'n va a poc a poc, de bracet de la Substituta i amb el bastó a l'altra mà.

I jo em quedo esperant i expectant. I m'adono que el cor em va tan de pressa que no hi podria anar més. Tots plegats no s'adonen que no puc resistir tantes emocions, i aquests dies sembla que s'hagin proposat rematar-me.

I ara, la filla. La filla que no volia, la filla de l'incest, la filla del crit de l'odi. Després de l'escena d'ahir amb l'Emili, encara amb el cor obert, però aquesta vegada obert amb bisturí, amb un tall net d'aquells que es guareixen bé o això és el que diuen els metges. Doncs després de l'escena amb l'Emili i d'haver deixat anar tot el que havia de deixar anar no sé ben bé per què, potser perquè tocava, perquè la fruita quan està madura cau, simplement per això, ara resulta que arriba el resultat de tot plegat, la Conseqüència en majúscula. I què en faig, jo ara, de la Conseqüència, que em vindrà a demanar per què la vaig abandonar. Li hauré de dir qui era el seu pare, perquè segur que la Rat no n'hi ha dit res.

La Conseqüència. Quan ja sento que pugen les escales, tanco els ulls un moment i intento rebaixar els batecs del cor fent un esforç. A veure si m'hi quedaré per culpa d'això. D'altres s'hi han quedat per menys.

Obro els ulls quan s'obre la porta. I entren totes tres. I se m'acosten. Jo m'he aixecat per allò del contrallum i me la miro a ella.

Quan ens veiem l'una a l'altra, totes dues fem un bot.

—Déu meu! —fa ella tapant-se la boca.

—Reina Santa! —exclamo jo.

La Substituta, que no sap de què va la cosa, s'escola cap a la cuina. La Rat, no. Sorpresa de la nostra reacció, ens mira, ara a l'una, ara a l'altra.

I jo penso que és increïble el que està passant. Increïble és poc, però les coses van així de vegades, i és que es tornen increïbles Déu sap per què. I ara em miro diferent aquesta dona, quinze anys més jove que jo, que encara conserva bé les faccions que van donar-li una personalitat tan pròpia, les faccions que jo vaig estimar. Finalment, ella obre la boca:

—No m'ho puc creure, Donya...

I llavors jo, tot d'una m'adono que la vida no és res del que ha passat fins ara. Que la vida acaba de començar.

—Zo... raida...

—Us coneixeu? —demana la Rat completament desconcertada.

Totes dues fem que sí, d'esma. Jo no sé on tinc el cap. La Zoraida. Ella que em despertava sentiments contradictoris, ella que feia olor de fusta. Ella, l'única amiga que he tingut a la vida. Ella que em va ensenyar a sobreviure, per no dir directament a viure. Ella és... la meva filla.

La Zoraida se m'acosta. I llavors em diu:

—Ets tu...

A mi tot d'una se'm fa la llum:

—Déu meu, és clar... La... La... piga...

La Zoraida es queda un moment quieta, com si no se'n recordés. Fa tants anys... Després, veig que ho entén. La piga de la mare, de la fusta, dels ulls de sang, de la que al capdavall no era la germaneta sinó la filla. I cap de les dues hi va caure. Cap de les dues va creure ni per un moment que haguéssim anat a parar totes dues al castell de l'oblit. Era massa casualitat. Era impossible.

Jo penso que ara mateix a totes dues se'ns menja l'estupefacció.

D'esma, ens asseiem, l'una a prop de l'altra, amb la cantonada de la taula entremig. Faig un somriure. Em venen ganes de tocar-la per veure si és de carn i ossos. Ho faig, li toco una mica el braç. Ella es deixa. És calent però raspós. Com ha canviat. Els anys se li han llançat al damunt. Però ella és ella i és la mateixa. M'oblido de la Rat, que, des de la porta del menjador, pregunta:

—I de què us coneixeu?

Li contestem les dues alhora:

—De la presó.

M'ha semblat sentir una mena de sospir de la meva cosina. Però m'és igual. Dic a la Zoraida:

—Em sembla que ens hem d'explicar moltes coses.

VI

Ha vingut la llogatera. L'he vista aparèixer tot d'una, després del riiiiing, habitual. Però avui el riiiing no em molesta. No em molesta cap so des que vaig parlar amb el meu net nou. Què se'n deu haver fet, d'ell i del seu llibre.

La llogatera sembla una altra. Se la veu malalta. Deu ser perquè ha deixat de fingir. Què en queda de la dona que havia estat abans, almenys del que havia estat el dia que va venir a presentar-se amb la seva família, amb aquella família que va resultar que s'havia sustentat en una falsa columna. Com la meva.

—Bon dia —em saluda ella.

—Bon dia.

Ella es frega les mans amb el cap baix. Després l'aixeca i mira cap al balcó amb els ulls humits. Amb la barbeta que li tremola, em diu:

—Només vinc a donar-li les gràcies.

Després s'eixuga una llàgrima i torna a abaixar el cap.

Ahir, la Zoraida i jo també vam plorar. Se'ns escapaven les llàgrimes sense poder-les aturar. Jo, tota una vida seca, i aquesta última setmana, rajant aigua gairebé sense parar. Me la vaig mirar ben mirada i em vaig recordar d'ella abans, de la seva pell blanca i tensada, de les seves pigues. Tant parlar en aquell temps totes dues, tant ser a prop l'una de l'altra, tant notar alguna cosa que ens unia. I aquella sensació d'inquietud per part meva, de sí però no, de poder i voler, d'acostar-m'hi i allunyar-me'n. Aquella sensació tan estranya.

Com és que em vas donar, em va demanar de seguida que ens vam haver assegut, eixugant-se els ulls i amb un to de retret a la veu. Tenia quinze anys, vaig dir-li. Però ella no en tenia prou amb aquesta explicació i jo ho vaig notar. Vaig afanyar-me a afegir, era de poble i allà s'amagava tot. Ella va fer que sí amb el cap. T'hi van obligar, va demanar o deduir ella, amb cara de desitjar una resposta positiva. Vaig fer que sí a poc a poc. I així ens vam quedar totes dues. I jo no sabia com dir-li que jo també havia volgut donar-la, que l'odiava, que no n'havia volgut saber res.

I llavors vaig sentir la Rat que estossegava. Jo que m'havia oblidat d'ella i resulta que existia i aquella tos era la tos de la consciència, la tos que deia, parla, explica-ho tot, és la teva filla, ho ha de saber. I jo, callada, silenciosa, desviava els ulls perquè la Zoraida no hi llegís tota una història inconfessable.

Fins que la meva filla descoberta hi tornava, i llavors ho feia disparant una canonada a la línia de flotació del meu valor. De ple. Qui és el meu pare, demanava. I jo la tornava a mirar i no sabia on posar-me i no sabia què fer. I la Zoraida alçava una mica el to de veu, i jo, que havia xerrat tant el dia abans amb el net nou, volia callar ara amb la filla nova. La Zoraida semblava una mica empipada, qui és, Donya. Em deia Donya perquè no li sortia dir-me ni mare ni Mireia. I jo no sabia com dir-l'hi. Però llavors sí que la veu de la consciència, la de la porta, s'acostava perillosament. I heusací que tot d'una tenia la Rat amb el seu bastó a tocar. I llavors la meva cosina parlava, digue-l'hi, Mireia, digue-l'hi, és la teva filla i té dret a saber-ho. Tot i així, no em va fer decidir ella. Em va fer decidir el fet de pensar que l'Emili net d'aquí a dos dies publicaria el llibre i sortiria tot a la llum. Tot el que jo havia deixat anar.

I vaig sospirar i finalment vaig parlar. Zoraida, tenim el mateix pare.

La Zoraida va callar. En sec. Després va tapar-se la boca amb una mà, i va començar a dir, oh, no, no, no. Sí, vaig fer jo, sí.

I llavors, quan la vaig veure més o menys recuperada, a mi em va tornar a sortir tot per segon dia consecutiu. I així, vaig parlar del recambró de la llenya. I de tot. Vaig dir-li que jo l'odiava, que el seu crit en néixer l'havia sentit tota la vida en somnis, també al castell de l'oblit. La Rat se'n va tornar al seu racó vora la porta. I vaig veure com la meva amiga filla premia a poc a poc els llavis, i com després donava un cop de puny a la taula i deia, fill de puta, com si tornés a ser al castell de l'oblit. Vaig aclarir-li, va morir quan érem allà. Tancades.

Es va fer un silenci, i llavors jo vaig dir, perdona'm.

Ara em miro la dona que tinc davant:

—Per què no el denunciava? Vostè és advocada...

Vull saber-ho. Vull saber per què la llogatera no deia res, com la meva mare no va dir res del que estava passant amb la seva filla. A la llogatera li torna a tremolar la barbeta:

—Ell sempre deia que ens mataria a tots dos si xerràvem. I jo me'l creia. A mi m'era igual que em matés. Però el nen... Intentava defensar-lo i...

Ara s'ha posat a plorar. M'aixeco a poc a poc i m'hi acosto. No he volgut dir això de l'advocada, però ara veig que tant li fa què siguis, a què et dediquis o el teu lloc a la societat. No tinc forces per abraçar-la, però li faig una carícia al braç, com les que la Sònia em fa a mi, com les que ahir feia jo a la Zoraida. Em diu que el nen és a casa, que està millor però que el tenen en tractament. Que ella també està en tractament. I res més, em diu que se'n va, que el nen està sol, que no es pot quedar més amb mi. I desapareix.

La Zoraida no va desaparèixer tan de pressa, ni de bon tros. Quan li vaig haver demanat perdó, em va abraçar. Em va fer una abraçada com les de la mare quan era petita. Després d'ella, mai ningú m'havia tornat a abraçar així. I ahir em vaig quedar com si ella m'hagués donat a mi la vida.

La Substituta havia portat més pastes. La Zoraida i jo només teníem ulls l'una per a l'altra. La Rat va dir que marxava i pràcticament no li vam fer cas quan ho va fer. La nostra, de la meva filla nova i jo, era una història d'amor tardana i sorprenent, d'aquelles que ningú no s'explica com succeeixen però que, de tant en tant, efectivament, succeeixen. I jo li tocava el rostre, i els cabells i tot amb dits tremolosos, volia recuperar els anys d'absència, i li vaig dir, em sap greu no haver-te tingut amb mi, em sap greu haver-me perdut tota la teva vida. No pas tota, feia ella amb un somriure trist, que vam compartir tres anys intensos. I ara tenim tota una vida, Donya, ai, com vols que et digui. Com vulguis. Doncs Mireia. Però, filla, no tenim una vida, que la meva ja s'acaba. Cada tros de vida es pot reproduir i convertir-se en una vida sencera, mare. Mare, em deia mare. Ni Donya, ni Mireia, ni mamà. Mare. Li sortia del cor. I a mi em sortien més llàgrimes. Fins que me les eixugava totes i deia, i ara, parla tu. Tu, que vas voler matar el que et va fer de pare. Ara et toca a tu.

I llavors la Zoraida es tirava enrere i engegava a parlar.

VII

Des de ben petita vaig viure en un pis de l'Eixample, va començar la Zoraida. A casa teníem diners, ja saps, la típica família burgesa catalana. Ja et vaig dir que em van posar Zoraida perquè la mare de la meva mare era castellana i es deia així. Els meus pares... o, més ben dit, els que se'm van endur del convent on tu em vas tenir, no havien pogut tenir fills, eren força més grans que tu, tenien a la vora de trenta anys, però la veritat és que no em va faltar mai de res.

Jo callava, bevia una mica de llet que m'havia dut la Substituta. I la Zoraida continuava. Quan vaig haver acabat els estudis a l'institut, vaig voler fer belles arts. Ja saps que a mi m'agrada dibuixar. I m'hi vaig posar. I allà vaig conèixer un noi, un altre estudiant, com jo, de qui em vaig enamorar. Ens vam casar i vam tenir primer una nena i després un nen. La nena, que es diu com jo, Zoraida, es va fer gran i ara ja té fills. El nen es va morir.

Ho va dir tan de cop, que jo vaig fer un bot. Ella va empassar-se saliva un moment i després va continuar mentre jo per dintre pensava, heus ací que jo em desfeia d'una criatura mentre que a ella se li moria. Tenia set anys i se'l va endur una malaltia estranya, explicava la Zoraida. Em van dir que segurament era genètica. Jo sempre he estat malaltissa, soc d'aquelles que ho enganxa tot i em passo molts dies l'any enfebrada... però això del meu fill anava més enllà. I després del que m'has dit, no m'estranya que ho fos. Els incestos... Es va quedar així, mossegant-se el llavi i amb els ulls brillants. El meu nen es va apagar a poc a poc, molt a poc a poc. Li vaig veure perdre la lluïssor de la pell, dels llavis, dels ulls. Al final semblava de cera. Em van dir que potser si buscàvem a la família algú que hagués tingut allò mateix. I jo vaig començar a buscar com una boja, i em vaig trobar el que em vaig trobar.

Vaig callar. Havia de callar. Qui t'ho va dir. La Zoraida va parlar amb un to tan neutre que em va fer esfereir. La mare, va dir, bé, la que em va fer de mare. No sabia com dir-m'ho, i ho va fer finalment d'amagat del meu pare, encara que després l'hi va haver d'explicar, és clar. Un dia que jo estava sola amb el nen m'ho va deixar anar. M'ho va deixar anar ofegant-se. Però més em vaig ofegar jo quan ho vaig saber. Em va caure el sostre al damunt. Van ser uns moments terribles. Vaig sentir-me com si fos una altra. Era com si jo no fos jo. Tot d'una, no tenia arrels. Vaig demanar primer per què no m'ho havien dit abans. I després, d'on m'havien tret. Ella em va dir que no m'ho havien dit perquè ells se sentien els meus pares i volien que continués essent així, també per a mi. Em va fer un discurs d'aquells tan sentits amb llàgrimes als ulls. I em va dir que m'havien tret d'un convent de monges, d'una noia que havia parit als quinze anys. De quin convent, vaig demanar immediatament. M'ho va dir. Queda't amb el nen, vaig ordenar. Vaig agafar l'abric i vaig marxar.

La Zoraida ara suava. Jo sabia que estava sentint intensament l'olor antiga de mort i desesperació. Al convent em van dir que no sabien qui eres tu, que havies aparegut un dia ja a punt de parir. Quina barra, vaig saltar jo, si m'hi vaig estar sis mesos, si m'hi havia dut la meva mare, si la tieta Montserrat estava al cas.

Això no és el que elles em van dir, va insistir-hi ella. I vaig suplicar i vaig demanar de genolls que em diguessin qui era la meva mare biològica i d'on sortia, però tothom baixava de l'hort o deia que baixava de l'hort. I jo, sense saber qui eres, no podia investigar la malaltia del meu fill, no podia saber-ne res, no tenia cap possibilitat de guarir-lo. Anys més tard, quan li vaig explicar el cas, un metge em va dir que tampoc hi hauria pogut fer res i això em va treure un pes de sobre. Però en aquell moment, jo pensava que sí.

Amb les monges hi vaig tornar un altre dia. Em deien que les que havien assistit al part ja no hi eren. No era veritat. Fa quinze dies em va fer cridar una d'aquestes, que llavors era novícia i que s'estava morint. Una de les que en el seu dia em van dir que no sabien qui eres tu. Em va dir que, quan havies parit, havien jurat totes per Déu, per la Bíblia i per no sé quantes coses més, que no dirien mai de qui era filla jo. Que ho havien hagut de prometre a la teva tieta. Em va dir que, malgrat això, ella no se'n podia anar a l'altre barri sense dir-m'ho. Em va demanar que la perdonés. No vaig poder. I va anar de poc que jo no l'acabo de matar tot d'una en aquell mateix moment.

El meu fillet es va morir als meus braços. Amb la seva mort em van arrencar a mi la vida. Després, el meu home se'n va anar un bon dia sense avisar i no va tornar mai més. Jo em vaig quedar amb la nena, però no la veia. Jo només pintava i pintava, no parava de pintar per expiar els dimonis que em sortien pels porus de la pell. Però no hi havia manera, els forats eren massa petits, i els dimonis massa grossos. Vaig tancar la porta als meus pares. Els detestava. No volia que se m'acostessin. No permetia que la meva filla anés amb ells. La meva mare estava desesperada. Em va trucar moltes vegades i jo li penjava el telèfon. I el pare no deia res... fins que un dia es va presentar a casa. Va trucar a la porta i, quan vaig veure qui era, no el volia deixar entrar, però llavors ell em va dir que potser em podia donar una pista de qui era la meva mare. I jo vaig obrir la porta.

M'havia enganyat perquè l'obrís, em va reconèixer immediatament que no en sabia res. El vaig voler fer fora i em va dir que no, que no se n'aniria fins que no li expliqués per què no els volia veure. Em va dir que la meva mare no parava de plorar. Plena de menyspreu, li vaig replicar que ell ja sabia per què no els volia veure, que era perquè no m'havien dit res de l'adopció, i així jo no havia pogut buscar els meus pares biològics per salvar el meu fill. Llavors em va dir allò de, no t'ho vam dir pel teu bé. I jo, quan vaig sentir això, vaig notar que perdia el control per dins i li vaig demanar que se n'anés abans d'esclatar, perquè m'adonava que estava a punt de fer-ho. Nosaltres t'estimem, filla, em va dir llavors amb una tendresa que em va semblar ofensiva. Vaig sentir un odi infinit, i vaig cridar, vols callar, això que heu fet no és estimar ningú. Ell va intentar acostar-se, i jo li vaig tirar un pinzell al cap. Va quedar blau. Però què fas, va saltar, i es va voler acostar més. Em vaig escapar a la cuina, em va perseguir i, quan el vaig veure tan a prop, em va sortir tota l'agressivitat de cop. Va ser l'odi el que em va deformar la realitat, el pare no era el pare sinó una mena de monstre que se'm llançava al damunt. Quan després mirava d'explicar-ho als metges i al jutge, no sabia com fer-ho perquè ni jo entenia què m'havia passat. El cas és que en el moment dels fets, aquell ésser deformat i grandiós em va tocar però jo ja havia agafat un ganivet del calaix. Em vaig girar i l'hi vaig clavar directament al cos. Era el ganivet gros, tenia una fulla llarga i esmolada. Ell va tentinejar un moment i després va caure a terra. El vaig mirar i em vaig despertar de cop del meu malson quan el vaig veure amb el vermell a la camisa i el blau al cap. Vaig córrer al telèfon i vaig trucar a una ambulància i a la policia. Estava convençuda que l'havia mort.

Però no, no l'havia mort. El meu pare se'n va sortir i va viure fins fa relativament poc. De fet, la nena se la van quedar ells quan es va haver recuperat.

Aquí, la Zoraida havia somrigut amb tristesa i per primera vegada em vaig adonar que ella també era vella. Quinze anys menys que jo, però vella. Jo no sabia on tenia el cap en aquell moment, va continuar, estava trastornada, vaig prestar declaració i vaig explicar els fets, vaig dir tota la veritat de per què ho havia fet. No tenia remordiments, no els podia tenir perquè el dolor pel fill mort se m'ho menjava tot. Aquell dolor era com un corc que es menjava a poc a poc la biga dels meus sentiments més íntims. Només em feia patir la meva filla, però sabia que estava en bones mans, que en tindrien cura. I jo em deixava endur i em deixava fer. Fins que vaig tenir un advocat que em va aconsellar que em centrés i digués la veritat però amb serenitat. Sense parlar de monstres que se'm tiraven al damunt, que és el que jo deia tota l'estona quan parlava d'aquell dia amb el meu pare. La idea era aconseguir que el jurat no cregués que jo era boja. Amb la bogeria m'haurien tancat per sempre al psiquiàtric de la presó, que deus recordar com era. Déu meu, sí, vaig dir. D'altra manera, va continuar ella, com que el meu pare no havia mort, la condemna seria molt més curta si l'acusació era per un intent d'homicidi.

La Zoraida em va mirar, tu no ho vas viure, però els primers mesos a la presó jo no era la que vas conèixer. Em sentia com lluitant contra les onades en un mar negre. Allà a dintre tothom s'apartava de mi perquè mossegava. No volia fer-me amb ningú, volia estar sola, em passava la vida passejant pel pati o mirant el sostre a la llitera. Ara la Zoraida somreia una mica per dir-me, jo llavors no tenia res a veure amb la Zoraida que tu vas conèixer. Em vaig anar adaptant a la presó a poc a poc... si és que es pot dir que allà a dintre t'hi adaptes mai.

I les relacions familiars, vaig demanar. Ella va sospirar. Es van arreglar. Amb el temps tot s'arregla, les ferides es van suavitzant..., totes les ferides. Al cap d'un temps, jo vaig demanar perdó al meu pare i ells dos me'l van demanar a mi per no haver-me dit res de l'adopció. Em van anar portant la nena fins que va acabar venint ella sola quan ja era més gran. I ella em va venir a buscar quan vaig sortir i em va ajudar a reincorporar-me al món.

Va fer un sospir per dir, m'he fet un tip de pintar. Es va aixecar, va remenar la bossa i en va treure un tub d'aquests que serveixen per dur papers embolicats. El va obrir. Hi havia el rostre pintat d'una noia jove que no vaig reconèixer. Qui és, vaig demanar. Ets tu, em va dir. Així t'imaginava jo els primers temps de presó, abans que vinguessis. Així imaginava jo la meva mare. I és curiós, quan vas arribar, vaig deixar d'imaginar-te. Em va venir per pensar que podia haver estat algú com tu i em vas ocupar mentalment la imatge de la meva mare. I ara... quan t'he vist, he pensat que tot era com havia de ser. Va sospirar, va somriure, i va reblar, tot concorda.

Jo també vaig somriure. I llavors, molt a poc a poc, vaig acostar la meva mà a la seva i l'hi vaig agafar. Ella es va deixar fer i me la va prémer fort. Jo vaig tancar els ulls, com els tanco ara, mentre la Lupe em prepara la maleta amb la seva natural eficiència. Passa pel meu costat i em frega els genolls.

—Perdoni, senyora.

No contesto. Què li he de perdonar. A la presó sí que havies de demanar perdó per una cosa d'aquestes si no volies rebre, això també m'ho va ensenyar la Zoraida en el seu dia. En realitat, qui em va ensenyar a sobreviure va ser la meva pròpia filla.

Ahir vam estar molta estona plegades explicant-nos coses, i ella va voler saber qui eren els seus germans, i com eren. I jo vaig haver de dir que no m'hi parlava gaire. I llavors li vaig explicar la meva història. I, quan vaig arribar a l'episodi de la mort de l'Emili, li vaig detallar fil per randa com havia anat, i vaig acabar amb una afirmació que em va sonar a petita venjança, de mare a filla, ja veus que realment jo no el vaig matar.

El temps es va escolar amb lentitud ahir amb la Zoraida, en aquest menjador que ara deixaré per tres setmanes. M'hauré de pensar com els explico a tots que tinc una altra filla. Perquè a la meva edat les filles no cal que s'amaguin. I, a més, ara ja ho he dit tot, no em queden ferides, no em queden mals, no em queda picor ni forat per dins. Ja no sento olor de fusta.

Al cap de molta estona, amb la meva filla vam començar a recordar escenes de la presó amb una mica de nostàlgia i tot. Ah, per cert, em va dir ella, saps qui vaig veure pel carrer, un dia, ja fa anys. Vaig fer que no amb el cap. Doncs la Maria de les trenes, et recordes d'ella. Com no havia de recordar-me'n. Sí, sí, vaig fer. I està bé? La Zoraida va somriure d'orella a orella, anava amb una funcionària, aquella joveneta de la cua que ens vigilava, te'n recordes, oi, que gastava força males puces. Vaig fer que sí amb el cap. Ella va continuar, doncs resulta que a totes dues els van les dones i es van enamorar a la presó. Però ja saps que allà estava prohibit tot, i es van haver d'esperar. Es veu que ho van passar molt malament contenint-se. Però mira, ara viuen felices.

La Zoraida va riure una mica per reblar, espero que la funcionària no li hagi permès d'anar a Núria. La Maria de les trenes és molt capaç de deixar la vall sense flors.

Jo vaig fer un petit somriure per seguir-li la veta. Però per dins pensava, Déu meu, era la funcionària que ens vigilava sempre. Ens arriba a enxampar al lavabo i soc dona morta.

VIII

No sé si hi ha gaire gent que se senti renéixer al final de la vida. Després de tants anys amb el cap amagat sota l'ala, aquests últims deu dies és com si hagués sortit de l'ou i ho veiés tot per primera vegada.

Amb la Sònia de bracet travessem el desmai. Aquí ja no hi ha porteta, no hi ha barana, no hi ha res. El desmai no l'hem tret perquè és molt bonic, em va explicar ja fa temps la meva neta.

I ara anem a veure l'Aniol. Segons m'han dit, no té ni idea que jo soc a la Carena. A mi em feia por que ho sabés la gent del poble i que m'assenyalessin tots amb el dit. Però la meva filla del càncer, la Mireia sense cabells, em va dir, mamà, fa molts anys que no hi ets i queda molt poca gent de la teva època. I, els que queden, expliquen unes històries que ningú no sap si són més aviat llegendes urbanes. I, de tota manera, si et miren, que et mirin, ja els passarà. La Mireia està desconeguda, almenys amb mi. I aquí, a la Carena, no fa frrrrr. O jo no m'hi he fixat. Potser és que aquí tinc moltes coses més per entretenir-me que no els petits sorolls que fa la gent que m'envolta. O potser és que realment ella ja no és la que era.

Quan la vaig veure, ahir, em va sobtar una mica. Venia amb el cotxe amb la Sònia. Vam viatjar les tres soles, perquè en Jordi i els nens ja eren aquí.

I va sortir ella i em va mirar. I jo vaig observar el mocador virolat que li cobria la closca que suposo ben llisa. I després vaig mirar-li els ulls i vaig veure que eren els mateixos de sempre. I me la vaig sentir pròxima. Ella em va adreçar un esguard tímid. Res a veure amb els d'abans. Res a veure amb allò d'*eres mala*. I jo volia abraçar-la però no podia. És ben trist arribar a una edat en què costa tant fer una abraçada a algú que no és de la teva alçada, i això hi inclou gairebé tothom. Però la Mireia ho va entendre de seguida i em va abraçar ella. Li vaig tocar el mocador. I em va sortir de dir-li, estàs molt guapa. Ella va somriure, no menteixis, mamà, no cal. No mentia, la vaig veure guapa. La vaig veure preciosa. No sé què ho fa que no m'hi havia fixat mai abans. Potser perquè, sense cabells, aquests ulls tan blaus, els ulls d'en Francesc, li lluen de manera especial i sembla que a dins s'hi vegi el mar. Com en el meu antic amor. Quan em miro la Mireia, ahir i avui, entenc per què vaig perdre el nord per aquell noi que vivia de renda.

Vaig seure al davant. Feia molts anys que no anava amb cotxe, feia molts anys que no sortia del barri, feia molts anys que no sortia de Barcelona. I feia molts anys que no veia passar quilòmetres d'autopista, i de carretera i tot, com vetes de colors consecutives i eternes. Em vaig passar l'estona amb el nas enganxat a la finestra, observant el paisatge. Hi havia coses que recordava que havia vist en altres temps, com en una altra vida. Alguns trossos de camp s'havien convertit en cases. I algunes fàbriques o terrenys erms, també. Després, va començar a verdejar. I, passat Serd, vam entrar en el paisatge de quadre que jo recordava des de fa tants anys a dintre del meu cervell, amb les muntanyes màgiques del Grèvol i els Cingles, que es van anar acostant i que no havien canviat gens. Va ser com aquell salt a dintre d'una pintura que feia la Mary Poppins a la pel·lícula de Disney que havia anat a veure amb la meva filla quan era petita. I, tot d'una, pensant en aquesta institutriu, se'm va il·luminar el cervell amb una idea. I la Pili, vaig dir. La Pili, quina Pili, va demanar la Mireia, que estava mig marejada, però que anava dient que no tenia importància, que arribaria bé a la Carena. La Pili que venia a casa, vaig dir. De sobte em rosegava per dins aquell nom amb tota una història desgraciada al darrere que jo feia anys havia acabat de convertir en un daltabaix. La Sònia no va dir res. Va ser la Mireia la que em va explicar, li vam trobar feina. Neteja en un gimnàs. Està contenta. Ah, vaig fer una mica més tranquil·la.

Però el nom d'aquella noia em martellejava el cervell, no hi podia fer res. Llavors la Mireia va dir, si et plau, Sònia, atura't, no em trobo bé. I vam parar, i la Mireia no va vomitar però va haver de passejar una mica perquè li toqués l'aire. Estava blanca com la cera. La meva filla es feia la valenta però amb el mocador al cap i marejada no feia precisament cara de bona salut. Després va semblar que es recuperava una mica i vam continuar. I jo vaig deixar-la seure al davant. Li volia acariciar l'espatlla, li volia amortir aquells efectes del càncer amb una mà de mare que no ha tingut mai, però no hi arribava. Em vaig adonar llavors que els braços se m'havien fet curts. Tota jo m'havia encongit. Vaig tornar a mirar per la finestra.

A punt d'arribar vaig dir, m'hauria agradat parlar amb ella. Amb qui. Amb la Pili. La Sònia em va fer una llambregada pel retrovisor. Hi va haver un moment de silenci i llavors ella mateixa va dir, li direm que et vingui a veure, si vols. Sí, vaig dir.

La Mireia no es va marejar més. I vam arribar a la Carena. A la Carena que no era la Carena. Tenia el carrer asfaltat, no hi havia ovelles sinó força gent que no coneixia de res i que ni ens miraven. I és que no érem els únics cotxes, ni de molt. Quina mà de persones, i era impossible discernir si eren estiuejants o pageses, com hauria dit l'Emili. Si eren totes iguals. Si totes anaven vestides de la mateixa manera. Si no hi havia manera de fer-ne cap distinció. I qui era qui. Potser vaig distingir alguna cara amb trets que em sonaven, però res més.

I llavors, can Torralba. Vaig contenir la respiració. Res no era igual. La porta era una altra, baixeta i de ferro forjat, el mur no existia, només una tanca verda. Posant-se de puntetes des del carrer, algú que no fos tan baixet com jo segur que veia tot el que passava a dins. L'únic que sí que existia encara eren els arbres. Els arbres eren els mateixos, i no havien crescut perquè els devien esporgar cada any. I la fonteta, i l'heura i les plantes. Vam aturar el cotxe. Llavors vaig veure el lloc on hi havia hagut la trapa. Ara hi havia com una mena d'estructura de fusta que sobresortia. La Sònia va obrir-me la porta i em va ajudar a sortir mentre em deia, àvia, vinga, això ho hem de solucionar ràpid, ara mateix. Em vaig agafar al seu braç i, xino-xano però amb decisió, totes dues ens hi vam atansar. Jo primer deia, no, no, fluixet, i hi oposava una mica de resistència, no tenia ganes de rememorar el passat. Però ella no em va donar cap altra opció, i em va portar tant sí com no fins a l'estructura de fusta. Quan hi vam ser, vaig veure que en realitat allò era una escala. Que l'obertura s'havia fet més gran i que la trapa s'obria i es tancava per un mecanisme fàcil de manipular. Ho veus, em va dir la Sònia mentre m'ensenyava com funcionava, aquí a sota hi tenim tota la ferreteria i també la jardineria. La ferreteria i la jardineria, vaig repetir. Doncs sí, aquí hi ha claus, martells, eines, pales..., una mica de tot, em va explicar la Sònia. I va engegar una llum clara i brillant amb un interruptor del costat mateix de la trapa. Vaig dir molt bé. I res més, no sabia què més dir. El cas és que aquell forat no tenia res a veure amb aquell tan terrorífic on jo havia entaforat el cadàver del meu marit fa tants i tants anys. Ja no era cap lloc fosc i tenebrós, sinó un espai il·luminat i amb una utilitat pràctica. La Sònia em va mirar i va decidir, au, ja està vist. I totes dues vam tornar cap a la casa. Se sentia xivarri de criatures, però com si vingués de l'altra banda. Són tots a la piscina, em va aclarir ella, te l'ensenyaré des de dins.

Vaig veure la piscina des de dins la casa, efectivament. Perquè ara, des del menjador, hi ha una porta gran, amb vidres, que et permet de veure-ho tot i sortir i entrar des d'allà també. Ahir me'n vaig fer creus. I, després de saludar els nens i els seus amics, i de deixar que em fessin petons molls i freds com l'aigua en què se sucaven, tots menys l'Àlvar, que es veu que és de colònies, la Sònia va venir al meu costat. I també la Mireia. I ens vam asseure al menjador en un sofà que és d'aquests de què ja no t'aixeques, perquè t'hi quedes ben escarxofat. I llavors va venir en Jordi, que jo coneixia només d'un dia, perquè abans no n'havia volgut saber res, era quan no m'interessava ningú que no fos la Sònia. En Jordi em va saludar donant-me la mà i ajupint-se a fer-me dos petons. Em va semblar agradable, però encara no he tingut temps de parlar-hi gaire. Després, se'n va tornar a fora, on estava vigilant els seus fills i els fills dels altres.

I va ser en aquell moment, quan des de fora se sentia aquell xip-xop amb crits de criatura barrejats amb sons d'ocells, i quan per la finestra mig oberta entrava un aire molt més fresc que el del pis de Sarrià, quan tot feia olor de verd, una olor intensa que em va fer enyorar uns altres temps, una altra vida, va ser llavors quan la meva filla del càncer va venir i es va posar al meu costat, ben arrambada, amb uns pantalons curts i unes sandàlies que ensenyaven aquelles ungles dels peus pintades de vermell fosc. I va ser quan em va dir, mamà, ahir ens vam trobar tots, ens va citar l'Emili i ens va passar la gravació. I ens vam quedar de pedra.

I jo, quan la Mireia m'ho va dir, em vaig quedar també de pedra, o amb el cervell en blanc, mirant-la com si hagués vist un fantasma. Ella va mirar-se les ungles dels peus i va aixecar-les una mica. Després, jo em vaig girar i vaig observar la Sònia, que seia al meu davant i que anava fent que sí amb el cap. La Mireia es va eixugar una llàgrima mentre deia posant molt d'èmfasi a les paraules que pronunciava, mamà, ho vaig trobar tan fort. Vaig obrir la boca i em va sortir, no n'hi ha per a tant. Però sí que n'hi havia per a tant, sí. El que passava era que en aquell moment, amb gust hauria dit allò de, calleu, calleu, no m'ho recordeu, no en vull saber res més, de les coses lletges no se'n parla, i mig entenia la meva mare quan mirava d'amagar tots els pecats del món, encara que fossin dels altres. No tenia ganes de tornar-ne a parlar. No cal que en parlis, se'm va avançar la meva filla. Només cal que sàpigues que ho sabem i que, si bé hem estat molt crítics amb tu tota la vida, hem entès que potser hi ha coses que en el seu dia no vas superar.

Que no vaig superar coses, va dir. Segur que, si fos més jove, ara em portarien al psicòleg. Quanta gent no deu haver enviat al psicòleg la meva filla jutge. Però a aquestes edats, com la meva, els psicòlegs només serveixen per ajudar-te a ben morir. Vaig mirar als dits del peu vermells de la Mireia, jo també, perquè no sabia on mirar. I vaig sentir la veu de la Sònia que deia, i per a tu devia ser un daltabaix el que vas veure a cals llogaters. Un daltabaix. Potser el daltabaix és això que tot d'una ho posa tot a lloc. Ja m'entenen, ja, però els falta acabar de descobrir el perquè de les coses que passen. Són joves i no han viscut el que es pot viure en tota una vida. La Mireia tot just té l'edat que jo tenia quan vaig sortir del castell de l'oblit. O sigui, no res.

Hi va haver un silenci. No vaig veure què feien elles dues, no ho volia veure. Devien estar pensant, no ho vol recordar, no en vol saber res, i ara què fem. Els vaig solucionar el problema deixant anar de sobte, i l'Aniol, quan el podré veure.

L'Aniol el veuré avui. Ara. Quan deixi enrere el desmai, quan volti la piscina, quan travessi aquesta mica d'hort que no és més que una joguina per a la canalla. Ep, que en traiem bons enciams, i també mongetes i de tot, em va dir en Jordi amb orgull. Però sempre és l'Aniol el que ens indica quan podem collir-ho tot. Bé, el que ho indica a la Mireia petita, que és la que hi té més afició. Se l'estima molt, l'Aniol.

Saps, mamà, soc copropietària d'aquesta casa, em va explicar també ahir a la nit la Mireia, quan ja havíem canviat de tema, quan ja havíem decidit que no valia la pena donar-hi més voltes perquè ja no hi havia res més a dir. En Javi me'n va regalar la meitat, va continuar la meva filla. Ah, sí, em va sortir. Primer em vaig alarmar, la propietat quedaria dividida i això no pot ser, va contra el seny, contra el sentit comú. Però després em vaig tranquil·litzar. De fet, per què cal que només sigui d'un de sol. No cal per a res. És prou gran perquè s'ho reparteixin, i la Mireia també es mereix heretar una part del que havia estat del seu pare, encara que no fos el seu pare.

La meva filla m'ho va anunciar després de sopar, mentre totes dues sèiem al jardí, davant de la piscina, que era blava i lluminosa, que feia bonic. I de lluny, veia la casa de l'Aniol, la de l'escorça, amb una llumeta en una finestra, i m'imaginava que el meu amic es ficava al llit, com s'hi ficava quan ell i la Fina m'havien convidat a dormir-hi aquelles conflictives nits d'estiu i jo els sentia i pensava que, malgrat jo mateixa, en aquells moments m'hauria agradat ser la Fina.

La Mireia m'havia convidat a un whisky. Ja no tens edat perquè et vagin prohibint les coses, em va dir. I jo me'l vaig mirar i em vaig veure ben capaç de convertir-me de nou en una vella borratxa i, fins i tot, en una centenària borratxa. I, amb un esforç, vaig rebutjar-ho. No, gràcies, beu-te'l tu. No és qüestió de fer avergonyir ningú aquests últims anys, que per això ja tinc el passat, i és ben sucós. I la Mireia es va quedar amb el got a la mà. Jo no puc beure, mamà. Ja m'injecten prou substàncies tòxiques. Sort que falta poc perquè això s'acabi, va dir amb veu cansada. Sort. Un parell de sessions i fora.

Mentre estàvem així i jo m'adonava que, efectivament, feia cara de cansada, de molt cansada, es va sentir un soroll de cotxe i després, un cop de porta. La Sònia, que era a la cuina, va sortir dient, ja és aquí. Jo no sabia a qui es referia. I girar-me era complicat. Girar-se, a determinades edats, requereix un esforç que normalment necessites per a altres coses. Vaig deixar, doncs, que sonessin les passes que s'acostaven i que van acabar davant meu. Llavors vaig veure de qui eren. D'en Javi. Ell també havia vingut. Hi érem tots.

No vaig dir res. Em passa sovint que no sé què dir. Tant de temps dient coses lletges, em trobo que em falten paraules normals. El meu fill va agafar un tamboret i es va asseure davant meu. Vaig pensar un cop més, i mira que és gran, i mira que està arrugat. Però em va envair tot d'una una tendresa infinita. Al cap i a la fi era la segona vegada que el veia després de mitja vida de silenci. Després d'un gran espai buit mare-fill. Hola, mamà, va dir. Al meu costat, la Mireia no es va moure però sí que va callar. Hola, fill, vaig contestar. Ell va abaixar la mirada un moment per aixecar-la tot d'una i dir, m'ho va explicar l'Emili. Tot. I va tossir una mica i em va demanar, per què no ens ho havies dit mai. Per què, per què.

Llavors a mi em va sortir el que no hauria dit mai que em sortís. Em vessava per la pell, pels ulls, per la boca, pel pensament. Tot d'una necessitava treure-ho. I va sortir en forma de paraules, que era com havia de sortir, perquè, de vegades, cal dir-ho, potser no tant per qui ho escolta com per qui ho deixa anar que, en aquell cas, era jo. Vaig mirar en Javi, que, en aquell moment, es fregava el cap. I vaig dir-li, perdona'm per tot, i em vaig sentir més lleugera que mai.

Ell va semblar que reflexionava un instant, com si no sabés a què em referia. Després va fer un gest com traient importància a les meves paraules, com si tot allò que vaig ordir no fos res, com si deixar-lo sense herència fos una banalitat. I jo, que m'hi havia esforçat tant amagant la mort de l'Emili, fins i tot no vaig saber si ofendre'm. Però ell va dir, m'has de perdonar tu a mi per no haver sabut... Oh, mamà, i jo que n'estava tant, de l'avi. Quin fàstic, Déu meu, quin fàstic.

Mai ningú no m'havia dit que el perdonés amb tant de sentiment. Encara me'n faig creus. I que fos en Javi. No oblidaré mai com em va mirar, com em va abraçar. I com va plorar. Sanglotava. I jo que creia que no n'era capaç.

Ens ha vist la Fineta. Sí, és la dona que vaig veure aquell dia a la llibreria de davant de casa. Ens saluda amb la mà i llavors crida:

—Ja el porto jo! Li agrada molt venir cap aquí... Serà una sorpresa..., una sorpresa molt gran...

La Sònia es tapa el sol amb els ulls i contesta:

—D'acord!

I em fa girar cua. I jo penso que, si l'Aniol no ha sentit

això que diu la Fineta, és que és ben sord, perquè mira que ha cridat, la dona.

O sigui que tornem enrere i ara la Sònia em fa seure a les cadires del jardí, a la vora de la fonteta, que va fent clinc-clinc, com sempre. Em recorda el soroll del llum de caramels de l'habitació de Barcelona, ves per on, no hi havia pensat. Potser per això m'agrada tant.

No em puc creure que estigui a punt de veure l'Aniol. Tanco els ulls i torno a veure'm ballant amb ell aquell dia que no va parlar i que va sentenciar així el curs de la meva vida. I és que un sol silenci ho pot esguerrar tot. Ara surt en Javi i diu que se'n va fins a Serd. Em somriu abans de pujar al cotxe, i el motor trenca, per uns instants, aquesta pau, aquest dringar de l'aigua, tants sons petits i màgics.

Aquí tot són somriures. Somriures apilonats, perquè, malgrat que la casa és gran, no sé com s'ho fan per estar-s'hi tots. Amb en Javi ha vingut l'holandesa, la seva dona, de qui soc incapaç de dir el nom. Ens entenem amb gestos. A mi m'han col·locat en una habitació que abans no existia. No sé com s'ho han fet per fer aparèixer espais en el no-res.

Ara, a més de la font, sento els crits dels ocells que, de bon matí, omplen de vida aquest jardí tan fresc. A l'hivern ens estem a l'altra banda, em va explicar la Sònia, perquè aquí hi fa fred.

S'hi està bé. Tanco els ulls i sento música. És en Jordi, ja ho sé, que em va dir que tenia un concert i que havia d'assajar. És el so d'un violoncel, que sona des del menjador. Després sento, a l'altre cantó de la casa, la trompeta de la Mercè. Cada matí toca una mica abans d'anar a la piscina, em va comentar la Sònia. Ara això sembla un orgue de grills, però la Sònia, que ha anat a buscar la Fineta i l'Aniol, ho troba normal, ni s'immuta. I a mi no em molesta. A mi em fa gràcia. Ara se sent també com una mena de plat fregat, una percussió estranya.

—Mireia...

Obro els ulls. No era una percussió estranya, cap plat fregat. Eren els peus de l'Aniol. És al meu davant, agafant el braç de la Fineta. Reina Santa, no l'hauria pas conegut. Però és ell. I heus aquí que el món s'ha aturat, i els ocells m'aixequen definitivament el tel dels ulls, aquell que m'ha impedit veure-m'hi durant tota una vida.

—Bon dia, Aniol.

És l'únic que em surt. Després, no sé ben bé què ha passat. El sol m'enlluerna i la Fineta i la Sònia van xerrant i dient-nos com si fóssim criatures:

—Heu vist, que macos, tots dos?

—Quants anys feia que no us vèieu, eh?

—Que no us fareu un petó ni res?

Un petó! Què diuen, aquestes. L'Aniol se les mira i riu una mica. Ui, no té dents. Jo sí que en tinc, me les van posar fa anys. Dents noves que primer em van sobtar tant quan em vaig mirar al mirall, perquè eren ben blanques. I vaig tornar-la a tancar i després no m'atrevia a obrir-la. No m'hi vaig atrevir fins al cap d'un temps, però, com que no reia mai, no es veien gaire.

I, en canvi, l'Aniol no ha de patir pel color de les dents. És el que passa quan no en tens.

—Aaaaauuuu, seieu tots dos... Així, molt bé...

La Sònia acosta una cadira al meu costat, i em gira una

mica la meva perquè no m'enlluerni aquesta ullada de sol que es filtra a través de les fulles platejades de l'àlber. La Fineta ajuda el seu pare a seure i llavors la Sònia s'ajup i s'acosta molt a l'Aniol per dir-li amb un somriure:

—Ho veus, Aniol, com al final ha vingut l'àvia?

—Ja ho veig, ja ho veig... —va dient ell movent una mica el cap i somrient.

I jo el veig un altre cop sense dents i també somric. Què se n'ha fet d'aquell jove que m'agafava amb aquella fermesa per la cintura a l'hora de ballar. I del que va caure als meus braços quan li vaig posar a la boca un bombó de licor. On és l'Aniol d'abans. Aquest és un Aniol nou, però també m'agrada. M'agraden tots els Aniols.

Llavors la Fineta diu:

—Au, us deixem sols una estona!

I se'n van totes dues rient i murmurant de nosaltres, cap a can Torralba.

Feliçment, a tots dos ens ha passat l'edat de la vergonya. També la vergonya de demanar.

—Què ha passat amb les teves dents?

—Ui, vaig caure i me'n va saltar una... i després em van saltar les altres... i ves, això va així..., va caient tot a trossos... No et passa, a tu?

No sé ben bé què contestar. A mi no em cau tot a trossos. A mi se m'encongeix tot, que és una altra cosa.

Ell llavors diu:

—Sempre he sabut que vindries.

—Ah, sí?

—I ja no fas olor...

—Olor? Ah, el perfum!

Em recordo de l'ampolla que em va regalar en Francesc. Quan se'm va acabar, jo vaig comprar-me'n durant molts anys. Ara somric a l'Aniol.

—Aniol, m'hauria agradat... Però ara ja és tard...

Ell riu:

—No, no és mai tard, Mireia, mai...

Ara no sé si està fent broma. De fons se senten el violoncel, la trompeta i la flauta de la Sònia, que s'hi ha afegit ara mateix.

—Quin guirigall!

—Sí, aquí sempre...

Llavors hi afegeix:

—A mi m'agrada quan en Jordi em fa concerts.

I encara diu, amb orgull:

—Em toca el violoncel per a mi sol.

—Caram...

A mi mai ningú no m'ha fet cap concert. Jo no sento música, a Barcelona, només sons de persones que parlen o que criden o que gemeguen, de portes que s'obren, de taules i cadires que es col·loquen a terra. Potser aquesta és la meva música. Potser tot és música. Però aquesta és diferent.

—És bonic que et facin música...

—Sí, ho ha de ser...

Es fa un silenci més llarg que un dia sense pa, un silenci que acompanyen els ocells, el clinc-clinc i l'orgue de grills des de casa. No sabem què dir-nos i no tenim prou força per inventar paraules buides. Però no ens cal. El silenci ens recull i ens bressola amb els nostres records que són exclusius de tots dos. Ens tornem a mirar. Potser no cal parlar mai més.

Molt a poc a poc, aixeco la meva mà dreta i l'acosto a la seva esquerra. Ell l'obre i llavors entrellacem els dits. La seva mà està calenta, com la meva. Me la prem una mica. Ens somriem i jo ja no veig que l'Aniol no tingui dents. Només li veig la lluïssor dels ulls. I ell deu veure la meva.

IX

Ara que estic a punt d'obrir la porta, penso en com va començar això.

Era en un moment en què no estava amb l'Aniol, tot i que fa una setmana que cada tarda la passo amb ell. El porta la Fineta i ens estem a fora si fa bo. I, si no, a dintre. O al costat de la piscina, al sol, mirant la canalla com neda. A una hora determinada del migdia, la Mercè deixa la trompeta i es llança a l'aigua i d'allà no la treu ningú. I la Mireia petita també. I a la tarda continuen. Els grans es remullen un moment abans de dinar. Bé, els grans són la Sònia i en Jordi, que els altres diuen que són massa grans per banyar-se.

I l'Aniol i jo fem la vida junts que hauríem d'haver fet. Moltes estones ens agafem la mà. Tants anys reduïts a una setmana. I a dues més que em queden aquí, això sí.

Doncs un moment en què no hi havia l'Aniol, en Javi em va parlar de la meva casa. Què en vols fer, em va demanar. Durant tots aquests anys hem mirat de mantenir-la i tenir-la arreglada.

Jo ho tinc molt clar, el que en vull fer. Però, en aquell

moment, només vaig contestar, voldria veure-la. Segur, va demanar el meu fill. Segur, vaig respondre. En Javi va fer els ulls petits, em recordava una mica la Zoraida i vaig pensar, doncs, que potser jo feia el mateix i ells ho havien heretat. Déu meu, em vaig dir, tinc tres fills i tots tres de diferents pares. Però la Mireia no me'n diu res, del seu. La Mireia calla. Si una advocada és capaç de deixar-se maltractar, una jutge pot callar per sempre. I no seré pas jo la que trenqui aquest silenci. No és important.

El que sí que és important és que ara entro a la que havia estat la meva casa de nena, amb la Mireia i en Javi. Ja som a dins. La casa. La que jo havia deixat fosca, ara és plena de llum. Per la banda sud, totes les finestres s'han engrandit i tenen sol. I l'interior és de parets blanques i parquet brillant a terra. Ja no queden ni la cuina econòmica ni aquella xemeneia gegant damunt de la llar de foc. El que hi ha ara és això que en diuen cuina americana. O sigui, cuina i menjador a la mateixa estança. Com abans, però amb aspecte modern. És curiós com tornem enrere, a l'estructura de cova que tenien els nostres avantpassats troglodites. Em miro la llar de foc amb una mica d'angúnia, i estic a punt de tirar enrere perquè em ve al cap la imatge del pare amb el porró, i també quan em va dir que li tragués les botes i va començar tot. Però només és un instant. Després m'adono que res no és el que era, que la llar de foc és metàl·lica, que la llum és d'aquestes diàfanes que il·luminen tots els racons. Que, a més, tot és inundat de sol.

Estic realment sorpresa.

—T'agrada, mamà? —diu en Javi—. Ho ha anat restaurant tot la Mireia... Bé, ella ha dirigit les operacions...

Faig que sí amb el cap i somric a la meva filla. No crec que m'hi quedés a viure, però no puc dir que no m'agradi. Sí que m'agrada, sí. I, tot i el parquet, no sento olor de fusta. Alguna cosa ha passat per aquí, i s'ha emportat la sequedat del vent, i potser tota una vida.

A poc a poc pugem a dalt, on hi ha les habitacions. Anem entrant a totes tres. I al lavabo. Res no és el que era. No em puc estar d'exclamar:

—Caram, sembla un hotel!

—Sí...

—És perquè quedi decent en facis el que en facis...

Faig que sí amb el cap. Volen saber què en vull fer, ja ho veig. Tornem a baixar les escales. Al fons de la sala, hi ha l'antic recambró de la fusta. Encara no hi hem entrat. Demano amb desconfiança:

—Què hi ha?

—La rentadora, l'assecadora, el cove de la roba... i també prestatges per posar-hi coses.

La cosa pràctica, com al forat del jardí de can Torralba. Els meus dos fills saben què representa entrar en aquesta habitació petita. Tots dos saben que, allà, vaig començar a morir. La Mireia diu:

—Si no vols entrar-hi, no cal, eh?

M'aturo un moment i premo les dents, tant com puc.

—Sí, sí que hi vull entrar.

Necessito fer fugir els fantasmes definitivament. I aquesta és l'única manera d'acabar de viure en pau. En Javi s'avança i obre la porta i una llum potent. Després, hi entro jo. Després, la Mireia.

Observo el recambró. Aquest sí que no està gaire reformat. Però no hi ha la fusta. I no fa olor, gens. Veig les màquines, els prestatges... I la finestra.

Em giro, em miro la Mireia i en Javi i els dic el que els volia dir aquí mateix:

—Vosaltres teniu can Torralba... Deixaré aquesta casa a la Zoraida.

Els meus dos fills em miren amb uns ulls com taronges:

—La Zoraida? Qui és la Zoraida?

Però jo ara no estic per contestar preguntes. Ja els ho explicaré després. Camino una mica, fins a la finestra, i obro un porticó. I l'altre. I l'àngel, que vivia a l'escletxa de llum entre l'un i l'altre, ara ha desaparegut.

Em giro cap a ells i els dic:

—Ha volat.

Cantonigròs-Barcelona, juny del 2017

Lector, lectora... Si has llegit *Jardí a l'obaga,* segur que *La fugitiva* t'ha fet gràcia. Si no l'has llegit, no passa res, espero que n'hagis gaudit igual.

Sigui com sigui, t'explico que la casa de la Mireia l'he situat més o menys davant de la llibreria A Peu de Pàgina, de Sarrià. La llibretera podria ser l'actual propietària o podria no ser-ho.

Les cases de la Carena (Cantonigròs) són les mateixes de *Jardí a l'obaga*: per a can Torralba m'he imaginat can Marquet, però l'he situat al bell mig del carrer Major, i per a casa la Mireia, la del costat. El jardí, amb els teis com a principals protagonistes, me l'he inventat.

Agraïments

Vull agrair molt, molt, les lectures crítiques del primer original que han fet l'Antònia Carré-Pons, l'Albert Subarroca, la Pilar de Pedro, en Xavier Vilà i la Julieta Sunyol, amb la seva habitual habilitat per fer-me suggeriments i per trobar-me incongruències, disbarats i errors de diversa consideració. No sé què faria sense vosaltres!

La paciència, la vull agrair a la meva família, com sempre.

El meu passat, present i futur literari, a l'Anna Soler-Pont, a la Marina i a tota la gent de l'agència Pontas. Més que una agència, una casa, casa meva.

I la mà de mestre i l'entrega vocacional al meu editor, Josep Lluch.

La col·lecció literària A Tot Vent, fundada a Badalona
l'any 1928, té com a logotip, des del primer dia,
aquest gravat al boix del pintor Josep Obiols que recorda
la goleta María Asunta, construïda a la platja
de Badalona el 1858.